Das Todesboot

Von

Ulrike Busch

Das Buch

Nela Dodesen, Erbin einer Hotelkette in der Lübecker Bucht, treibt frühmorgens tot in einem alten Fischerboot vor Travemünde. Ermordet, wie die Obduktion ergibt. Seltsame Parallele: In demselben Boot war vor Jahren die Tochter eines Staatsanwalts ebenfalls tot vorgefunden worden. Angeblich hatte sie Selbstmord begangen.

Das Boot gibt dem Team um Molly Bleck Rätsel auf: Was hat dieser ungewöhnliche Weg der Beseitigung der Leiche zu bedeuten? Gibt es einen Zusammenhang zwischen den beiden Todesfällen?

Als Molly das Ermittlungsergebnis von damals infrage stellt, stößt sie damit auf Widerstand. Und plötzlich holen die Schicksalsjahre ihres Mannes sie wieder ein.

Die Autorin

Drei Herzenswünsche hat die gute Fee der gebürtigen Ruhrpottpflanze Ulrike Busch erfüllt: Erstens, in Norddeutschland zu leben, und zweitens, als Autorin von Büchern tätig zu sein, die drittens an Nord- oder Ostsee spielen.

Seit 1986 wohnt die ehemalige selbstständige Texterin in Hamburg. „Dreimal hinfallen, und ich bin an meinen Sehnsuchtsorten: Amrum, Sylt, St. Peter-Ording, Travemünde, Niendorf, Timmendorfer Strand. Überall da, wo es viel Meer, Wind und Wetter und eine salzige Brise gibt."

Bereits ihr erster Krimi, der 2015 erschienene Bestseller „Der Pfauenfedernmord", etablierte sich als Longseller. Seitdem arbeitet die hauptberufliche Autorin ständig an neuen Bänden ihrer erfolgreichen Krimi-Reihen.

Das Todesboot

Von

Ulrike Busch

© 2021 Dr. Ulrike Busch
Georg-Clasen-Weg 56
D-22415 Hamburg

https://ulrike-busch.de/

Umschlaggestaltung:
Jan Klaas Mahler
Mahler Kommunikationsdesign
www.mahler-design.de

Umschlagmotiv:
Shutterstock #111760229
© Saenco Andrei

Herstellung und Verlag:
BoD – Books on Demand, Norderstedt

ISBN: 978-3-75-340720-3

MIX
Papier aus verantwortungsvollen Quellen
Paper from responsible sources
FSC® C105338

FSC
www.fsc.org

Für Katrin

Wer glücklich sein will, braucht Mut!
Mut zur Veränderung, neue Brücken zu bauen,
alte Pfade zu verlassen und
neue Wege zu gehen.

Verfasser unbekannt
Quelle: https://www.pinterest.de/pin/826269862856378359

Das Stammpersonal

Molly Bleck
Kriminalhauptkommissarin. Mitte vierzig, verheiratet, keine Kinder.

Nach vielen Jahren bei der Kripo in Hamburg ist sie heute Leiterin der Soko Mysterious mit Sitz in Timmendorfer Strand an der schleswig-holsteinischen Ostseeküste. Mit ihrem kleinen Team klärt sie Mordfälle und Entführungen, sucht nach verschollenen Personen und übernimmt Cold Cases – alte, ungelöste Fälle.

Janna Tönissen
Beste Freundin von Molly Bleck. Mitte fünfzig, früh verwitwet.

Janna war in Hamburg Mollys Nachbarin. Nach dem Tod ihres Mannes zog sie an die Ostsee. Im Zentrum von Timmendorfer Strand betreibt sie seitdem eine Buchhandlung mit angeschlossenem Lesecafé.

Malte Graf
Kriminalhauptkommissar, Mitte vierzig, ledig und nach eigener Einschätzung kinderlos. Geboren und bis heute wohnhaft in Travemünde.

Als Kind träumte er davon, Tierarzt oder Flugzeugpilot zu werden. Am Ende blieb die Wahl zwischen Cowboy und Kriminalpolizist. Die Entscheidung fiel zugunsten des sicheren, wenn auch kniffligen Beamtenjobs aus.

Benjamin Fink

Kriminalkommissar aus Schleswig-Holstein. Ledig, lebhaft und ein penibler Rechercheur.

Der an Lebensjahren und an Zugehörigkeit jüngste Mitarbeiter im Team von Molly Bleck und Malte Graf ist stets hoch motiviert bei der Sache.

Willem Wichmann

Als Kriminaldirektor im Landeskriminalamt Kiel zuständig für den Bereich Lübeck-Travemünde.

Wichmann ist der Chef von Molly Bleck und Malte Graf. Der Spitzname Willy Wichtig, den Malte Graf ihm zu Beginn der Zusammenarbeit verlieh, wird seinem Charakter nicht gerecht. Willem Wichmann ist ein väterlich wirkender, sachorientierter Teamplayer mit Führungsqualitäten.

Maren Eggertsen

Leiterin der Kriminaltechnik. Eine umsichtige Frau, der Genauigkeit genauso wichtig ist wie der kollegiale Umgang miteinander.

1

Niemals hätte er gedacht, dass er einmal in so eine Situation geraten würde. Es war verrückt, es war gefährlich. Um keinen Preis der Welt durfte er sich erwischen lassen. Es war schon genug passiert. Der Rest musste unauffällig vonstattengehen. In den Knast wollte er nicht.

Er hielt das Lenkrad fest umklammert und stierte in die Dunkelheit. Drückte den Rücken durch und presste die Lippen aufeinander.

Ihm fielen diese leichtsinnigen jungen Dinger ein, die sich in Nächten wie dieser auf der Fahrt von der Disco nach Hause totfuhren. Zu viel Gas gaben, in der Kurve die Gewalt über das Fahrzeug verloren und sich um den nächsten Baum wickelten. Sie hatten gar keine Ahnung, wie schnell es vorbei sein konnte.

Eine Unachtsamkeit, und schon gab es keine Rettung mehr, kein Zurück.

Es gab viele Wege, sein Leben zu beenden.

Es gab viele Wege, ein anderes Leben zu beenden.

Es gab viele Wege.

Und es gab Auswege.

Dieser hier war einer davon.

Er sollte sich nicht zu viele Gedanken machen. Er tat nichts als das, was getan werden musste.

Im Rückspiegel blitzte etwas auf.

Sein Blick fiel auf das reflektierende Glas. Nichts zu sehen. Kein Licht aus einer beweglichen Quelle, keine

Scheinwerfer eines Wagens, der ihm folgte. Er musste sich getäuscht haben. Die Nerven spielten verrückt.

Verärgert über seine eigene Schreckhaftigkeit, kniff er die Augen zusammen und spannte die Schultern an.

Für heute Nacht hatten die Meteorologen Regen vorhergesagt. Niederschlag konnte er gerade nicht gebrauchen. Nasse Böden hinterließen Spuren.

Er hielt das Lenkrad umklammert und zog sich nach vorn, guckte zum Horizont und versuchte, in der Düsternis zu erkennen, ob der Himmel bedeckt war.

Zum Abend hin hatte der Wind an der Küste nachgelassen, doch da oben schien es rauer zuzugehen.

Die Sichel des zunehmenden Mondes leuchtete für einige Sekunden auf und verschwand wieder hinter den weit auseinandergezogenen Fasern grauer Watte.

Er trat fester aufs Gaspedal. Der Job musste vollendet werden, bevor Petrus die Schleusen öffnete.

Er raste an einem Verkehrsschild vorbei, das die Geschwindigkeit auf siebzig Kilometer pro Stunde begrenzte. Folgsam nahm er den Druck vom Pedal. Wenn irgendwo Polizei stand, wenn zwischen den Bäumen ein Blitzer aufgestellt war – nicht auszudenken. Auf dieser Fahrt durfte er nicht aktenkundig werden.

Die Landstraße verlief ein langes Stück ohne Kurven.

Er warf einen verzagten Blick über die Schulter. War die Frau hinter seinem Rücken wirklich tot? Nicht, dass sie sich aufrichtete, plötzlich und unerwartet.

Er erinnerte sich an einen Gruselfilm, den er vor langer Zeit im Kino gesehen hatte. Eine schwarze Limousine. Auf dem Rücksitz eine Leiche. Um Mitternacht erwachte sie zu neuem Leben. Der Chauffeur, der sie zu einer geheimen Gruft transportieren sollte, bemerkte davon nichts. Bis die Leiche seine Kehle mit ihren kalten Klauen umfasste und unerbittlich zudrückte.

Unwillkürlich fuhr er sich mit der Hand an den Hals, wie um sein Leben zu schützen.

Zum Teufel, was war das? Blaulicht am Ende seines Sichtfeldes. Krankenwagen? Polizei?

Ein Adrenalinstoß jagte durch seinen Körper. Ihm wurde höllisch heiß und zugleich arktisch kalt.

Wenn es Polizei war, die da stand? Sollte er anhalten und auf der Straße, die eine Wendung kaum zuließ, umständlich kehrtmachen? Sie würden ihn bemerken und die Verfolgung aufnehmen. Dann wäre er verloren.

Es war tatsächlich Polizei. Das Blut gefror ihm in den Adern, er saß im falschen Film. Ein Unfall?

Nein, er fuhr auf eine Verkehrskontrolle zu.

Jetzt cool bleiben. Ganz ruhig. Verrate dich nicht!

Er musste da durch, er hatte keine andere Chance.

»Sie werden dich nicht anhalten«, sprach er sich halblaut Mut zu. »Sie werden dich durchlassen.«

In seiner Not dachte er daran, jemanden anzurufen. Aber wen? Und wozu? Und wie überhaupt? Sein Handy hatte er ausgeschaltet wie immer bei Nacht, wenn er sich schlafen legte. Das Letzte, was er brauchte, war eine verräterische Spur, aufgezeichnet von Mobilfunkzellen, entstanden aus Gedankenlosigkeit. Niemand durfte erfahren, dass er zu dieser Zeit diese Route gefahren war.

Er näherte sich dem Blaulicht und verlangsamte das Tempo, um die Bereitschaft zu zeigen, anzuhalten. Eine Bereitschaft, die er nie so wenig verspürt hatte wie jetzt.

Wenn man vorgab, anhalten zu wollen, winkten sie einen am ehesten durch. Eine Weisheit, die er niemals vergessen würde.

Der Mann mit der Kelle streckte den Arm aus und signalisierte ihm, er solle an den Straßenrand fahren.

Mechanisch kam er der Aufforderung nach. Er kicherte hysterisch. Lieber Gott, das war jetzt bitte nicht wahr!

Aber hatte ausgerechnet er überhaupt das Recht, Beistand von oben zu erbitten?

Eine Fülle an Gedanken schoss ihm innerhalb von Sekunden durch den Kopf wie ein vergifteter Pfeil.

Der Beamte beugte sich zu ihm hinab.

Er ließ die Scheibe herunter.

Kühle, feuchte Seeluft strömte ins Wageninnere.

»Schönen guten Abend, der Herr. Fahrzeugkontrolle. Den Führerschein und Ihre Fahrzeugpapiere bitte.«

Er nickte wortlos und neigte sich hektisch zum Beifahrersitz hinüber, auf dem seine Jacke lag. Die Brieftasche steckte in der Innentasche. Vor Nervosität spielte sein Zwerchfell verrückt. Er bekam einen Schluckauf.

»Na«, sagte der Beamte augenzwinkernd, als er die Papiere entgegennahm. »Wie viele Drinks haben Sie sich denn vor Antritt der Fahrt genehmigt?«

»Nichts. Wasser, nur Wasser«, stotterte er. Er wischte sich über die Stirn und bemerkte, dass anscheinend alles, was er heute getrunken hatte, über seine Schläfen rann.

Der Polizist prüfte die Papiere, reichte sie ihm zurück und schob den Kopf durch das Fenster. »Warm haben Sie es da drinnen«, merkte er an. »Wie in der Sauna.«

Er beließ es bei einem krächzenden »Ja«.

Der Beamte lächelte ihn freundlich an.

»Was haben Sie heute noch vor?«

»Nach Hause zu fahren«, antwortete er. »Nix weiter.«

»Wären Sie mit einem Alkoholtest einverstanden?«

»Ja, sicher. Kein Problem. Ich hab nichts getrunken.«

»Dann steigen Sie doch bitte mal aus.«

Er quälte sich aus dem Wagen, war völlig verkrampft vor Angst, und hielt sich an der Fahrertür fest.

»Na schön.« Der Kollege des Polizisten kam ihm bedrohlich nah. »Dann woll'n wir mal«, sagte der Uniformierte und reichte ihm das Handmessgerät.

Er pustete in das Röhrchen, gab das Gerät zurück.

Der Blick des Beamten fiel auf die digitale Anzeige. »Null Komma null. Okay.« Er blinzelte ihm zu. »Nichts für Ungut, der Herr. Sie dürfen dann weiterfahren.«

Seine Mundwinkel zuckten. Vor Erleichterung wurde ihm schwindelig. Unbeholfen schob er den rechten Fuß in den Wagen und zögerte, ohne zu wissen, warum.

Gerade wollte er auf den Fahrersitz gleiten, da trat der andere Beamte noch einmal an ihn heran.

»Was haben Sie denn im Kofferraum?«

Fast traf ihn der Schlag. »Nichts. Das Übliche.« Er machte eine verlegene Geste.

»Das Übliche also.« Der Polizist grinste. »Ein Warndreieck, nehme ich an. Und Verbandszeug.«

»Ja, natürlich.«

»Zeigen Sie es uns bitte?«

Damit war zu rechnen gewesen. Es war das bekannte Prozedere. Dennoch traf es ihn wie ein Blitz.

Er stapfte nach hinten, öffnete die Kofferraumklappe. Die Dame von der Autovermietung hatte ihm gezeigt, wo er das Warndreieck im Notfall finden würde.

›Sie werden es hoffentlich nicht brauchen‹, hatte sie ihm mit einem routinierten Lächeln gesagt. Aus ihrer Stimme hatte er die Warnung gehört: ›Gehen Sie pfleglich mit dem Fahrzeug um.‹

»Okay«, sagte der Beamte. »Dankeschön. Gute Weiterfahrt, und kommen Sie heil ans Ziel.«

Seine Knie wurden weich. So unauffällig wie möglich suchte er Halt an der Karosserie, als er zurück zur Fahrertür schlich. Wie ein nasser Sack, der von einem Haken fiel, plumpste er auf den Sitz. Er schenkte den Beamten keinen weiteren Blick. Mit einem flauen Gefühl im Magen zog er die Tür zu, steckte den Schlüssel ins Zündschloss und drehte ihn um.

Heftig klopfte der eine Beamte ans Fenster.

Er sah den Polizisten an. Was wollte der Typ jetzt noch? Hatte er etwa durch die abgedunkelten Scheiben hindurch doch noch den grauen Müllsack entdeckt, der vor der Rückbank auf dem Boden lag?

Unmöglich! Mann, behalt die Nerven!

»Der Sicherheitsgurt.« Der Beamte zog einen imaginären Gurt von der Schulter ausgehend diagonal über den Rumpf. Dann trat er einen Schritt zurück, legte zwei Finger an seine Mütze und nickte ihm zu.

»Ach so.« Wie von Geisterhand geführt, zog der Sicherheitsgurt sich über seine Schulter und rastete ein.

Endlich konnte er der Hölle entfliehen. Viel zu heftig trat er aufs Gaspedal, und der Wagen machte einen Satz nach vorn.

Sofort verlangsamte er das Tempo wieder. Um Himmels willen nicht in der Sekunde der Erlösung wie ein Flüchtender erscheinen.

Er hatte die Orientierung verloren. Das Navigationsgerät musste ausgeschaltet bleiben. Aber er wusste, es war nicht mehr weit. Nur noch hundert, zweihundert Meter, dann hatte er sein Ziel erreicht. Er fuhr bereits auf den Niendorfer Hafen zu.

Noch ein Blick in den Rückspiegel. Niemand folgte ihm, und weit und breit war kein Fußgänger zu sehen.

Er bog ab in die Zufahrt zum Parkplatz. Am hinteren Ende blieb er stehen. Er verließ den Wagen und schlich durch den Wald zu der Strandkneipe, die um diese Zeit, weit nach Mitternacht, längst geschlossen war.

Das Schild mit dem Namen ›Ankerplatz Nordost‹ war nicht erleuchtet. Nichts war erleuchtet. Alles war, wie er es erwartet hatte. Ein einsames, verlassenes Areal.

Wie ein halb verrottetes Geisterschiff lag die alte Barke am Strand.

Das Boot war lediglich mit einer Kette befestigt. Das eine Ende war am Bug angeschlossen, das andere an einem Pfahl, der tief in den Sand hineingerammt war.

Mit dem Werkzeug, das er im Wagen mitführte, würde er das Vorhängeschloss schnell knacken können. Die Anleitung dazu hatte er sich aus dem Internet geholt, und zu Hause hatte er es ein paar Mal geübt.

Er machte kehrt. Kalter Schweiß brach ihm aus. Ihm graute vor dem, was nun zu tun war.

Er trat aus dem Wald heraus, guckte nach rechts und links. Leise öffnete er die Tür zum Rücksitz, steckte das Werkzeug ein. Ächzend zog er den Plastiksack mit der Leiche heraus.

Es kostete immense Kraft, die Fracht über die Schulter zu werfen. Nach vorn gebeugt, dicht am Nacken den toten Körper, dessen Kälte sich durch das dünne, glatte Material auf ihn selbst übertrug, schlurfte er schwankend zum Strand zurück. Unter einem mühsamen Stöhnen ließ er die Last in den Sand fallen.

Er zog sein Lockpicking-Set heraus und knackte mit wenigen Handgriffen das rostige Schloss.

Jetzt stand der Moment bevor, den er während der gesamten Autofahrt weit von sich geschoben hatte.

Er nahm sein Messer, schnitt den Sack auf und zog ihn von der Leiche zurück. Er faltete das Plastik zusammen, legte es ab und beschwerte es mit Steinen, die am Strand herumlagen, damit kein Windhauch es wegwehte.

Den Sack würde er mitnehmen und später heimlich verbrennen. Keine Mülltonne war ihm sicher genug.

Er stemmte sich gegen das Boot und schob es so weit ins Wasser, dass der Bug im Sand noch genügend Halt fand. Die Wellen spielten mit der Barke, sie schwankte auf dem Wasser leicht hin und her.

Einen Moment verweilte er am Strand und wischte sich mit dem Ärmel übers Gesicht. Er musste sich beeilen, damit die Barke sich nicht plötzlich löste und aufs Meer hinaustrieb.

Er wandte sich um, widerstand jedoch dem grausigen Verlangen, in das leblose Gesicht der Frau zu blicken. Er griff der sterblichen Hülle unter die Achseln und schleifte sie zum Boot. Dann legte er seine Schuhe und Strümpfe ab und krempelte die Hosenbeine auf.

Er schob seine Arme unter Schultern und Hüfte der Leiche und hob sie hoch. Wankend ging er ins Wasser, stellte sich seitlich neben die Barke und hievte die tote Frau hinein wie eine Braut, die man nach der Hochzeit über die Schwelle des gemeinsamen Hauses trug.

Diesen gespenstischen Augenblick würde er für den Rest seines Lebens nicht vergessen.

Er kletterte hinterher und schob die Tote mühevoll unter die Bretter, die als Sitze dienten.

Panikartig sprang er aus dem Boot und watete zurück an den Strand.

Mit aller Kraft, die er aufbringen konnte, lehnte er sich gegen den Bug und schob ihn vom Sand. Weiter als geplant folgte er der Barke ins seichte Wasser, um ihr noch einen letzten Schub zu geben.

Schnell wandte er sich ab, nahm Schuhe, Strümpfe und den Plastiksack auf und lief torkelnd in den Wald zurück.

Auf einem Baumstumpf mitten in dem Wäldchen ließ er sich nieder und kleidete sich wieder vollständig an.

Auf den letzten Schritten zum Wagen wurde ihm schlecht. Sein Magen krampfte sich ruckartig zusammen und pumpte den Inhalt nach oben.

Erschöpft lehnte er sich gegen einen Baumstamm und klammerte sich daran fest. Er beugte sich vor und ließ der Übelkeit freien Lauf.

Kalter Schweiß stand ihm auf der Stirn. Er richtete sich auf und atmete durch.

Mit dem Absatz lockerte er Moos und Erde und hob eine kleine Grube aus. Er schob, was er von sich gegeben hatte, mit dem Schuh hinein, gab Erde und Moos darüber und trat den Hügel vorsichtig fest.

Zurück im Wagen versuchte er, an nichts zu denken. Er hatte es vollbracht. Das Kapitel war beendet.

Schnell weg von hier, und alles war gut.

2

Irgendwann im Laufe der Nacht fing es an, zu regnen, wie schon in den beiden Nächten zuvor. Als die ersten dicken Tropfen auf das geöffnete Dachfenster platschten, schreckte Molly aus einem leichten Schlaf hoch.

Die Frage, die ihre Seele bedrückte, beantwortete sich nicht von selbst. Sie musste eine Entscheidung treffen.

Molly stand auf. Der Himmel war pechschwarz. Der Wind wehte Regenspritzer auf die Fensterbank. Vorsichtshalber schloss sie das Fenster, ließ nur die Lüftungsklappe geöffnet und legte sich wieder hin.

Bis der Wecker klingelte, fand sie nicht mehr in einen tieferen Schlaf. Sie duschte, zog sich an und trottete hinunter ins Erdgeschoss, wo Janna mit dem Frühstück auf sie wartete.

Ihre Freundin musterte sie einmal von Kopf bis Fuß und schenkte ihr Tee ein. »Dir einen guten Morgen zu wünschen wäre heute wohl fehl am Platz.«

Molly mühte sich ein Lächeln ab und setzte sich zu Janna an den Tisch. Sie zog die Schultern hoch und rieb sich die Oberarme. Trotz der milden Temperaturen, die der diesjährige April ihnen bescherte, fröstelte sie.

Janna stand auf. Sie verscheuchte eine Möwe, die bis vor die Terrassentür gehüpft war, und schloss die Tür. »Du denkst an Ole? An gestern Abend?«

Molly antwortete nicht. Sie nahm den Teelöffel und rührte in der Tasse.

18

Janna setzte sich wieder hin und griff nach Mollys Hand. »Warum rührst du im Tee? Es ist doch gar nichts drin, kein Zucker, keine Sahne.«

Leugnen nützte nichts. Janna kannte sie zu gut. »Du hast sein Gesicht gesehen, als er mir angeboten hat, die Nacht bei mir zu verbringen?«

Janna grinste. »Der schmachtende Blick war nicht zu übersehen. Obwohl ich von der Küche aus seine Worte nicht hören konnte, wusste ich, was er dir vorschlug.«

»Ole meinte, er wolle mich von den Albträumen befreien, die mich seit einigen Monaten plagen. Als ob er nicht wüsste, dass er der Grund für diese Träume ist.« Molly biss in das Brot mit der selbstgemachten Erdbeermarmelade, das Janna ihr zubereitet hatte.

»Das Lächeln, mit dem du sein Anliegen abgelehnt hast, war bedauernd und entschieden zugleich. Ich glaube nicht, dass Ole sich in absehbarer Zeit noch einmal trauen wird, dir so einen Vorschlag zu unterbreiten.«

»Ich bin einfach noch nicht soweit. Zwischen uns ist es nicht mehr wie früher, und ich weiß auch nicht, ob es jemals wieder so werden kann.«

Mollys Tonfall war bitter, was ihrer Freundin nicht verborgen blieb.

»Du hast lange auf die Rückkehr deines Mannes gewartet. Darauf, dass er wieder Teil deines Lebens werden und dass alles so sein würde wie damals«, sinnierte Janna. »Aber ich bin sicher, tief im Inneren war dir immer klar, dass das nicht so einfach gehen würde. Ihr wart zu lange getrennt. Man kann als Ehepaar nicht mit einem Schlag zehn Jahre lang ohne jeglichen Kontakt sein, sich dann völlig unvorbereitet wiederfinden und das gemeinsame Leben so fortsetzen, wie es mal war.«

Molly legte das angebissene Brot auf den Teller. »Mir war klar, dass Ole in den vergangenen Jahren ein anderer geworden sein muss. Aber dass er so anders sein würde, hat mich überrascht.«

Janna lehnte sich zurück und verschränkte die Arme. »Du weißt nicht, was er in all der Zeit, die er sich verstecken musste, durchgemacht hat. Wie hat sich die ständige Bedrohung auf seine Persönlichkeit ausgewirkt? Welchen Menschen ist er begegnet, und was hat er erlebt?«

»Ja«, sagte Molly. »Diese Fragen stelle ich mir natürlich auch. Aber ich erhalte keine Antworten. Nicht von ihm selbst, und aus den Wolken herauslesen kann ich seine Vergangenheit nicht.« Sie knüllte die Papierserviette zusammen und warf sie auf den Teller.

Janna betrachtete sie stumm.

»Seit gestern Abend ist da noch etwas«, sagte Molly. »Etwas, das mir keine Ruhe lässt.«

»Was ist es?«

»Du erinnerst dich: Als Ole am Nachmittag zum Tee zu uns kam, lief das Küchenradio. In den Nachrichten wurde die Meldung über die Tote gebracht, die am Morgen vor Travemünde in einem alten Fischerboot treibend gefunden wurde.«

»Ich hab das nur am Rande mitbekommen.«

»Ich war hellwach dabei. Du weißt, jeder Todesfall in der Region, der von ungewöhnlichen Umständen begleitet ist, kann ein Fall für mich und mein Team werden.«

»Ja, ich weiß. Und ich habe auch bemerkt, dass Ole konzentriert zuhörte. Er dachte wohl, dass der Sonntag für dich damit gelaufen ist.«

»Er hat sehr genau hingehört, und als der Sprecher den Namen der Toten nannte: Nela D., Tochter einer angesehenen Hoteliersfamilie aus der Lübecker Bucht, haben seine Mundwinkel auffällig gezuckt. Als er merkte, dass ich ihn ansah und auf eine Erklärung wartete, hat er keine Miene mehr verzogen. Danach, beim Spaziergang an der Strandpromenade, hat er sich verhalten, als wäre nichts von Bedeutung geschehen. Aber ich hatte den Eindruck, dass ihn etwas beschäftigte oder sogar bedrückte.«

»Warum sollte es so gewesen sein? Meinst du, dass er Nela kannte?«

»Ich habe mich nicht getraut, ihn zu fragen.«

Molly sah in den Garten hinaus.

Eine plausible Antwort hätte sie auf eine Frage nach Nela nicht erhalten. Ole redete zwar über die vergangenen Jahre. Aber er erzählte bei Weitem nicht alles.

Janna nahm ihre Hand und drückte sie. »Du darfst dieser Sache nicht zu viel Bedeutung beimessen.«

Molly zog die Hand zurück, trank den letzten Schluck Tee und stand auf. »Es ist spät, ich muss los zur Arbeit. Malte und Benjamin warten bestimmt schon auf mich.«

»Mit dem Rad bist du schnell da«, rief Janna ihr zu.

»Heute fahre ich nicht, ich gehe zu Fuß.«

Molly drückte Janna einen Kuss auf die Wange, der inniger geriet als üblich. »Danke, dass du da bist.«

»Das ist doch selbstverständlich.«

»Dann sag ich's mal so: Danke, dass du immer für mich da bist, auch dann, wenn mich etwas belastet und ich gerade nicht die unkomplizierteste Freundin bin, die man sich wünscht. Das ist nicht selbstverständlich.«

Sie winkte Janna zu, die heute in ihrem Café von einer Mitarbeiterin vertreten wurde. »Bis heute Abend. Genieß deinen freien Tag, und lass es dir gutgehen.«

An diesem Morgen war Molly nicht danach, auf dem schnellsten Weg aufs Kommissariat zu gelangen. An der Maritim-Seebrücke blieb sie stehen.

Niemals würde sie den Augenblick vergessen, in dem sie Ole plötzlich auf einem Motorboot vor der Plattform am Ende der Brücke entdeckte.

Wenn sie geahnt hätte, was mit dem lang ersehnten Wiedersehen auf sie zukommen würde!

Ihr Handy klingelte. Malte rief an. Sie nahm das Gespräch entgegen.

»Moin Malte. Kannst du es nicht erwarten, mich zu sehen?«

»Weißt du, wie spät es ist?«

Seine Stimme konnte die Ungeduld nicht verbergen.

»Ich bin gleich bei euch. Gibt es was Eiliges?«

»Das besprechen wir in Ruhe, wenn du dich bequemt hast, zum Dienst zu erscheinen. Ich wollte nur mal hören, wann wir mit dem Eintreffen der Leiterin unserer Soko rechnen können.«

Molly musste unwillkürlich lächeln. »Danke, Kollege, hab den Wink verstanden. Ich bin in Höhe des Maritim Strandhotels und leg einen Schritt zu. Kannst schon mal den Tee aufsetzen und meinen Rechner zum Laufen bringen.«

3

Benjamin Fink, der jüngste Kollege im Team, riss Molly die Tür auf und machte eine tiefe Verbeugung. »Guten Morgen, Madame. Malte wartet sehnlichst auf dich. Wo er sich gerade aufhält, findest du heraus, wenn du dem penetranten Trommeln von Fingernägeln nachgehst.«

Molly ging hinauf in ihr Büro.

Als sie den Raum betrat, schob Malte, der vor ihrem Schreibtisch saß, mit grimmiger Miene demonstrativ den Ärmel zurück und sah auf die Uhr. »Dann wären wir also vollzählig?«

»Was kann ich tun«, fragte Molly mit Unschuldsmiene, »um deine schlechte Laune zu vertreiben?«

Sie setzte sich an den PC und überflog ihre Mails.

Eine Nachricht von Kriminaldirektor Willem Wichmann stach zwischen allen anderen hervor. Der Betreffzeile entnahm sie auf den ersten Blick, dass es um den Fall der Toten in dem Fischerboot ging.

Malte schob ihr eine Zeitung hin. ›Wieder eine Frauenleiche im Todesboot‹, titelte das Blatt. »Schon davon gehört?«, fragte er.

»Der Fall soll unserem Team übertragen werden?«

Malte nickte stumm.

Benjamin zog einen Stuhl heran und setzte sich zu den beiden Kollegen. Der schlaksige junge Mann mit dem karottenroten Haar stützte die Hände auf den Sitz und wippte mit dem Oberkörper vor und zurück.

»Als die Frau gefunden wurde, hatte ich schon so ein komisches Gefühl.« Er legte den Finger an die Nasenspitze, und sein blasses Gesicht mit den hellen Sommersprossen nahm vor Eifer eine zartrosa Färbung an. »Ich habe mich sofort daran erinnert, dass vor bald zehn Jahren schon mal eine weibliche Leiche in einem Boot gefunden wurde, das genauso aussah wie dieses.«

»Es sah nicht nur genauso aus«, korrigierte Malte ihn. Er tippte besserwisserisch mit dem Finger auf das Foto, das auf der Titelseite der Zeitung abgebildet war. »Es war genau dasselbe Boot.«

»Erst war nur von einem alten Fischerboot die Rede«, erklärte Ben. »Und ich bin davon ausgegangen, dass es in dieser Gegend mehrere von der Sorte gibt.«

»Ist es ganz sicher«, fragte Molly, »dass es genau dasselbe Boot ist wie damals?«

Malte rollte mit den Augen. »Die Kollegen haben die Besitzverhältnisse des Bootes nachverfolgt. Früher hat es einer Familie in Niendorf gehört, die über Generationen Fischerei betrieb. Der Letzte, der die Tradition fortsetzte, erkrankte schwer, das Boot wurde nicht mehr benutzt. Die Tochter dieses Mannes hat es dem Besitzer einer Strandkneipe in Niendorf verkauft, nachdem ihr Vater gestorben war.«

»Was macht der Kneipier damit?«, fragte Molly.

Ben kam Maltes Antwort zuvor. »Es liegt als Außendekoration am Strand vor der Kneipe. Die Gäste können sich reinsetzen, eine ›Tote Tante‹ schlürfen oder ein Eis schlecken und dabei Fischerboot-Feeling genießen. Oder es von der Terrasse aus ansehen und träumen.«

»Jetzt nicht mehr«, fuhr Malte dazwischen. »Jetzt sind die Kriminaltechniker damit zugange.«

»Hoffentlich finden sie Spuren, die sie eindeutig dem Täter zuordnen können«, sagte Molly.

Malte neigte den Kopf zur Seite und öffnete die Hände. »Wenn sich Gäste im Boot tummeln durften, wird sich das schwierig bis unmöglich gestalten.«

Fast wäre Molly eine Bemerkung zur offensichtlichen Gereiztheit von Malte herausgerutscht. Doch ihr fiel ihre eigene Stimmungslage an diesem Montagmorgen ein.

»Ben«, sagte sie, »du als begeisterter Stöberer in alten Archiven, magst du uns die wichtigsten Fakten zusammenstellen, die du zu dem damaligen Fall finden kannst? Wenn noch keine zehn Jahre vergangen sind, dürften die betreffenden Akten noch im Landeskriminalamt liegen. Notfalls könnte sich auch in Zeitungsarchiven oder im Internet was finden.«

Ben straffte die Schultern und strahlte. »Im LKA ist garantiert noch alles da, was bei den Ermittlungen zusammengetragen wurde. Es ging um einen Suizid, der immer ein wenig in Zweifel gezogen wurde. Zwar gab es einen Abschiedsbrief der Frau, aber hinter vorgehaltener Hand behaupteten einige Leute, dass in Wahrheit von einem Fremdverschulden auszugehen war. Irgendwann wurden die Recherchen eingestellt, aber der Fall gilt bis heute als nicht vollständig abgeschlossen.«

»Auf welche Weise hat die Frau Selbstmord begangen?«, fragte Molly.

»Sie hat eine Überdosis Schlaftabletten genommen. Aber es gab eben diese Gerüchte.«

»Wer hat sie verbreitet?«

Malte legte den Kopf in den Nacken und setzte anscheinend ein Stoßgebet gen Himmel ab. »Molly, lass Ben doch erst mal die Fakten zusammentragen, und lass uns abwarten, was die Obduktion der Leiche, die jetzt gefunden wurde, ergibt. Wenn wir all die Infos und Unterlagen haben, machen wir uns gezielt an die Arbeit.«

Molly zog pikiert die Augenbrauen hoch. »Bist du gar nicht neugierig? Oder hast du den Fall von damals selbst noch so gut im Kopf, dass du im Moment lieber in Ruhe deinen Kaffee schlürfen möchtest?«

Ben hob die Hände wie ein Pastor, der seine Schäfchen segnen will. »Passt auf, ihr zwei. Ich verziehe mich ins Archiv und fresse mich durch die alten Akten. Ihr seht mich erst wieder, wenn ich Futter für euch habe.«

Er stand auf, stellte den Stuhl ordentlich wieder an seinen Platz und verschwand, nicht ohne Molly und Malte beim Hinausgehen aufmunternd zuzuwinken.

Er schloss die Tür, die vorher offen gestanden hatte.

Molly beugte sich über ihren Schreibtisch, auf dessen anderer Seite Malte saß. »So, mein lieber Kollege, jetzt erzähl mir bitte mal, welche Horde Läuse dir über die Leber gelaufen ist.«

»Läuse? Mir?« Malte wich ihrem Blick aus, stützte die Hände auf die Knie und schickte sich an, aufzustehen. »Ich geh dann mal rüber in mein Büro.«

»Du bleibst sitzen, Malte, und sagst mir auf der Stelle, was los ist.«

Malte machte ein Gesicht wie ein Festgenommener, der wusste, dass man ihm die Tat nachweisen konnte, der aber immer noch darauf baute, dass man ihn laufen ließe, wenn er nur hartnäckig genug auf stur schaltete.

Molly tippte ungeduldig mit einem Kuli auf den Schreibtisch. »Ich höre.«

Malte stemmte die Füße in den Boden, schob sich mit dem Bürostuhl vom Schreibtisch weg und schlug ein Bein über das andere. Mit verschränkten Armen, das Gesicht dem Fenster zugewandt, fing er an zu reden.

»Seit wir Kollegen sind, versuche ich, dir zu zeigen, dass ich dich nicht ganz unsympathisch finde. Kommt aber offenbar nicht an bei dir.« Sein Blick schweifte zu Molly. »Dafür schlenderst du gestern Nachmittag mit irgend so einem Typ über die Strandpromenade. Der darf nach deiner Hand grabschen, du schlägst sie nicht weg.«

Molly glaubte, einen pubertären Siebzehnjährigen vor sich zu haben. Das war also der Grund, weshalb Malte heute so üble Laune hatte? Ihre Kehle wurde schlagartig trocken. Die Thermoskanne Tee, die Ben zubereitet hatte, stand unangetastet neben dem Monitor.

Molly schenkte einen Becher voll und trank davon. Unangenehm berührt lehnte sie sich zurück. Der Zeitpunkt war gekommen, an dem sie mit offenen Karten spielen sollte.

»Malte«, fing sie an, »ich habe sehr wohl mitbekommen, dass ich nicht die Frau bin, vor der du schreiend weglaufen möchtest. Aber wir sind Kommissare im selben Team. Wir arbeiten tagtäglich zusammen. Du weißt selbst, dass private Beziehungen unter Kollegen nicht ohne Risiko sind und dass sie bei Arbeitgebern grundsätzlich keine Beifallsstürme auslösen.«

Malte wehrte ab. »Ich weiß, ich weiß.«

»Da ist noch etwas. Ich – ich bin nicht ganz unverheiratet. Der Typ von gestern Abend, das ist mein Mann.«

Malte stutzte. Dann nickte er säuerlich. »Klar. Verstehe.« Er schluckte. »Wann heiratet ihr?«

»Malte, bevor du noch fragst, ob du mein Trauzeuge werden darfst: Ole und ich sind seit einer halben Ewigkeit verheiratet. Er war nur lange Zeit – woanders.«

Malte schlug sich auf den Schenkel. »Sag bitte nicht, er saß in Knast!«

»Und wenn doch?«, erwiderte Molly patzig. »Wäre das so schlimm?«

Malte traute sich nicht, zu antworten. Oft genug hatten sie darüber philosophiert, wie schnell jeder normale, brave Bürger in die Situation geraten konnte, eine Straftat zu begehen. Dafür musste man weiß Gott kein Mafioso sein und kein von Natur aus bösartiger Mensch. In ihrem Beruf beobachteten sie das Tag für Tag.

»Er war nicht im Knast«, sagte Molly versöhnlich. »Er musste sich viele Jahre lang verstecken, weil er zwischen die Fronten geraten war.«

Malte lachte gezwungen. »Zwischen die Fronten. Das kennen wir ja. Was hat er denn verbrochen?«

»Er selbst gar nichts. Er hat einfach Pech gehabt.«

Die Tür sprang auf und Benjamin stand vor ihnen. Er hielt eine Mappe in der Hand. »Der Obduktionsbericht ist da. Ich hab ihn schon überflogen. Wir haben die Bestätigung, dass es diesmal kein Selbstmord war.«

»Welche hehre Erkenntnis macht den Rechtsmediziner so sicher?«, fragte Malte, der anscheinend noch immer auf Krawall gebürstet war.

»Die Tatsache, dass die Frau schon tot war, bevor sie das Boot bestieg, um auf ihre letzte Seereise zu gehen«, antwortete Ben augenzwinkernd und mit der Abgeklärtheit eines Profis, der sich nicht einschüchtern ließ.

»Ah, okay. Sie war schon tot. Das ist ein Argument.« Malte deutete mit dem Finger auf Molly. »Deine Kollegin und ich, wir haben aber noch was zu besprechen.«

Molly widersprach. »Ich denke, Malte, wir sind fürs Erste durch. Das Thema setzen wir später fort. Wir sehen uns den Bericht des Forensikers an. Danach fahren wir zum Fundort der Leiche und anschließend zum Besitzer des Bootes, in dem die Tote gefunden wurde.«

»Oder umgekehrt«, erwiderte Malte.

»Meinetwegen auch umgekehrt.«

Molly nahm den Obduktionsbericht aus Bens Hand entgegen und schlug die Akte auf.

Malte erhob sich, schob seinen Stuhl neben ihren und setzte sich wieder hin. Dabei stierte er mit ausdrucksloser Miene auf die Unterlagen auf dem Schreibtisch, als befände sich nur die Akte im Raum und keine Molly.

Molly tat, als wäre die körperliche Nähe, die beim gemeinsamen Lesen des Obduktionsberichts zwischen ihnen beiden entstand, das Normalste der Welt. Sie überflog Seite für Seite und wartete jedes Mal mit dem Umblättern, bis sie von Malte ein Zeichen erhielt.

»Dann mal auf zu der Strandkneipe, deren Boot so eine unrühmliche Geschichte hat«, sagte sie, als die letzte Seite gelesen war. »Niendorfer Hafen, daran kommen wir sowieso vorbei, wenn wir zum Fundort der Leiche wollen. Machst du noch schnell mit den Jungs in Travemünde einen Termin für die Mittagszeit aus?«

»Mach ich.« Malte telefonierte kurz mit den Kollegen und vereinbarte ein Treffen in rund zwei Stunden. »Ob der Täter das so geplant hat«, fragte er auf dem Weg zum Dienstwagen, »dass das Boot von Niendorf bis zur Mündung der Trave getrieben wird?«

»Wer weiß?« Molly zuckte mit den Schultern. Sie war noch nicht ganz in dem aktuellen Fall angekommen.

Bens plötzliches Erscheinen mit dem Obduktionsbericht hatte ihr die Chance gegeben, das Gespräch mit Malte zum Thema Ole um ein paar Stunden oder Tage zu verschieben. Sie brauchte Zeit, darüber nachzudenken, wie viel von Ole und seiner Vergangenheit sie Malte überhaupt erzählen wollte.

Und sie brauchte Zeit, um herauszufinden, ob sie sich Oles kaum merkliche Reaktion auf die Nennung des Namens der toten Frau in der Barke womöglich nur eingebildet hatte.

4

Die Zufahrt zum Parkplatz, der kleine Wald und der Strandabschnitt dahinter waren abgesperrt. Eine Meute von Reportern hatte sich auf der Strandstraße zusammengefunden. Das Team eines lokalen Fernsehsenders hatte einen Ü-Wagen neben der Einfahrt zu einem Hotel abgestellt. Sie waren so dicht wie nur möglich an das Areal herangefahren und standen anderen Autofahrern im Weg. Doch kein Ordnungshüter scherte sich zurzeit darum. Alle Beamten waren damit beschäftigt, die Reporter und einen Haufen Neugieriger vom Betreten des Waldes, hinter dem die Strandkneipe lag, abzuhalten.

»Ankerplatz Nordost also«, grummelte Malte. »Dann fragen wir uns mal zum Inhaber des Ladens durch.«

Benjamin hatte ihnen die Adresse des beliebten Lokals auf einem Zettel notiert. Den Namen des Inhabers hatte er nicht dazugeschrieben. ›Fragt nach Chris‹, hatte er gesagt. ›Den kennt da jeder.‹

Molly und Malte stiegen aus dem Auto und fanden sich sofort im Blickpunkt der Reporter wieder.

Einer von ihnen erkannte Molly. »Das ist die Chefin der Soko Mysterious«, rief er den anderen zu und kam mit großen Schritten auf sie zugelaufen. Seine Kollegen hängten sich an ihn.

Molly fühlte sich an eine Bienentraube erinnert, als die Hüter und Realisierer des verbrieften Rechts der Öffentlichkeit auf Information sich ihnen näherten.

»Die haben mir gerade noch gefehlt«, stöhnte sie und tat, als bemerkte sie die Gruppe nicht.

Eine Frau mit einem Mikrofon in der Hand arbeitete sich zu Molly vor. »Wer war die Tote in dem Boot? Stimmt es, dass sie Selbstmord begangen hat?« Sie hielt Molly das Mikro so dicht vor den Mund, dass die Kommissarin hätte hineinbeißen können.

Molly hob abwehrend den Arm und schob die Hand der Reporterin resolut zurück.

Ein Kollege der Dame versuchte, den Kommissaren den Weg zu versperren. »Was können Sie uns über die Hintergründe des Todes sagen? War es wieder Selbstmord, oder war es dieses Mal Mord? Handelt es sich bei der Toten um eine Frau aus derselben Clique wie vor zehn Jahren? Welche Parallelen gibt es noch zwischen den beiden Fällen? Was sagt der Staatsanwalt dazu?«

Molly ignorierte die Fragen und hielt den Aufdringling mit dem Ellenbogen auf Abstand.

Malte nahm wie selbstverständlich ihre Hand und zog sie mit sich zur Einfahrt der Straße, die zu den Parkplätzen vor dem Wäldchen führte.

An dem aufgespannten rotweißen Flatterband wiesen sie sich einem uniformierten Polizisten gegenüber aus. Er instruierte sie, wo sie entlanggehen durften, hob das Band und ließ sie passieren.

Die Kollegen der Spurensicherung hatten sich über das Gebiet verteilt. In kleinen Gruppen suchten sie auf der Zufahrt und auf den Parkplätzen, im Wald und, wie Molly zwischen den Baumstämmen erkannte, auch am Strand nach Spuren.

Eine schlanke Frau mit hagerem Gesicht, gekleidet in einen weißen Schutzoverall, gab einigen anderen Kriminaltechnikern Anweisungen. Noch während sie sprach, fing sie Mollys suchende Blicke auf. Sie wies auf eine Stelle und erläuterte den Kollegen um sie herum etwas. Dann kam sie auf die Ermittler zu.

»Ich bin die Teamleiterin, Maren Eggertsen. Sie sind sicher die Kollegen, die den Fall übernehmen.«

»Ja, mein Name ist Molly Bleck.« Molly deutete auf Malte. »Das ist Hauptkommissar Malte Graf.«

»Auf gute Zusammenarbeit.« Maren nickte den beiden zu und warf einen kurzen Blick über die Schulter.

»Danke«, sagte Molly. »Die Arbeiten der Kriminaltechnik sind in vollem Gang, wie wir sehen.«

»Ja, wir haben das Gebiet sofort nach dem Fund der Leiche abgesperrt. Zuerst war nicht klar, ob es sich um Suizid handelt oder ob Fremdeinwirkung im Spiel war.«

Malte lachte durch die Nase. »Fremdeinwirkung, ein nettes Wort für Mord.«

Maren ging über die Bemerkung hinweg. »Erst die Obduktion konnte Klarheit darüber bringen, ob die Frau sich ohne fremde Hilfe das Leben genommen hat, ob sie womöglich einen Helfer bei der Selbsttötung hatte oder ob sie Opfer eines Mordes geworden ist.«

»Mit anderen Worten«, sagte Molly, »Sie wussten zuerst nicht, ob Sie nach einer leeren Packung Schlaftabletten suchen mussten oder nach einer Mordwaffe.«

Maren Eggertsen nickte ihr zu. Ein Lächeln huschte über ihr Gesicht. »Ich sehe, wir verstehen uns.«

Molly stellte sich auf die Zehenspitzen und lugte in den Wald. »Wir haben den Obduktionsbericht erhalten«, sagte sie. »Die Frau wurde nach den Erkenntnissen des Rechtsmediziners betäubt und im Zustand der Bewusstlosigkeit erstickt. Die Leiche wurde hierher gebracht.«

»So muss es abgelaufen sein. Wir haben bereits eine Reihe von Spuren gefunden, wie Sie sich denken können. Dieses Wäldchen wird stark frequentiert. Hinz und Kunz laufen hier durch.«

»Klar.« Malte stand an Mollys Seite und drehte sich in den Schultern nach rechts und links. »Strandbesucher, Gäste der Kneipe, Spaziergänger – alle parken hier und laufen durch den Wald.«

»Sie laufen nicht nur durch«, sagte Maren Eggertsen. »Sie suchen unter den Bäumen oft Schutz vor der Sonne und picknicken sogar hier.«

»Soll heißen, Sie und Ihre Kollegen finden leere Sandwichpackungen, Kaffeebecher und Getränkedosen.«

Maren nickte lächelnd. »Sie kennen sich aus.«

»Wissen die Leute nicht, wo die Abfalleimer stehen?«, schimpfte Molly laut und seufzte. »Dann lassen sich die Spuren kaum einer einzigen Person zuordnen.«

»Nein, das leider nicht. Aber ich wage zu behaupten, dass wir eindeutig auch Spuren des Täters oder der Täterin gefunden haben. Wir versuchen zurzeit, den Tathergang zu rekonstruieren. Kommen Sie mal mit.«

Die Kriminaltechnikerin hielt sich am Rand der Fahrspur, die am Wald entlangführte, und geleitete die Ermittler ans Ende der Straße. Vor dem hintersten Parkplatz blieb sie stehen.

»Nach derzeitigem Stand der Dinge dürfte der Täter an dieser Stelle sein Auto geparkt haben. Er muss die Leiche von hier aus durch den Wald zu dem Strandabschnitt getragen haben, der vor der Kneipe liegt.«

Molly verfolgte den mutmaßlichen Weg des Täters vom Auto durch den Wald mit den Augen. »Sie haben Schuheindrücke gefunden, die darauf hindeuten?«

»Ja. Kommen Sie. Ich zeig sie Ihnen.«

Maren Eggertsen machte drei Schritte in den Wald hinein. Einige Fundstellen auf einem Trampelpfad zwischen den Bäumen waren mit gelben Tafeln markiert, auf denen Zahlen standen. Sie deutete auf den Boden.

»Da muss der Täter mit der Leiche hergegangen sein. Er hat die Tote vor dem Boot abgelegt. Sie war vermutlich in eine Schutzfolie eingewickelt, die er abgezogen hat. Dann hat er sie ins Boot getragen und das Boot auf die See hinausgeschoben. Anschließend ist er im Zickzack zu seinem Wagen zurückgegangen.«

Malte pfiff anerkennend durch die Zähne. »Das alles konnten Sie in der kurzen Zeit rekonstruieren?«

Maren schob die Kapuze ihres Overalls zurück und wischte sich mit dem Ärmel über die Stirn. »Für geübte Augen war das nicht schwer. Wir haben Eindrücke von Herrenschuhen gefunden, die von hier zum Strand führen. Um genau zu sein: Sie führen genau bis dorthin, wo das Boot gelegen hat. An der Stelle, an der das Boot befestigt war, haben wir tiefe Eindrücke der bloßen Füße des Täters gefunden. Er hat sie hinterlassen, als er die Barke mit aller Kraft vom Sand geschoben hat.«

»Er hat die Schuhe ausgezogen?«, fragte Molly.

»Ja. Er ist mit Sicherheit ein Stück weit ins Wasser gegangen, um sein Werk zu vollenden und die Tote auf ihre Reise übers Meer zu schicken. Auch den Rückweg hat er bis weit in den Wald hinein barfuß absolviert. An einem Baumstumpf hat er sich hingesetzt und die Schuhe wieder angezogen. Von der Stelle an haben wir Eindrücke derselben Schuhe gefunden, die zum Strand führten, nur dass sie deutlich weniger tief waren als die vom Hinweg.«

»Logisch«, sagte Malte. »Da hatte er sich der Leiche entledigt.«

»Blitzmerker«, frotzelte Molly und knuffte ihn in die Seite.

Er lächelte teils verärgert, teils freundschaftlich, und sie hoffte, die alte Vertrautheit zwischen ihnen beiden würde sich trotz ihrer Offenbarung über die Existenz ihres Ehemannes bald wieder einstellen.

Es wäre zu kindisch, wenn er dauerhaft schmollen würde. Er hatte kein Anrecht darauf, sich in ihr Privatleben einzumischen oder darüber verärgert zu sein, dass sie seine Annäherungsversuche ohne Hinweis auf ihren Status als Ehefrau hingenommen hatte. Seine Flirts waren harmlos gewesen, und sie hatte ihn niemals dazu ermutigt. Malte war auf kollegialer Ebene ein kleines Risiko eingegangen, und er war alt genug, sich mit der Wahrheit arrangieren zu können.

Sie besann sich wieder auf den Fall der Leiche im Todesboot. »Der Mann war kein Profi, würde ich sagen.«

In eine der kleinen Gruppen von Kriminaltechnikern, die im Wald beschäftigt waren, kam Bewegung. »Hey, Maren, kommst du bitte mal her?«, rief einer der Beamten und winkte ihr zu.

Die Teamleiterin zog die Kapuze ihres Overalls wieder über den Kopf. Sie schlug einen Bogen, der Molly wie unsichtbar vorgezeichnet erschien, und lief zu ihm.

Der Mann zeigte auf eine Stelle zwischen den Wurzeln eines Baums.

Maren ging in die Hocke und betrachtete die Stelle aufmerksam. Dann erhob sie sich wieder. Nach einem kurzen Austausch mit ihren Mitarbeitern kehrte sie wieder zu den Ermittlern zurück.

»Nein, der Mann war sicher kein Profi. Es sieht ganz so aus, als hätte er sich auf dem Rückweg übergeben.«

»Woran erkennen Sie, dass er es war?«, fragte Malte.

»Ein Mann ist an dem Baum dahinten stehen geblieben und hat seinen Magen entleert. Er war sehr ordentlich, hat eine Grube gegraben und seine Hinterlassenschaft hineingeschoben. Zum Schluss hat er Erde und Moos darüber gegeben und die Stelle glatt getreten.«

»Das ist ungewöhnlich«, gab Malte zu.

»Es ist natürlich nur eine Vermutung, dass es der Täter war. Aber die Schuhabdrücke sind verräterisch, und so viel Rücksicht auf nachfolgende Menschen nimmt sonst niemand, dem derart elend ist, dass er sein Essen nicht bei sich behalten kann – es sei denn, er hatte einen triftigen Grund dafür. Diese verräterische Sorgfalt auf dem Rückweg passt zu der Nachlässigkeit, mit der er auf dem Hinweg die übrigen Spuren hinterlassen hat.«

»Sie meinen«, sagte Molly, »solange der Täter die Leiche bei sich hatte, war er so damit beschäftigt, sie zu entsorgen, dass er an die Spuren, die er hinterließ, überhaupt nicht gedacht hat. Als das Werk aber vollbracht war, wurde ihm klar, dass man ihn möglicherweise anhand dieser Spur der Tat würde überführen können.«

»So sehe ich das«, bestätigte Maren Eggertsen. »Und dann überlegen Sie mal: Welcher Profikiller würde sich übergeben, wenn er eine Leiche entsorgt hat?«

Malte zog die Stirn in Falten. Er ging die Zufahrt ein paar Meter in Richtung der Strandstraße, machte kehrt und kam wieder zurück.

»Es war aber ganz schön mutig«, meinte er, »sich diesen Ort auszusuchen, um die Leiche loszuwerden. Jeden Moment hätte hier jemand entlanggehen können.«

Maren schüttelte den Kopf. »Das sehe ich anders. Bei Nacht ist es hier wie ausgestorben. Wir wissen nicht, zu welcher Uhrzeit er hier war. Aber wenn das zwischen dreiundzwanzig Uhr und drei oder vier Uhr morgens war, bestand keine echte Gefahr.«

»Auf keinen Fall würde ich das Unterfangen als mutig bezeichnen«, sage Molly. »Ich würde sagen, es war ausgesprochen leichtsinnig. Denn nach Murphys Law hätte er mit einem Hundebesitzer rechnen müssen, der mit seinem Vierbeiner um die Zeit, als er hier war, noch einmal Gassi ging.«

»So gesehen haben Sie recht«, lenkte Maren ein.

Molly hatte noch eine Frage. »Sie sagten, die Leiche muss in eine Schutzfolie eingewickelt gewesen sein?«

»Wir vermuten eine Folie oder einen Plastiksack. Im Sand sind Eindrücke zu finden, wo ein menschlicher Körper gelegen haben muss, und wir konnten nachvollziehen, dass eine Hülle unter der Leiche weggezogen wurde. Wir haben ein Haar gefunden, das wir allem Anschein nach der Leiche zuordnen können. Wir werden das natürlich noch im Labor untersuchen. Da wir keinerlei Fasern von einem Sack, einem Teppich oder Ähnlichem finden konnten, gehen wir davon aus, dass es Plastik war, in das die Leiche verpackt war.«

»Den Sack selbst haben Sie aber nicht gefunden?«

»Nein. Einige Kollegen haben sämtliche Abfalleimer in der Gegend durchforstet, sogar die privaten Müllcontainer, die von der Straße aus erreichbar sind. Sie haben nichts Verdächtiges gefunden. Der Täter muss das Material wieder mitgenommen haben.«

Molly rief sich in Erinnerung, was sie vorhin in den Unterlagen gelesen hatte. »Laut Obduktionsbericht wurde die Frau in der Zeit zwischen fünfzehn und neunzehn Uhr ermordet. Dann hat der Täter sie noch ein paar Stunden in seinem Versteck behalten, um sie mitten in der Nacht aufs Boot zu verfrachten.«

»Das sieht nach einem Plan aus«, sagte Malte. »Der Täter muss gewusst haben, dass das Boot hier lag und dass er nachts kaum entdeckt werden würde.«

»Und dass das Schloss leicht zu knacken war«, ergänzte Maren Eggertsen.

»Welches Schloss?«, fragte Molly.

»Das, mit dem das Boot befestigt war. Er hat genau gewusst, wie er es knacken kann. Es ist nicht stark beschädigt. Er muss Werkzeug dabeigehabt haben, mit dem er es innerhalb kürzester Zeit fachgerecht öffnen konnte.«

»Okay.« Molly schob die Hände in die Taschen ihrer Jeansjacke. »Dann besuchen wir jetzt mal den Inhaber vom Ankerplatz Nordost und fragen ihn, ob er uns weiterhelfen kann.«

»Du hoffst aber nicht etwa darauf«, unkte Malte, »dass einer seiner Stammgäste der Täter ist?«

Molly überlegte nicht lange. »Ausschließen würde ich das nicht. Die Stammgäste wussten jedenfalls, dass das Boot da lag und wie es befestigt war.«

5

Die bauchige weiße Bodenvase hatte ihren festen Platz in Carinas Zimmer. Und wie jedes Jahr um diese Zeit stand ein frischer Strauß langstieliger Rosen mit schwarzen Blüten darin.

Fünfundzwanzig Blumen, die mütterliche Liebe symbolisierten. Für jedes Jahr, das Carina gelebt hatte, eine.

Jede dieser Blumen war zugleich ein Zeichen der tiefen Trauer und ein stummer, anklagender Schrei.

Jahr für Jahr bestellte Friederike Bartelson rechtzeitig zum Todestag ihrer Tochter einen Strauß makellos weißer Rosen bei einem gut sortierten Blumengeschäft in Travemünde. Sie ließ es sich nicht nehmen, die Blüten selbst zu färben.

Kaum zu Hause eingetroffen, stellte sie den Strauß in frisches Wasser und gab schwarze Tinte hinein. Stunde um Stunde lief sie danach in das Zimmer ihrer Tochter und warf einen Blick auf die Blüten, bis sie die Farbe der Trauer annahmen und der Schmerz, den sie in sich verspürte, wie ein lautloser Schrei den Rosen entwich.

»Musst du dieses Ritual so intensiv pflegen?«

Friederike drehte sich um. Pinkas, ihr Mann, stand in der Tür. Sie hatte sein Kommen nicht bemerkt.

Die eine Hand beulte die Tasche seiner anthrazitfarbenen Stoffhose aus. Mit der anderen deutete er auf die Vase. »Musst du das jedes Jahr von Neuem aufleben lassen? Es bringt uns Carina nicht zurück.«

»Warum sagst du so was? Du hast auch gelitten, aber du wolltest es nicht zeigen und willst es bis heute nicht. Du verkriechst dich in dein Arbeitszimmer, wenn du weinen willst. Du sprichst nicht über deinen Schmerz. Du spielst rund um die Uhr deine Rolle, die des Herrn Staatsanwalt, der alles im Griff hat. Der in jeder Situation cool bleibt und souverän. Der im Privaten keine Gefühle aufkommen lässt, weil er sie auch im Beruf nicht zeigen darf. Die Leute könnten sonst denken, dass er womöglich einmal Mitleid mit einem Kriminellen haben könnte. Man müsste befürchten, dass eine Anklage zu milde formuliert wird.«

Pinkas Bartelson holte aus und ließ den Arm durch die Luft zurückschwingen, als wollte er einer imaginären Person, die vor ihm stand, mit dem Handrücken eine schallende Ohrfeige geben. »Das ist maßloser Quatsch, Friederike. Hör auf mit dem albernen Gerede. Du würfelst zwei Sachen durcheinander, die nichts, aber auch gar nichts miteinander zu tun haben.«

»Ach, das ist ja interessant. Warum hast du dich dann nach Carinas Tod drei Monate lang beurlauben lassen? Kannst du mir das verraten? Ich sag's dir: Du warst fertig, aber niemand sollte es sehen.«

Pinkas zog die Hand aus der Hosentasche. Seine Finger hielten ein großes, zu einem Karree gefaltetes Stofftaschentuch. Er tupfte sich damit die Stirn ab. Dann steckte er es wieder ein.

Er schnaufte. »Mach, was du willst. Ich sehe mir das nicht länger an.« Seine Hand griff nach der Klinke und zog die Tür zu Carinas Zimmer zu.

Friederike lauschte, wie er langsam, Stufe für Stufe, nach unten ging.

Sie zählte die Stufen mit. Vierzehn waren es an der Zahl, aus Buchenholz gefertigt. Jeder seiner dumpfen Tritte hallte darauf wider.

Als sie bei zwölf angekommen war, ertönte die Stimme ihrer Schwiegermutter.

»Es ist wieder passiert. Ich habe doch immer gesagt, es war Mord. Pinkas, du musst handeln. Das bist du deiner Tochter schuldig. Es ist doch dein Beruf, Monster, die so etwas tun, zur Strecke zu bringen.«

Ging das schon wieder los!

Friederike zupfte den Strauß zurecht. Dann folgte sie ihrem Mann hinab.

Pinkas und seine Mutter waren in den Wintergarten gegangen. Friederike hörte ihre Stimmen, als sie den Flur entlanglief, und näherte sich ihnen.

Die schmächtige Mechthild in dem weinroten Kleid und den silbern schimmernden Strumpfhosen stand neben der mannshohen Yucca-Palme. Ihre grauen Haare hatte sie am Hinterkopf zu einem Knoten gebunden. Ihr ganzer Körper zitterte leicht. Mit einer Hand suchte sie Halt am Stamm der Palme, von der Friederike befürchtete, dass sie in spätestens zwei Jahren durch die Decke wachsen würde.

Gespannt hielt Friederike den Atem an. Wenn die beiden, Mechthild und die Yucca-Palme, jetzt gemeinsam umkippen würden, könnte sie die ungeliebte Pflanze mit dem langen kahlen Stamm endlich entsorgen.

Die Schwiegermutter hielt die Zeitung, die sie zusammengerollt hatte, wie einen Stab in der anderen Hand. Anklagend zeigte sie damit auf Pinkas.

Er stand an der Hausbar im Wintergarten und mixte sich einen Drink.

»Pinkas«, rief Friederike übertrieben entsetzt aus. »So früh am Vormittag, muss das sein?«

Mechthild drehte sich unbeholfen zu ihr um, die Hand immer noch am Stamm der Palme, und nickte ihr verkniffen zu.

Pinkas verschloss scheinbar seelenruhig die Whisky-Flasche. Er schenkte weder der Mutter noch seiner Frau einen Blick, setzte das Glas an die Lippen und trank einen Schluck. Dann ließ er sich in einem der Sessel aus hellem Rattan mit den dicken blauen Sitz- und Rückenpolstern nieder, schlug die Beine übereinander und stellte den Drink auf einem Tischchen ab. Er sah hinaus.

Mit unsicheren Schritten ging Mechthild zu dem Sessel gegenüber dem von Pinkas und hockte sich auf die vordere Kante. »Sag du doch mal was«, forderte sie Friederike auf und rückte mit dem Sessel über die Terracotta-Fliesen näher an den Couchtisch heran.

Bei dem grässlichen Geräusch, das dabei entstand, überkam Friederike eine Gänsehaut. In Gedanken sah sie die Schrammen, die die Füße des Sessels auf dem schönen, gepflegten Boden hinterließen.

Sie bemühte sich, das Gesicht nicht zu stark zu verziehen. »Was soll ich denn sagen?«, fragte sie geduldig. »Worüber redet ihr überhaupt?«

»Über Carina natürlich«, sagte Mechthild. »Kann es heute ein anderes Thema geben? Die Sachlage ist doch wohl klar.« Sie rollte die Zeitung auseinander, hielt sie demonstrativ mit beiden Händen in die Luft und zeigte das Titelbild mal Friederike, mal Pinkas.

Pinkas wich der Situation aus, indem er weiter stur nach draußen blickte. Die Goldfische in dem Gartenteich bekamen gerade Besuch von Nachbars Katze. Der

Rücken des Hausherrn spannte sich an. Er war bereit, aufzuspringen und das Tier zu verscheuchen.

»Ich geh schon«, sagte Friederike tonlos. Sie eilte zur Tür, öffnete sie und lief, nach vorn gebeugt und mit ausgebreiteten Armen, auf die rot-weiß getigerte Katze zu. Das Tier schenkte ihr wenig Aufmerksamkeit. Als es eine Pfote über das Wasser hielt, beschleunigte Friederike den Schritt und klatschte laut in die Hände. »Ksch ksch, hau ab«, rief sie, und die Katze trollte sich.

Friederike kehrte zurück in den Wintergarten. Sie hatte die Tür weit offen gelassen und erntete dafür einen vorwurfsvollen Blick von Pinkas, der in seinem Haus keine Insekten duldete.

Mechthild hatte die Zeitung mittlerweile auf den Knien ausgebreitet und strich mit einer Hand über das Foto, das zu Lebzeiten von der jetzigen Toten aus dem Fischerboot aufgenommen worden war.

»Es war Mord. Hier steht es. Die Kriminalpolizei hat keine Zweifel. Die Frau wurde obduziert, und der Mord wurde hundertprozentig nachgewiesen. Das ist doch der Beweis.«

»Was für ein Beweis soll das denn sein, Mutter?« Pinkas war sichtlich aufgebracht. Er kippte einen Schluck Whisky hinunter statt ihn, wie sonst, wie ein Kenner zu genießen, und knallte das Glas auf den Tisch zurück. Sein Zeigefinger wies anklagend auf das Foto. »Das, was heute in dem Blatt steht, ist der Fall einer gewissen Frau mit dem Vornamen Nela. Was ihr widerfahren ist, hat nichts mit dem zu tun, was mit unserer Carina war.«

»Aber es ist dasselbe Boot«, widersprach Mechthild. Wenn sie wollte, konnte sie sehr energisch sein. »Dasselbe Boot, dieselbe Gegend und wieder eine junge Frau.«

Pinkas reagierte nicht.

Mechthild blickte Friederike an.

Friederike setzte sich in einen der Sessel und bildete nun wie schon so oft zuvor ein Dreieck mit ihrem Mann und ihrer Schwiegermutter. Das Bermuda-Dreieck der Familie Bartelson. Wer würde heute darin untergehen?

Unter Friederikes Blicken wurde Mechthild unsicher. Sie schob sich weiter in den Sessel und ließ sich in die Polster sinken. »Es ist dasselbe Boot«, wimmerte sie. »Es steht hier. Das kann doch kein Zufall sein. Es gibt Parallelen zu Carina. Es gibt sie, glaubt mir. Ihr müsst sie nur suchen, dann werdet ihr sie finden.«

»Mechthild«, sprach Friederike milde, »du kennst die Hintergründe von Carinas Tod. Von deiner Enkelin gab es einen Abschiedsbrief. Du hast ihn selbst gelesen, wir haben ihn dir gezeigt. Die Polizei hat den Fall eingehend untersucht, und die Ermittlungen wurden nach kurzer Zeit eingestellt. Es ist wirklich nicht nötig, dass du das Thema immer wieder aufrollst. Das tut uns allen weh.«

»Was meint ihr, wie weh es mir tut, zu sehen, dass der Mord an Carina ungesühnt bleiben soll. Ihr wollt euch partout nicht davon überzeugen lassen, dass dies eine einzigartige Gelegenheit ist, die Wahrheit ans Licht zu bringen. Ich finde das un-er-träg-lich.« Bei jeder Silbe des letzten Wortes hämmerte ihre zarte, knochige Faust auf die Armlehne des Korbsessels ein.

»Mechthild«, sagte Friederike ergeben, »ich verstehe, dass Carinas Schicksal für dich schwierig zu akzeptieren ist. Für uns als Eltern ist es das nicht weniger. Aber bitte, bitte, bitte lass deine Enkelin in Frieden ruhen.«

»Amen«, sagte Pinkas in zynischem Ton. »Können wir es nun dabei bewenden lassen?«

Mit grimmiger Miene rollte Mechthild die Zeitung zusammen und rutschte wieder auf die Sesselkante vor.

Verschnupft blickte sie erst ihren Sohn an, dann die Schwiegertochter. »Ihr habt als Eltern versagt. Auf ganzer Linie versagt. Und eins sage ich euch.« Drohend hob sie die Zeitung. »Wenn ihr jetzt nichts tut, wenn ihr nicht die Chance ergreift, die sich mit diesem neuen Fall bietet, dann habt ihr noch einmal versagt.«

Sie kämpfte sich aus den weichen Polstern heraus. In ihren senfgelben Fellpantoffeln schlurfte sie verdrossen zu der stets geöffneten Schiebetür, die zum Wohnzimmer führte. An der Schwelle blieb sie stehen und drehte sich zu Pinkas und Friederike um.

»Ihr werdet Carina später einmal wiedersehen.« Sie deutete mit der Zeitung nach oben. »Für eure Untätigkeit werdet ihr euch rechtfertigen müssen. Und dann gnade euch Gott.«

6

Um die Kriminaltechniker nicht bei ihrer Arbeit zu stören und um keine Spuren zu zertreten, nahmen Molly und Malte den Weg außen um den Wald herum. Sie passierten eine Glasgalerie, in deren Schaufenster exklusive Stücke ausgestellt waren, einen Fahrradverleih und ein chinesisches Restaurant. Zwischen dem Chinesen und dem Gebäude eines Hafenimbisses schlugen sie einen schmalen Weg zum Hafengelände ein.

Sie marschierten am Hafenbecken und am Yachtclub vorbei und erreichten schließlich das urige reetgedeckte Haus, in dem der ›Ankerplatz Nordost‹ untergebracht war.

Eine ganz in weiß gekleidete Frau mit pechschwarzem Haar, das sie unter einem pinkfarbenen Kopftuch verbarg, stand vor einer geöffneten Tür, die zu einem Vorratsraum führte. In der schwachen Beleuchtung erkannte Molly große Dosen mit Lebensmitteln und gestapelte Getränkekisten.

»Wir suchen Chris«, sagte Molly. »Können Sie uns zu ihm führen?«

Die Frau musterte sie verwundert von Kopf bis Fuß. »Zu Chris? Sind Sie angemeldet? Bei uns ist alles in Ordnung. Sie können auch mit mir reden.«

Malte zeigte seinen Dienstausweis vor. »Wir sind von der Kripo. Wir brauchen eine kurze Auskunft von ihm. Wo finden wir Chris? Ist er im Haus?«

»Von der Kripo?« Sie schluckte. »Bestimmt wegen der Sache mit der Frau auf dem Boot. Schlimm ist das.« Mit zwei Fingern schob sie eine Haarsträhne unter das Kopftuch. »Kommen Sie mal mit. Ich bring Sie zu ihm.«

Sie führte die Besucher um das Haus herum, legte eine Hand auf die Klinke der Eingangstür und ließ sie darauf ruhen. »Chris hat aber nichts damit zu tun.«

»Schon klar«, sagte Malte. »Dürfen wir?« Er streckte den Arm nach der Klinke aus.

Die Frau zog ihre Hand verschreckt zurück, machte zwei Schritte rückwärts und nickte.

Die Ermittler betraten den unbeleuchteten Gastraum, der auf den ersten Blick wie eine Räuberhöhle wirkte.

Zwischen Schiffsleuchten hingen von den Decken grobe Fischernetze herab. Auch an den Wänden waren maritime Lampen befestigt. An einer Wand hing ein großes Steuerrad, an einer anderen ein riesiger Anker. Molly hörte förmlich die grobgliedrige Kette rasseln, an der er vom Schiffsrumpf zum Meeresboden sank.

Der Raum war stilvoll und atmosphärisch eingerichtet. So hatte Molly sich eine Hafenkneipe vorgestellt.

Sie ging auf eine Vitrine zu, die mitten im Gastraum stand und in der nautische Instrumente ausgestellt waren: ein Maschinentelegraf, ein Tischteleskop, ein Kompass mit zugehöriger Ledertasche, ein altes Megaphon. Ein Sextant aus Messing mit einer eckigen Holzbox, deren Deckel und Kanten mit Ornamenten geschmückt waren. Auch das Dekor war aus Messing gefertigt.

»Wir haben noch nicht geöffnet«, ertönte eine männliche Stimme im Hintergrund. »Aber wenn ich Ihnen behilflich sein kann, gerne.«

Molly wandte sich um.

Hinter dem Tresen stand ein Mann, vielleicht vierzig Jahre alt, mit einer drahtigen, durchtrainierten Figur. Er trug einen gestutzten, schwarzen Vollbart. Sein dunkles Haar war kurz geschoren, wie sie es von buddhistischen Mönchen kannte. Seine Augen wirkten düster und geheimnisvoll, er lächelte kaum. Doch sein Ausdruck war gütig wie der eines ausgewiesenen Philanthropen.

Malte hatte die Erscheinung des Mannes offenbar die Sprache verschlagen.

»Wir suchen einen gewissen Chris«, sagte Molly.

»Der bin ich.«

Abwartend blieb der Mann hinter dem Tresen stehen, und Molly fragte sich, ob er schon öfter schlechte Erfahrung mit Gästen gemacht hatte, die ihn außerhalb der Öffnungszeiten in seinem Lokal heimsuchten.

»Schön haben Sie es hier.« Molly breitete die Arme aus. »Behaglich und stimmungsvoll.«

»Das finden meine Gäste auch. Deshalb sind sie so gerne hier.« Chris griff mit einer Hand hinter sich an die Wand, und plötzlich leuchteten die Schiffslampen auf. »Darf ich fragen, wer Sie sind?«

»Kripo«, sagte Molly. »Um es kurz zu machen: Molly Bleck und Malte Graf von der Sonderkommission, die die Ermittlungen im Fall der Toten übernommen hat, die in Ihrem Fischerboot gefunden wurde.«

»Aha.« Chris schien einen Augenblick nachzudenken. »Bitte, nehmen Sie Platz. Darf ich Ihnen was zu trinken anbieten?«

»Danke, ich möchte nichts, und wenn mein Kollege erst mal anfängt, trinkt er Ihnen die Vorräte weg.«

Chris stellte dennoch Gläser und eine Karaffe Orangensaft auf einen Tisch. »Bitte«, sagte er und setzte sich.

»Kannten Sie die Tote?«, fragte Molly geradeheraus.

Er zögerte mit der Antwort. »Ich bin nicht sicher. Ich kenne eine Frau, die Nela heißt, und der Name kommt nicht gerade häufig vor.«

Malte holte einen Notizblock hervor, warf einen kurzen Blick darauf und guckte wieder Chris an. »Nela Dodesen. Sie lebte in Scharbeutz und war sechsunddreißig Jahre alt. Ist das die Nela, die Sie kennen?«

»Ja.« Die Lider des Kneipiers senkten sich. »Ich dachte mir gleich, dass sie es ist, als ich am Sonntag im Radio von dem Unglück gehört habe.«

»Unglück?«, hakte Molly nach. »Wissen Sie, wie Nela Dodesen ums Leben gekommen ist?«

Chris schüttelte den Kopf. »Nein, das weiß ich nicht. Aber es ist doch ein Unglück, wenn jemand in dem Alter mitten auf der See ums Leben kommt. Sie wird nicht einfach so gestorben sein. Nicht wie ein alter Mensch, der sich eines Abends müde in seinen Sessel setzt, den Fernseher einschaltet, die Augen schließt und in die andere Welt hinübergleitet. Irgendetwas Schlimmes muss Nela passiert sein. Sonst wäre sie nicht tot.«

»Kannten Sie Frau Dodesen gut?«, fragte Molly. »War sie Gast in ihrem Haus?«

»Gut? Na ja. Sie war des Öfteren hier wie so ziemlich alle Leute zwischen fünfzehn und fünfzig in dieser Gegend, die gerne in einer Strandkneipe etwas trinken oder eine Kleinigkeit essen. Der Ankerplatz Nordost ist als Treffpunkt in der ganzen Lübecker Bucht bekannt.«

»Wie gut kannten Sie Frau Dodesen denn nun?«, fragte Malte eine Spur zu streng.

Chris musste sich verdächtig fühlen. »Nicht so gut, wie Sie vermutlich glauben. Wenn sie auf dem Barhocker am Tresen saß, habe ich mit ihr ein paar Worte gewechselt wie mit jedem Gast, der den Abend da verbringt. Wenn sie aber an einem Tisch saß, zusammen mit anderen Leuten, habe ich bloß ›Hallo‹ gesagt und sie gefragt, was sie trinken möchte. Mehr nicht.«

»Was war Sie für ein Mensch?«, fragte Molly.

Chris zierte sich. »Woher soll ich das wissen? Ich habe sie nur in diesem Raum erlebt, nirgendwo anders.«

»Kommen Sie«, schmeichelte Molly sich ein. »Besitzer von Kneipen wie dieser, in denen die Gäste ausgelassen und entspannt zusammentreffen, sind Menschenkenner. Sie beobachten die Leute und wissen schnell, wen sie vor sich haben. Sie selbst haben sich bestimmt ein Bild von Nela Dodesen gemacht.«

Unangenehm berührt rückte Chris mit seinem Stuhl ein Stück vom Tisch weg und drehte sich etwas zur Seite. Er betrachtete den Anker an der Wand. »Na ja. Meistens war sie ziemlich aufgedreht. Ein eher extrovertierter Mensch. Sie fand schnell Anschluss. Sie kam alleine her, aber es kam selten vor, dass sie lange alleine blieb.«

»Sie hatte zurzeit keinen Partner, soweit wir wissen. Hat sie die Bekanntschaft von Männern gesucht, wenn sie hier war?«, fragte Malte hintergründig.

»Nicht, was Sie jetzt denken.« Chris sah ihn entrüstet an. »Wollen Sie sie in die Schublade der Prostituierten stecken, die einem Freier zum Opfer fiel? Solche Geschichten laufen nicht in meiner Kneipe. Der Ankerplatz Nordost ist ein sauberes Lokal. Es passiert, dass Gäste sich ineinander verlieben. So was kommt überall vor, wo Menschen sich treffen. Aber unter diesem Dach werden garantiert keine Geschäfte mit käuflicher Liebe angebahnt.«

»Darauf wollten wir auch nicht hinaus«, beschwichtigte Molly ihn. »Uns interessieren die Lebensweise und das Umfeld von Nela Dodesen.«

»Hat sie sich hier mit einer bestimmten Clique getroffen?«, fragte Malte gleich hinterher. »Waren es immer dieselben Leute, die sie traf, ein Freundeskreis, oder hat sie jedes Mal neue Kontakte gesucht?«

»Je nachdem. Soweit ich das beobachten konnte, war sie nie mit jemandem zu einem festen Zeitpunkt verabredet. Sie kam spontan, und wenn sie zufällig jemanden antraf, den sie kannte, hat sie sich dazugesetzt. Sie hat aber auch keine Scheu davor gehabt, sich zu wildfremden Leuten an den Tresen zu setzen und ein Gespräch anzufangen. Nur manchmal …«

»Ja?«, fragte Molly. »Was war manchmal?«

»Manchmal war sie unheimlich in sich gekehrt. Dann hat sie sich in eine Ecke verkrümelt, einen Cocktail getrunken und ein Gesicht aufgesetzt, als wäre sie aus Stein. An solchen Abenden hat sie durch die Leute hindurchgeguckt, selbst durch die, denen sie sonst um den Hals fiel, und die ganze Zeit kein Wort gesprochen.«

»Himmelhochjauchzend, zu Tode betrübt?«

Chris zuckte mit den Schultern und nickte.

»Wie kam es, dass Sie sofort an Nela Dodesen dachten, als Sie von der Toten im Boot erfuhren? Hatten Sie eine Vorahnung, dass ihr etwas zustoßen könnte?«

»Um Himmels willen, nein. Ich bin weder Hellseher noch Prophet. Es war nur wegen des Namens. Das geht Ihnen doch sicher auch so: Wenn Sie jemanden mit einem seltenen Namen kennen und Sie hören, dass einer Person dieses Namens etwas zugestoßen ist, denken Sie sofort an denjenigen, den Sie kennen.«

»An die Person zu denken und daran zu denken, dass sie Opfer eines Unglücks wurde, von dem man gerade gehört hat, ist zweierlei«, sagte Molly. »Womit ich sagen will: Man verbindet das Gehörte nur dann mit einer bösen Ahnung, wenn man zuvor mehr oder weniger unbewusst so ein Gefühl hatte, dass der betreffenden Person mal was Schlimmes passieren könnte. Andernfalls denkt man zwar bei der Namensgleichheit an die Person, die man kennt, aber man befürchtet nicht, dass sie das Opfer des besagten Unglücks wurde.«

Chris fuhr sich mit der Zunge über die Zähne und nickte bedächtig. »Da mögen Sie recht haben.«

Molly gab ihm einen Moment Zeit zum Nachdenken. Sie war sicher, er würde sich noch weiter dazu äußern.

Chris räusperte sich. »Sie wirkte so unstet. Vielleicht war es das. Die anderen Stammgäste, die ich habe, sind meist gut drauf, wenn sie herkommen. Oder ich merke ihnen an, dass sie was auf dem Herzen haben, und am selben Abend erfahre ich noch im Gespräch mit ihnen, was es ist. Aber Nelas Verfassung war sprunghaft und unberechenbar, und man erfuhr von ihr nie den Grund dafür. Wenn ich heute darüber nachdenke, würde ich sagen: Es muss etwas in ihrem Leben gegeben haben, das sie beunruhigt oder belastet hat und worüber sie nicht sprechen mochte. Irgendwas Fatales.«

All diese Aussagen zeigten Molly, dass das Motiv für Nela Dodesens gewaltsamen Tod vermutlich in deren Privatleben zu suchen war. In einem Teil ihres Lebens, den sie vor der Öffentlichkeit verborgen hatte. Da Nela die Tochter einer Familie war, die in der Region bei Einheimischen und Gästen einen gewissen Bekanntheitsgrad genoss, entbehrte es nicht einer gewissen Logik, dass es bestimmte Bereiche in ihrem Leben gab, die sie unter allen Umständen geheim halten wollte.

»Stehen Sie jeden Tag hinter dem Tresen Ihrer Kneipe oder haben Sie Aushilfen, die Sie mal vertreten?«

»Mittwochs haben wir geschlossen, von Donnerstag bis Dienstag bin ich hier. Wenn ich mal einen Termin hab, beim Arzt oder weil ein Handwerker zu mir nach Hause kommt, vertritt Cindy mich. Sie müssten sie draußen gesehen haben. Sie steht sonst in der Küche.«

»Ja«, sagte Molly. »Wenn das die junge Frau mit dem pinkfarbenen Kopftuch ist, haben wir sie gesehen. Hat sie auch Kontakt zu Ihren Gästen?«

»Normalerweise nicht. Wie gesagt, sie sorgt fürs leibliche Wohl. Ich bin der, der immer hier vorne steht.«

»Wann haben Sie Nela Dodesen zum letzten Mal gesehen?«, fragte Malte.

»Das letzte Mal?« Chris fuhr sich mit der Hand über den Schädel und sah sich in seinem Gastraum um, als suchte er nach etwas. »Warten Sie mal.«

Er stand auf, ging hinter den Tresen und blätterte in einem Terminbuch. »Das muss am Donnerstag der vorletzten Woche gewesen sein. Wir hatten mehrere Tische für eine größere Runde reserviert. Da wurde ein Geburtstag gefeiert. Nela hat an dem Abend am Tresen gesessen, weil an den Tischen kein Platz mehr war.«

»Seitdem war sie nicht mehr hier?«

Chris schüttelte den Kopf. »Nein. Sie war in unregelmäßigen Abständen hier. Mal mehrmals in einer Woche, dann wieder drei, vier Wochen lang gar nicht.«

Molly bewegte eine heikle Frage. »Das Fischerboot. Als Sie es kauften, wussten Sie zu dem Zeitpunkt, dass eine junge Frau darin gestorben war?«

»Ja. Die damalige Besitzerin hat es mir erzählt.«

»Hat diese Vorgeschichte Sie nicht davon abgehalten, das Boot als Attraktion für Ihre Gäste zu nutzen?«

Chris sah sie eindringlich an. »Nein, hat es nicht. Der Tod gehört zum Leben. Man kann das eine nicht vom anderen trennen. Die Toten sind keine Aussätzigen, um die man einen Bogen machen müsste, und sie sind ja nicht weg. Sie sind bei uns. Sie leben in unserer Erinnerung, in unseren Herzen. Warum soll nicht ein Boot an eine junge Frau erinnern, die darin gestorben ist, und gleichzeitig Teil unseres Lebens, unserer Freude sein?«

Molly schämte sich. Dieser Mann, der ein paar Jahre jünger war als sie und der beruflich sicher nicht so häufig mit dem Tod konfrontiert wurde wie sie, hatte eine Einstellung, die sie bewunderte.

»Eine weise Erkenntnis«, sagte sie. »Allerdings werden Sie das Boot so schnell leider nicht zurückerhalten. Die Spurensicherung wird es noch einige Zeit bei sich behalten und untersuchen.«

Chris nickte verständig.

Molly sah ihm an, dass ihm eine Frage auf der Zunge lag. »Bitte«, sagte sie, »fragen Sie nur.«

»Wie ist Nela ums Leben gekommen?«

»Es war Mord, wie Sie auch der Zeitung entnehmen können. Die Untersuchungen dauern noch an, und wir können zum jetzigen Zeitpunkt keine Informationen nach außen tragen.«

»Verstehe. Wegen des Täterwissens.«

Malte stützte das Kinn in die Hand. »Sie sagten, Sie haben täglich außer mittwochs geöffnet.«

»Ja.«

»Wie lange waren Sie am letzten Freitagabend hier?«

»Bis kurz vor elf«, antwortete Chris.

Malte senkte den Kopf leicht, legte die Stirn in Falten und guckte Chris von unten nach oben an.

Chris erwiderte seinen Blick. »Brauche ich jetzt einen Anwalt oder nur ein Alibi?«

»Weder das eine noch das andere«, beruhigte Molly ihn. »Sie sind nicht tatverdächtig. Uns interessiert nur, ob Sie jemanden bemerkt haben. Der Täter muss das Gelände um Ihre Kneipe herum gekannt haben. Er wusste, dass das Boot hier lag, und er wusste, dass es an dem Pfahl da draußen mit einem Schloss befestigt war. Ist Ihnen in letzter Zeit ein Gast aufgefallen, der das ausspioniert haben könnte?«

Chris verneinte. »Wie auch? Im Prinzip kann jeder Gelegenheitsbesucher und jeder Stammgast, der auf der Terrasse oder im Boot gesessen hat, die Umgebung ausgekundschaftet haben. Wie sollte mir das auffallen?«

»Haben Sie in letzter Zeit spätabends, wenn Sie gegangen sind, mal etwas Ungewöhnliches bemerkt?«

»Auch nicht. Wenn der Täter das Schloss inspiziert hat, um es zu knacken, muss er zu einem Zeitpunkt gekommen sein, als niemand mehr hier war.«

»Oder als viel Betrieb war«, widersprach Malte. »Man fällt nie so wenig auf wie dann, wenn tausend Leute auf einem Haufen sind.«

Mit dieser Anmerkung hatte Malte den Kneipier zum Schmunzeln gebracht.

»Sie können sich jederzeit gerne auf meine Strandterrasse setzen und nach Verdächtigen unter meinen Gästen Ausschau halten. Sie bekommen ein Bier auf Rechnung des Hauses. Hauptsache, Sie klären die Tat auf.«

»So ein großes Interesse daran?«, fragte Malte.

»Na klar. Es geht um einen Mord, der in meinem Boot begangen wurde. Den will ich gesühnt wissen.«

»Wenn wir es für sinnvoll halten, nehmen wir Ihr Angebot gerne an«, sagte Molly. »Wir freuen uns natürlich auch über jeden Hinweis von Ihnen. Was ich noch wissen möchte: Hat Nela Dodesen sich in letzter Zeit in Ihrer Kneipe mit jemandem gestritten?«

»Gestritten?« Chris dachte nach. Dann schüttelte er den Kopf. »Nicht, dass ich wüsste. Bemerkt habe ich jedenfalls nichts in der Richtung.«

»Können Sie uns die Namen von Gästen nennen, mit denen Frau Dodesen sich häufig getroffen hat?«

Das Gesicht des Kneipenwirts verschloss sich. »Die meisten Leute, die zu mir kommen, kenne ich nur mit Vornamen. Die Nachnamen weiß ich nur selten.«

»Aber der von Nela Dodesen war Ihnen bekannt«, schoss es unfreundlich aus Malte heraus.

Chris erwiderte nichts darauf.

Molly gab ihm ihre Visitenkarte. »Wenn Ihnen doch noch etwas einfällt, der Disput eines Gastes mit Nela Dodesen oder ein Name, rufen Sie mich bitte an.«

Sie verabschiedeten sich von Chris. Kurz vor dem Ausgang drehte Molly sich noch einmal um. »Wie ist das eigentlich mit Ihnen? Haben Sie einen Nachnamen?«

»Hab ich. Aber den glaubt mir keiner.«

»Wie lautet er denn?«

Die Augen des Gastwirts blitzten auf. »Seemann.«

»Das glaub ich nicht«, rief Malte aus.

»Sehen Sie?«, sagte Chris. »Deshalb belasse ich's beim Vornamen.«

Draußen vor der Tür begegneten sie Cindy. Sie fegte die Terrasse höchst geschäftig und tat zunächst, als bemerkte sie nicht, dass die Besucher das Grundstück verließen.

Molly fragte sich, wie dicht vor der Tür sie wohl gefegt hatte, während sie sich mit Chris unterhielten.

Malte musste denselben Gedanken haben. »Ob sich ein Abdruck des Ohres dieser Dame an der Außenseite der Tür findet?«, flüsterte er Molly zu.

»Wer weiß?«

Cindy blickte kurz auf.

Molly winkte der Frau lächelnd zu und ging den Weg zurück, den sie hergekommen waren.

Malte pfiff leise eine melancholische Melodie, irgendein Seemannslied, wie Molly meinte.

Sie unterbrach ihn. »Ich finde, du bist Chris ein paar Mal ein bisschen zu hart angegangen. Der Mann kann wichtig für uns sein. Für verdächtig halte ich ihn nicht, aber er könnte den Täter kennen. Je besser wir uns mit ihm stellen, desto größer wird seine Bereitschaft sein, in unserem Sinne nachzudenken.«

»Der verpetzt doch keinen seiner Kunden«, winkte Malte ab. »Eher beißt er sich die Zunge ab, als dass er einen Gast in unseren Fokus bringt. Aber das Mädel, das da draußen mit dem Besen rumgelaufen ist, das sollten wir uns noch mal gesondert vornehmen.«

»Cindy? Wenn du meinst. Die scheint mir allerdings harmlos zu sein, eher etwas unbedarft. Nein, als Nächstes befragen wir die Angehörigen der Toten. Und jetzt lass uns nach Travemünde fahren und mit den Kollegen sprechen, die am Samstag am Fundort der Leiche waren.«

Sie erreichten die Strandstraße, auf der ihr Dienstwagen stand.

Bevor sie einstiegen, hakte Malte sich bei Molly unter. »Auf dem Weg nach Travemünde erzählst du mir endlich die Geschichte von deinem Mann.«

»Aha.«

Molly spürte, wie die Farbe aus ihrem Gesicht wich. Dass Malte dieses Thema so wichtig war!

7

Auf der Terrasse des Ankerplatz Nordost

Cindy stellte den Besen in die Ecke. Sie konnte die Terrasse noch so akribisch vom letzten herübergewehten Sandkorn befreien und das Umfeld, in dem sie sich bewegte, noch so penibel sauber halten, ihr eigenes Leben würde nicht reiner dadurch. Man konnte nur den äußeren Dreck beseitigen. Der innere blieb an einem haften.

Sie wartete, bis sie sicher war, dass die zwei Leute von der Kripo sich weit genug entfernt hatten und sie nicht mehr befürchten musste, dass die Beamten noch einmal mit einer allerletzten Frage um die Ecke kämen. Dann betrat sie den Gastraum und schloss die Tür hinter sich.

Chris stand hinterm Tresen. Er hatte einen Block und einen Stift in den Händen und prüfte die Bestände an Spirituosen, die in den Regalen standen. Flaschen mit verschiedenfarbigen Etiketten, in kunstvollen Schriftarten bedruckt mit Namen und Hinweisen in deutscher, englischer, französischer und italienischer Sprache. Die Gäste der legendären Strandkneipe an der Ostsee waren Kenner und Genießer.

Ab und zu machte Chris sich eine Notiz.

Cindy tat so, als hätte sie vor, in die Küche zu gehen. »Was wollten die?«, fragte sie so beiläufig wie möglich.

Chris schien nicht auf ihre Frage eingehen zu wollen. Er sah nicht einmal von seinem Block auf.

An der Schwingtür zur Küche blieb sie stehen. »Hatten die einen Verdacht? Suchen sie hier wen?«

»Dich«, grummelte er.

»Was?« Ihre Stimme krächzte.

Chris drehte sich zu ihr um. Vermutlich war es ihr panischer Blick, der ihn zur Nachsicht veranlasste. »Die wollten sich umgucken. Hatten ein paar allgemeine Fragen.« Er betrachtete sie mit skeptischer Miene. »Hast du Angst vor der Kripo? Gibt es einen Grund dafür?«

»Nein, ich frag nur so. Es ging sicher um Nela Dodesen, oder?«

»Du weißt, dass sie die Tote im Boot war?« Chris legte Block und Stift auf den Tresen. Er lehnte sich gegen die Theke und verschränkte die Arme. »Du hast doch nichts damit zu tun, oder? Bist du rückfällig geworden?«

»Rückfällig?« Unwillkürlich riss sie die Augen auf.

»Tu nicht so. Du weißt, wovon ich rede. Du hast mir etwas versprochen, als ich dich eingestellt habe, und dein Versprechen war die Basis für unsere Zusammenarbeit.«

Sie schluckte und drehte den Kopf zur Seite. In all der Zeit, seit sie im Ankerplatz Nordost arbeitete, war ihre Vergangenheit nie ein Thema gewesen. Und noch nie hatte ihr Chef in so unmissverständlichem Ton mit ihr gesprochen wie gerade eben.

»Klar weiß ich, wovon du redest.« Sie wandte sich ihm wieder zu und zeigte nach draußen. »Aber was hat mein Versprechen mit dem zu tun, was sich am Strand vor deiner Kneipe abgespielt hat?«

Chris sah sie lange prüfend an. »Das könnte ich dich fragen. Du hast Nela Dodesen besser gekannt als ich. Ich stell dir keine Fragen, ich werde dir auch weiterhin vertrauen. Aber wenn du mir etwas zu erzählen hast, dann mach es bitte, bevor es zu spät ist.«

»Hast wohl Angst um deine Kneipe.«

»Ich habe einen Ruf und eine Konzession zu verlieren. Und du deinen Arbeitsplatz und deine Zukunft.«

Cindy verlagerte das Gewicht auf ein Bein und tippte mit der anderen Fußspitze hektisch auf den Boden. In ihr brodelte es.

Dem fragenden und alles durchdringenden Blick von Chris hielt sie nur kurze Zeit stand. Mit dem Ellenbogen schob sie die Schwingtür auf. Sie verschwand in der Küche und blieb gleich darauf abrupt stehen. Der schwingende Flügel rammte ihr in den Rücken.

Wütend drehte sie sich um, stieß die Tür erneut auf und kehrte in den Gastraum zurück.

»Chris?«

Er hatte Block und Kuli wieder aufgenommen. Woher nahm der Mann diese Gelassenheit?

Er sah zu ihr auf. »Ja?«

»Kann ich dich einen Moment sprechen?«

Seine Miene verriet, dass er diese Frage erwartet hatte. »Bitte.« Mit dem Stift deutete er auf den ersten Tisch hinter dem Tresen. »Setzen wir uns.«

Geräuschvoll zog sie einen Stuhl vom Tisch weg. Sie ließ sich darauf fallen. Ihre Fäuste landeten mit einem dumpfen Geräusch auf der Tischplatte.

Lautlos rückte auch Chris einen Stuhl nach hinten, setzte sich mit einer Seelenruhe hin und faltete die Hände auf dem Tisch. Er sah sie an wie ein Pastor. »Was möchtest du mir sagen?«

»Ich habe Nela gesehen«, brachte Cindy hervor. Mehr nicht.

»Wann und wo hast du sie gesehen? Und was hat das mit ihrem Tod zu tun?«

Cindy wand sich. »Mit ihrem Tod nichts. Gar nichts hat es damit zu tun. Ich hab auch schon lange keine Lieferung mehr von ihr bekommen. Ich nehme keine Drogen mehr. Ich schwöre es dir.«

»Ich gehe davon aus, du dealst auch nicht mehr.«

»Nein.« Sie wich seinem Blick aus. Wenn er sie ansah, hatte sie das Gefühl, er guckte bis in die tiefsten Tiefen ihrer Seele. Er war ein hervorragender Menschenkenner, vor ihm verbergen konnte sie nichts.

»Habt ihr gestritten in letzter Zeit, Nela und du?«

Empört schlug sie mit der Hand auf den Tisch. »Bist du von der Kripo? Bist du einer von denen?«

Es geschah etwas, was sie noch nie beobachtet hatte. Chris verlor die Geduld. Auch ihn schienen die Ereignisse nervös zu machen.

Er beugte sich zu ihr vor. »Cindy, was wolltest du mir sagen? Doch nicht nur, dass du Nela in letzter Zeit gesehen hast? Nela hat bestimmt viele Menschen getroffen. Das allein macht niemanden verdächtig.«

Cindy griff nach dem Kerzenhalter aus Messing, der in der Mitte des Tisches stand. Mit beiden Händen umklammerte sie ihn. Sie stierte auf die rote Kerze, die darin festgesteckt war, und senkte die Stimme.

»Ich glaube, ich war die Letzte, die Nela am Freitag gesehen hat.«

Chris lehnte sich zurück und ließ die Arme hängen. Er neigte den Kopf zur Seite und betrachtete sie. »Die Letzte? Bist du sicher?«

Cindy nickte.

»Woher willst du das wissen?« Er wartete auf eine Antwort, die sie nicht gab. »Sag nicht, du hast beobachtet, wie sie umgebracht wurde.«

»Nein, Quatsch. Dann hätte ich doch sofort die Polizei gerufen.«

»Warum dann dieses Rätselspiel, das du hier mit mir veranstaltest? Warum dieses Reden-und-nichts-Sagen?«

»Das ist kein Rätselspiel. Ich wollte nur verhindern, dass andere dir das erzählen, bevor du es von mir erfährst. Ich will, dass du im Bilde bist.«

»Aha.« Sein Tonfall nahm eine zweiflerische Einfärbung an. »Du denkst dabei also nur an mich?«

Sie schob den Kerzenhalter von sich weg, stützte die Ellenbogen auf den Tisch und rieb sich mit beiden Händen die Stirn. »Sie werden es herausfinden, und dann werden sie mich verdächtigen. Ich wollt's dir nur sagen. Ich will, dass du weißt, dass ich es nicht war.«

Er nickte langsam und fuhr sich mit der Zunge über die spröden Lippen. »Woher weißt du eigentlich so genau, dass du die Letzte warst, die sie gesehen hat?«

»Ich weiß es nicht mit Sicherheit«, schoss es aus Cindy heraus. »Aber es heißt, sie ist am Freitagnachmittag oder -abend ums Leben gekommen, und ich hab sie am Nachmittag getroffen, bevor ich hierher kam. Sie hat dauernd auf die Uhr geguckt. Ich hab sie gefragt, warum. Da hat sie gesagt, sie hätte gleich einen Termin.«

Chris spannte den Rücken an. »Hat sie dir erzählt, mit wem sie sich treffen wollte?«

»Nein.«

»Du bist aber sicher, dass sie direkt nach der Begegnung mit dir losgefahren ist?«

Cindy nickte.

»Wohin ist sie dann gefahren?«

»Ich weiß es nicht.« Cindy war den Tränen nah.

Chris wurde wütend. »Verdammt noch mal.«

Er sprang auf und lief vor den tiefen Fenstern des Gastraums, die zur Terrasse hinausgingen, hin und her. »Bist du mit ihr gesehen worden?«

»Ich bin zu ihr ins Auto gestiegen. Sie hat mich am Niendorfer Hafen abgesetzt. Irgendwelche Mitarbeiter ihres Hotels haben mich sicher mit ihr wegfahren sehen. Es war bestimmt jemand dabei, der meinen Namen kennt. Aber niemand, der mich kennt, hat gesehen, wie sie mich in Niendorf rausgelassen hat.«

Chris wurde nachdenklich. »Wenn die Kripo im Hotel nachfragt, werden sie womöglich auf dich kommen.«

»Da bin ich sicher. Mein Name wird genannt werden, wenn sie die Leute befragen.«

Chris' Miene hellte sich auf. »Mach dir keine Sorgen, Cindy. Am Freitagabend warst du hier. Im Falle eines Falles bestätige ich der Kripo das natürlich. Dann hast du doch gar nichts zu befürchten.«

»Wenn du meinst.« Cindy biss sich auf die Lippen und überlegte, wie sie weiter vorgehen sollte. »Chris?«

Er lächelte sie milde an. »Was hast du denn noch auf dem Herzen?«

»Darf ich morgen frei nehmen? Ich hab ein paar Dinge zu erledigen und möchte das gern in Ruhe machen. Außerdem will ich zu meiner Oma. Sie ist krank.«

Er runzelte die Stirn. »Das kommt jetzt aber ziemlich überraschend. Muss das so kurzfristig sein?«

»Bitte.« Sie setzte einen Blick auf, von dem sie wusste, dass ein mitfühlender Mensch wie Chris ihm kaum widerstehen konnte.

»Wie stellst du dir das vor? Das ist wirklich sehr kurzfristig. So schnell kann ich keinen Ersatz finden. Lässt sich das, was du zu erledigen hast, nicht ein paar Tage verschieben? Und für den Besuch deiner Oma brauchst du doch nicht zwei Tage. Übermorgen haben wir geschlossen. Reicht dir nicht der Mittwoch dafür?«

»Ich hab eine ganze Reihe von Dingen auf dem Zettel«, bettelte Cindy. »Wenn ich dir Ersatz beschaffe? Ich kann eine Bekannte fragen, ob sie einspringen mag. Bitte, Chris.«

Er seufzte, und sie wusste, sie hatte gewonnen.

»Wenn die Bekannte vom Fach ist, meinetwegen.«

»Ich rufe sie sofort an.«

Cindy sprang vom Stuhl auf und fiel Chris um den Hals, obwohl sie wusste, dass er das nicht mochte.

Dann nahm sie ihr Handy aus der Tasche, stellte sich an eins der Fenster, um einen besseren Empfang zu haben, und telefonierte.

8

Krampfhaftes Schweigen herrschte während der Fahrt zwischen Molly und Malte. Der Motor des Wagens gab Geräusche von sich, die Molly als beruhigend empfand. Das leise, gleichmäßige Surren signalisierte Beständigkeit und Verlässlichkeit.

Molly erschrak beinahe darüber, wie hilflos sie sich an die Hoffnung klammerte, dass die Maschine unter der Motorhaube die Sprachlosigkeit zwischen ihr und ihrem Kollegen bis zur Ankunft in Travemünde übertünchen würde. Zum Glück hatten sie nicht weit zu fahren. Die Ortsgrenze von Niendorf lag bereits hinter ihnen.

Malte drehte das Radio leiser. »Du wolltest mir was erzählen.«

»Ich?«

»Deine Ehegeschichte.«

Molly gab sich zerstreut. »Ach so, das. Eine Ehegeschichte ist das aber nicht.«

»Was dann, bitteschön?«

»Es ist die Geschichte eines Mannes, der durch einen unglücklichen Zufall in eine gefährliche Situation hineingeraten ist und deshalb untertauchen musste.«

Malte wandte sich ihr für einige Sekunden zu und grinste sie an. »James Bond hat ihm dabei aber nicht assistiert, oder?«

»Guck lieber nach vorne, sonst baust du einen Unfall. Dann hörst du die Geschichte heute nicht mehr.«

»Wieso?«, erwiderte er in ironischem Ton. »Vielleicht bekommen wir im Krankenhaus ein Doppelzimmer.«

Molly rückte ungehalten von ihm ab und drückte sich mit der Schulter gegen die Fensterscheibe. »Ich weiß gar nicht, wo ich anfangen soll.« Sie betrachtete die windschiefen Bäume entlang der Landstraße, die aussahen, als wären sie vor jemandem auf der Flucht. »Es ist bald elf Jahre her. Ole und ich …«

»Ole heißt er also. Hießen nicht schon die alten Wikinger so?«

»Wenn du dich über ihn lustig machen willst, rede ich nicht weiter«, giftete Molly ihren Kollegen an.

Maltes Gesichtszüge froren ein, und er guckte geradeaus, als bewegte sich auf der Straße ein Monster, das seine ganze Aufmerksamkeit auf sich zog.

Molly schluckte. »Willst du es nun hören oder nicht?«

»Natürlich, erzähl. Ich bin echt neugierig darauf. Es ist nur so …«

Molly wedelte mit der Hand in der Luft herum. »Wie ist es denn? Spuck's aus.«

Malte grinste verlegen. »Ich hab dich bisher immer als Single betrachtet. Der Gedanke, dass du verheiratet bist, ist vollkommen ungewohnt. Dazu muss ich erst mal ein Bild erzeugen. Verstehst du, was ich meine?«

»Gar nichts musst du erzeugen. Ich bin die, die ich schon immer bin, ob mit oder ohne Ehemann. In der Zeit, die ich mit Ole zusammenlebte, war ich im Prinzip kein anderer Mensch als der, den du heute kennst.«

»Im Prinzip?« Malte zuckte mit den Schultern. »Die Zeit, als er weg war, wird dich verändert haben. Wenn es so gewesen ist, wie du angedeutet hast, muss es für dich eine verdammt schwierige Phase gewesen sein.«

»Das kannst du wohl laut sagen. Aber schwierig war es auch vorher schon.« Sie biss sich auf die Zunge. Sie wollte Ole vor anderen Leuten nicht als einen Menschen darstellen, der furchtbar unselbstständig war. »Es war so schwierig, wie wohl jede Ehe ist«, schob sie hinterher.

Malte lächelte. »Dazu sage ich jetzt lieber nichts. Ich hab genug Freunde, die verheiratet sind, und manchmal beglückwünsche ich mich herzlich dazu, dass der Kelch bisher an mir vorbeigegangen ist.«

Jetzt war es Molly, die grinste. »Ist vermutlich auch gar keine so üble Lösung. Obwohl – die Zeit mit Ole war auch nicht schlecht.«

»Wieso war? Ich denk, er ist jetzt wieder in dein Leben getreten? Ihr lebt nicht unter einem Dach?«

Molly presste die Lippen aufeinander. Warum tat sie sich dieses Gespräch an?

»Pass auf, Malte. Ich erzähle dir seine Geschichte in Kurzform. Exklusiv für dich und nur weil wir beide so eng und vertrauensvoll zusammenarbeiten. Der Rest ist mein Privatleben, und er bleibt es, okay?«

»Dies ist kein Verhör, meine liebe Kollegin. Erzähl mir einfach das, was du erzählen willst. Aber leg endlich los damit, wir sind bald da.«

»Also gut. Ole ist Künstler. Maler und Bildhauer. Er gestaltet Skulpturen. Er gilt als hoch talentiert, und vor knapp elf Jahren hat er ein Stipendium auf Bornholm bekommen. Zwei Monate hat er kostenlos in einer traumhaft schönen Villa in Strandnähe gewohnt.«

»Auf Bornholm?« Maltes Gesicht nahm einen Ausdruck an, als stellte er gerade eine Verbindung her.

Schnell redete Molly weiter. »Wir hatten in der Zeit wenig Kontakt. Um ehrlich zu sein: Wir hatten so gut wie keinen Kontakt. Ich war mit meinem Job in Hamburg zu stark beschäftigt, um mir Gedanken über die Kunstwerke zu machen, die er in Dänemark schuf. Und seine Seele – ich dachte mir, es tut ihm gut, wenn er mal ein paar Wochen nicht unter meiner Fuchtel steht. Es war das erste Mal, dass wir längere Zeit getrennt waren, und er sollte sich nicht von mir kontrolliert fühlen. Ich war natürlich immer die Dominantere von uns beiden.«

Malte kicherte. »Dieser Hinweis wäre jetzt nicht nötig gewesen. Aber er beweist mir, dass stimmt, was ich mir von Anfang an gedacht habe: Du bist eine grundehrliche, selbstkritische Seele.«

»Versuch nicht, mir Komplimente zu machen. Damit kommst du auch nicht ans Ziel«, sagte Molly halb im Spaß, halb im Ernst.

»Keine Angst, meine Hoffnungen auf dich hab ich längst begraben«, frotzelte Malte zurück.

»Ole war also zwei Monate weg«, fuhr sie fort. »Und als er wieder zurückkam, hatte er sich stark verändert.«

»Klar. So ein Aufenthalt bleibt nicht ohne Spuren.«

»Es war nicht nur der Aufenthalt. Er wurde Zeuge einer illegalen Aktion, was letztlich bittere Folgen für ihn hatte.« Sie seufzte schwer, als ginge es um sie selbst. »Bei einer Wanderung durch die Dünen hat er Materialien für neuartige Skulpturen gesammelt.«

»Materialen? Was hat er denn gesucht?«

»Alles Mögliche. Treibholz, Dünengras, Sand, Steine. Und Muscheln natürlich. Er wollte eine neue, ganz individuelle Art von Kunstwerken schaffen, um sie Galerien anzubieten. In seinem Kopf schwirrten tausend Ideen.«

Molly legte eine Hand um den Sicherheitsgurt und zog gedankenverloren daran.

»Und weiter?«, fragte Malte. »Hat sich die Aktion, die er beobachtet hat, in den Dünen abgespielt?«

»Ja, mitten in den Dünen. Ole hat gesehen, wie eine Frau zwei Männer traf. Die Frau hatte einen Rucksack auf. Da waren in Folie gewickelte Päckchen drin, die sie den anderen beiden übergeben hat. Die Männer haben die Ware an sich genommen und begutachtet. Dann haben sie der Frau ein dickes Bündel Geld überreicht.«

»Ware gegen Geld, Übergabe in den Dünen?«, sagte Malte nachdenklich. »Das klingt nach Drogendealern.«

Molly lächelte gezwungen. »Du scheinst vom Fach zu sein. Ja, das waren Drogendealer. Ole hat aus seinem Versteck heraus per Handy die Polizei verständigt.«

Malte nickte. »Er war schließlich mit einer Kriminalkommissarin verheiratet. Er wusste, was sich gehörte.«

»Er hat sich weiter in den Dünen versteckt gehalten. Die Polizei war schnell da. Sie hat die zwei Männer festgenommen, die die Drogen in Empfang genommen hatten. Es war Kokain. Die Frau hat es allerdings geschafft, wegzulaufen und irgendwo unterzutauchen. Sie war sehr sportlich und offenbar ortskundig.«

»Hat dein Mann versucht, sie festzuhalten?«

»Nein, er hat sie nur flüchten sehen. Die Polizei hat dann noch zwei weitere Männer gejagt, die fliehen wollten, als der Helikopter auftauchte. Sie waren ebenfalls in den Dünen gewesen, hatten wohl Wache gehalten, Ole beobachtet und die anderen drei zu warnen versucht.«

»Da hatte dein Mann ja einen richtigen Krimi zu erzählen, als er nach Bornholm wieder bei dir war.«

»Nein«, sagte Molly. »Ole hat mir nach seiner Rückkehr nichts davon berichtet. Er hat geschwiegen wie ein Grab, und ich frage mich bis heute, wie er das geschafft hat. Er wollte mich beschützen. Er wollte mich aus der Sache raushalten. Bei den dänischen Behörden gingen Drohungen gegen ihn ein für den Fall, dass sie ihn als Zeugen benennen würden. Die Kripo hat ihn aber noch einmal nach Dänemark eingeladen. Der Kommissar, der für die Ermittlungen zuständig war, hat ihn bekniet, auszusagen. Daraufhin hat er sich tatsächlich als Zeuge zur Verfügung gestellt. Da er ernsthaft bedroht wurde, haben sie ihm Zeugenschutz angeboten.« Molly hielt kurz inne. »Ich hätte mit in das Programm gehen können. Aber Ole hat mir kein Sterbenswort davon erzählt.«

Malte guckte sie erstaunt an. »Hat er nicht?«

»Nein.« Mollys Stimme versagte fast. »Er wollte mal ein Leben versuchen, bei dem er auf sich allein gestellt war. Es war ein spontaner Gedanke, der plötzlich in ihm aufkam, und ich kann ihm das nicht verdenken. Er wollte endlich erwachsen werden. Wenn ich ehrlich sein soll: Mit mir zusammen wäre ihm das nie gelungen.«

Malte schwieg für eine Weile. Sie hatten Travemünde längst erreicht. Er kurvte über den Parkplatz und tat, als suchte er den optimalen Platz für den Wagen.

Molly merkte ihm jedoch an, dass er von ihrer Geschichte so beeindruckt war, dass es ihm unmöglich war, anzuhalten und ihr in die Augen zu sehen.

»Alle Achtung«, flüsterte er nur.

Molly fiel es schwer, weiterzureden. »Mit der Zeit ist Ole das Leben, das er zu führen gezwungen war, leid geworden. Die Leute aus der Bornholm-Connection, wie die dänische Kripo den Drogenring nannte, haben ihn überall gesucht. Alle paar Jahre musste er den Namen und den Wohnsitz wechseln, weil sie ihn irgendwo aufgespürt hatten. Eines Tages kam er an den Punkt, an dem er wieder mit mir zusammenleben wollte. Er wollte wieder Ole sein und mein Mann.«

»Dein Mann?« Malte trat unversehens auf die Bremse.

Der Fahrer eines Wagens hinter ihm hupte wie wild.

»Er hat alles darangesetzt, mich in Hamburg ausfindig zu machen. Ich lebte aber nicht mehr in Hamburg. Ein Kollege von mir hat ihm verraten, dass ich mich nach Timmendorf hatte versetzen lassen. Da war für ihn klar, dass das Schicksal uns wieder zusammen sehen wollte. Er selbst wohnte nämlich inzwischen in Travemünde.«

»Nein! Das ist ja wie in einer Liebesromanze.«

»Nicht ganz. Wir haben uns wiedergefunden, aber wie es weitergeht, steht in den Sternen. Es ist viel passiert. Und jetzt sind wir da.« Sie legte die Hand an den Türgriff.

»Wie?« Malte sah sie an, als hätte sie einen Satz in einer unbekannten Sprache von sich gegeben.

»Wir sind in Travemünde. Wir sollten mal aussteigen. Vielleicht parkst du den Wagen noch richtig ein? Ich denke, so können wir nicht stehen bleiben.«

Malte überwand die innere Blockade, die ihn anscheinend überkommen hatte. Er guckte sich um und fuhr auf einen freien Platz zu, der in der Nähe eines Parkautomaten stand. »Hast du Kleingeld dabei?«

»Na klar.« Molly stieg aus und suchte in ihrem Portemonnaie nach Münzen.

Malte rutschte vom Fahrersitz, verriegelte die Wagentüren und begleitete sie zum Automaten.

Molly warf die Münzen ein, zog den Parkschein heraus und hielt ihn Malte hin.

Er lief mit dem Ticket in der Hand eilig zum Wagen, legte es auf das Armaturenbrett und kehrte zu Molly zurück. »Wie ist denn das mit den Männern, die Ole in den Dünen beobachtet haben? Wurden die inzwischen festgenommen?«

Eine Last vom Gewicht eines Zweitausenders legte sich auf Mollys Seele.

»Nein, das wurden sie nicht. Leider. Ole geht das Risiko einfach ein. Er sagt, es war kein Leben mehr, und lieber wäre er tot, als dass er sich noch jahrzehntelang verstecken müsste.«

»Ist das nun mutig oder leichtsinnig?«

»Ich weiß es nicht. Die Männer, die aufgrund seiner Aussage verurteilt wurden, leben nicht mehr. Der eine ist im Gefängnis an einem Herzinfarkt gestorben. Der andere wurde von Mithäftlingen zusammengeschlagen und ist in einer Klinik seinen Verletzungen erlegen.«

»Oles Glück. Wenn die irgendwann aus der Haft entlassen worden wären, hätten sie sicher keine Ruhe gegeben, bis sie sich an ihm hätten rächen können.«

»Die Frau, die fliehen konnte, ist auch noch frei«, sagte Molly leise. Sie schlug den Weg zur Strandpromenade ein, in deren Nähe das Fischerboot mit der Frauenleiche gefunden worden war. »Ich mache mir Sorgen um Ole. Ich befürchte, dass mindestens der Drogendealer von Bornholm ihn an der Ostsee entdeckt hat. Einmal habe ich beobachtet, wie ein Mann hinter ihm her rannte, als Ole gerade in der Nähe von Jannas Haus war, um mich zu suchen.«

»Dann bist du auch in Gefahr, oder?«

Molly schüttelte den Kopf. »Das glaub ich nicht. Ich denke, die wissen gar nichts von meiner Existenz.«

»Wie schützt Ole sich denn nun, seit er aus dem Zeugenschutz raus ist?«

»Er hat seit Kurzem einen Waffenschein und einen Revolver. Und er hat gerade die Wohnung gewechselt.«

»Er lebt aber nicht bei Janna und dir?«

»Nein. Er hat zuletzt in Travemünde gewohnt. Jetzt ist er in die Lübecker Innenstadt gezogen. Da arbeitet er in einem kleinen, exklusiven Salon als Friseur.«

Malte blieb stehen. »Als Friseur? Er, der Künstler?«

»Ja, sicher, warum nicht? Friseurhandwerk ist auch eine Kunst. Er musste ja was lernen, um Geld zu verdienen, und ein Job im Büro, als Installateur oder als Busfahrer wäre nichts für ihn gewesen. Aber er war weiter künstlerisch aktiv, und vor Kurzem hat sich eine Galerie gemeldet, die seine Werke zu stattlichen Preisen verkaufen will. Sie haben schon eine Reihe von Interessenten. Davon wird er gut leben können.«

»Dann kann er den Friseurjob bald an den Nagel hängen«, meinte Malte.

»Ja, das hoffen wir alle. Obwohl es ihm Spaß gemacht hat, träumt er natürlich davon, dass alles wieder so wird wie damals. – Fast alles«, schob sie hinterher und dachte dabei an ihre Ehe.

»Nur die Verfolger muss er noch aus seinem Leben verscheuchen«, sinnierte Malte. »Aber wozu hat man eine Frau, die Kriminalkommissarin ist?«

Molly lachte bitter. »Ja, wozu?«

Die Ostsee lag glitzernd vor ihnen. Fasziniert von dem Anblick blieb Molly stehen.

Eine der Skandinavien-Fähren nahm Kurs auf die Trave. Am Horizont zogen silbergraue Wolken auf.

Malte sah sie besorgt an. »Du guckst so abwesend. Ist was?«

»Nein, alles gut.«

Malte stieß sie sanft mit dem Ellenbogen an. »Sieh mal da, der Mann an der Lotsenstation, der uns zuwinkt. Das ist Eugen Lüder. Lass uns mal zu ihm gehen.«

»Eugen wie? Und wer ist das?«

»Der Mann, der auf den Posten spekuliert hat, den du jetzt innehast. Seit Kurzem ist er pensioniert.«

»Er wollte Leiter der Soko Mysterious werden?« Molly wurde unbehaglich zumute.

»Er kommt von hier, war aber lange auf Fehmarn stationiert. Die letzten acht oder neun Jahre bis zu seiner Pensionierung ist er täglich gependelt, weil er sein Häuschen in Travemünde nicht verkaufen wollte. Er hat immer darauf gehofft, wieder zur Kripo Lübeck zurückversetzt zu werden. Als die Gründung der Soko im Gespräch war, hat er Interesse signalisiert. Aber er war dem LKA zu alt, sie haben ihn von Fehmarn nicht mehr zurückgelassen. Die Gründung unseres Teams hat ja auch länger gedauert, als er noch im Dienst war.«

Malte straffte die Schultern und ging auf Eugen Lüder zu wie auf ein hohes Tier, das er mit gebührendem Respekt begrüßen wollte.

Molly trottete hinterher.

9

Je näher Molly Eugen Lüder kam, desto deutlicher verspürte sie ein Ziehen in der Magengegend. Bald wurde ihr klar, dass es seine Berechtigung hatte.

Lüders Augen hatten etwas Eisiges.

Der Ex-Polizist streckte Malte die fleischige Pranke entgegen. »Moin, Kollege. Sie sind also tatsächlich Chef der Soko Mysterious geworden.«

Malte, dessen Rechte in Lüders Hand feststeckte wie in einem Schraubstock, zeigte mit der Linken auf Molly. »Nein, Chefin ist Molly Bleck. Ich spiele im Team bloß die zweite Geige.«

Irgendwann, Molly hatte einige tiefe Atemzüge getan, gab der hünenhafte Lüder mit dem Mondgesicht und dem schütteren Haar Maltes Hand frei und ließ sich herab, die Kommissarin mit verkniffener Miene anzusehen.

»Moin.« Er nickte kurz.

Sie erwiderte den Gruß.

Er hob das Kinn und betrachtete Malte von oben herab. »Ja, natürlich«, kommentierte er träge. »Statt ein gestandenes Mannsbild an die Spitze zu stellen, hat man der Dame den Vorzug gegeben. Tja, die Quotenfrauen. Ich weiß noch, Kollege Graf, wie Sie und ich uns in der Planungsphase darüber unterhalten haben, aus wie vielen Personen das Team anfänglich bestehen sollte und wie die Quoten, männlich zu weiblich, verteilt sein sollten. Meine Meinung stand fest. Aber lassen wir das.«

Er drehte Molly die Schulter zu und fasste Malte am Arm, sodass er eine Achse mit ihm bildete und sie selbst sich zwangsläufig ausgeschlossen fühlte.

Lüder zeigte auf die See hinaus. »Dahinten, ungefähr beim Leuchtfeuer am Ende der Mole, ist das Boot zum ersten Mal aufgefallen. Ein Fotograf war ganz früh am Morgen unterwegs, um die See bei Sonnenaufgang festzuhalten. Dabei ist ihm aufgefallen, dass ein altes Fischerboot auf den Wellen trieb, das offensichtlich führungslos war.«

»Um wie viel Uhr war das?«, fragte Molly.

Lüder antwortete nicht. Er hatte ihre Frage anscheinend nicht gehört. »Er dachte, es hätte sich in der Nacht in irgendeinem Hafen in der Umgebung losgerissen.«

»Um wie viel Uhr hat der Fotograf das Boot entdeckt?«, fragte Molly noch einmal, diesmal etwas lauter.

»Dass eine Tote drin liegt, damit hat er natürlich nicht gerechnet«, fuhr Lüder mit Blick auf Malte fort.

War der Mann taub? Unsicher suchte Molly Augenkontakt mit Malte.

Er wiederholte ihre Frage.

»So gegen sechs«, antwortete Lüder.

Molly stellte sich neben Malte. »Hat der Fotograf ein anderes Schiff in der Nähe des Bootes gesehen?«

»Das Boot an sich passte hervorragend zur fotografischen Kulisse«, sagte Lüder. »Besser als mit diesem Motiv hätte der Mann es gar nicht treffen können.«

»War noch ein anderes Schiff in der Nähe des Bootes?«, wiederholte Malte die Frage seiner Kollegin.

»Nein, da war nichts zu sehen. Nur von Weitem eine Fähre. Aber die hatte mit dem Fischerboot und mit der Leiche natürlich nichts zu tun.«

Noch immer sah Lüder beim Sprechen nur Malte an, während er Molly völlig ignorierte. Dabei befand sie sich in Lüders Sichtachse.

»Begleitet von der Wasserschutzpolizei«, sagte Lüder, »haben die Kriminaltechniker die Barke mitsamt der ungewöhnlichen Fracht gesichert und an Land gebracht.«

Malte stellte die nächste Frage, deren Antwort auch Molly interessierte. »Vor zehn Jahren gab es einen ähnlichen Fall mit demselben Boot. Erinnern Sie sich daran?«

Lüder drückte die Brust heraus und nickte. »Das war mein Fall, mein letzter, bevor ich nach Fehmarn ging. Deshalb hat mich einer der Kollegen sofort angerufen, obwohl ich jetzt in Rente bin. Er hat gleich an mich gedacht, als er ins Boot guckte und die Leiche sah. Er meinte, dass ich genau der Richtige wäre, die Ermittlungen in diesem neuen Fall als Berater zu begleiten. Deshalb steh ich hier. Ich warte auf die Kollegen.«

»Toll, dass Sie bereit sind, uns mit all Ihrer Erfahrung in diesem Fall zu bereichern«, lobhudelte Malte gestelzt.

Molly drehte sich von ihm weg. Er musste nicht sehen, wie sie die Augen zum Himmel drehte.

Als sie sich wieder umsah, grinste Lüder über das ganze Gesicht. »Einen Täter zu fassen reizt mich natürlich immer noch.«

»Versteh ich voll und ganz«, sagte Malte.

»Kollege Graf«, jovial schlug Lüder Malte auf den Rücken, »wenn Sie Fragen haben oder tatkräftige Unterstützung brauchen, Ihnen persönlich steh ich jederzeit zur Verfügung. Tag und Nacht, wenn's sein muss. Eins ist doch klar, Graf: Wenn wir Männer nicht zusammenhalten, wer dann?«

Sein Blick heftete sich an Maltes Gesicht.

Malte grinste, und Molly fragte sich, was sie von dieser Seilschaft zu halten hatte. Nachher würde sie ein ernstes Wörtchen mit ihrem Kollegen reden müssen.

Plötzlich wurden sie mit lautem Hallo umringt von Beamten der Kripo Travemünde.

»Ihr habt also schon Freundschaft geschlossen«, sagte einer der Polizisten.

»Das kann man wohl sagen«, erwiderte Molly. Sie begrüßte die Männer. »Schön, dass ihr da seid. Ihr wart alle dabei, als das Boot an Land gebracht wurde, und habt es in Empfang genommen?«

Die Männer nickten. Einer murmelte ein »Ja«.

»Wie war die Situation an dem Morgen? Habt Ihr auffällige Personen am Strand oder auf der Mole gesehen?«

Ein Beamter verneinte. »Weit und breit keine Seele.«

»Außer dem Fotografen, der euch gerufen hat, gibt es also niemanden, der eine Aussage machen könnte?«

»Nein«, antwortete der eine Kollege. »Und wenn ihr mich fragt: Hinter dem nächtlichen Ausflug der Leiche steht eine gut durchdachte Aktion.«

»Die Frage ist«, meldete Eugen Lüder sich zu Wort, »was hat der Täter beabsichtigt? Wollte er, dass die Barke in der Lübecker Bucht bleibt, oder hat er gehofft, dass sie weit aufs Meer hinausgetrieben wird?«

Einer der Kollegen zuckte mit den Achseln. »Womöglich war ihm ganz egal, wo sie landet. Hauptsache, er war die Leiche los.«

Molly dachte einen Moment nach. »Das glaube ich nicht. Ich denke, er wollte etwas ganz Bestimmtes zum Ausdruck bringen. Sonst hätte er nicht diesen Weg gewählt, sich der Leiche zu entledigen.«

»Interessanter Gedanke«, sagte Malte.

Lüder kniff die Lippen zusammen und schüttelte heftig den Kopf. Er trat näher ans Ufer der Trave und blickte zur See. »Schauen Sie mal, junge Frau.«

»Bleck ist mein Name. Ganz leicht zu behalten.«

Er atmete scharf ein. »Sehen Sie mal. Wenn die Strömung die Barke nicht hierhin getrieben hätte, wo wäre sie dann gelandet? Jottwede. Janz weit draußen. Beim nächsten höheren Wellengang wäre das Bötchen gekentert, die Leiche wäre Fischfutter geworden. Die Barke ist morsch. Sie wäre bald an einem Schiffsrumpf oder an einer hohen Welle zerschellt. Die Frau wäre als vermisst gemeldet worden. Der Besitzer des Bootes hätte das Fehlen bemerkt. Aber niemand wäre auf die Idee gekommen, dass das Boot und die Leiche zusammen weit draußen auf See untergegangen wären.«

Molly dachte über seine Worte nach, kam jedoch zu dem Schluss, dass sie nicht überzeugend waren. »Es gibt unauffälligere Möglichkeiten, eine Leiche loszuwerden. Laut Bericht sah die Tote auf dem Boot aus, als ob sie schlief. Sie wies keine äußeren Verletzungen auf, die auf einen Kampf hindeuten könnten. Wer aber einen Menschen betäubt, im Schlaf umbringt und seine sterbliche Hülle auf eine so ungewöhnliche Weise in die Welt entsendet, der will damit etwas zum Ausdruck bringen.«

Sie blickte in die Gesichter der Kollegen und suchte nach Zustimmung oder Skepsis.

»An deiner Sichtweise ist was dran«, meinte Malte.

»Andere Ansichten?«, fragte sie und sah sich um.

Keiner der Männer brachte ein Gegenargument vor.

»Wie wir alle wissen«, sagte sie, »trieb schon einmal eine Frau tot auf einem Boot in der Lübecker Bucht. Wir müssen damit rechnen, dass es entweder einen Zusammenhang gibt oder dass dies die Tat eines Nachahmers ist. Wenn wir die Botschaft entschlüsseln, die der Täter mit der Bootsfahrt der Leiche überbringen wollte, kann uns das bei der Aufklärung helfen. Dabei sollten wir auch ein Auge auf den früheren Fall haben. Eventuell entpuppt sich der Suizid im Nachhinein als Mord.«

»Falsch«, rief Eugen Lüder aus. »Ganz falsch. Wenn Sie so vorgehen, junge Frau ...«

»Bleck.« Molly lächelte sanft und schloss die Lider, damit er das Feuer, das in ihr loderte, nicht erblickte.

»... dann verschließen Sie die Augen vor der Realität. So finden Sie den Täter nie.«

Molly schob die Hände in die Hosentaschen und sah zu Lüder auf. »Was schlagen Sie als Alternative vor?«

»Ich denke, die Entsorgung der Leiche im Boot auf der Ostsee war eine Notlösung. Der Täter hatte keinen Plan. Womöglich war sogar die Tötung nicht geplant.«

»Entschuldigen Sie bitte«, unterbrach Molly ihn. »Gemäß dem Obduktionsbericht haben wir es hier mit der Betäubung und dem Ersticken des Opfers zu tun. Und Sie glauben, das war nicht geplant? Schon mal erlebt, dass jemand so was ganz unbeabsichtigt macht?«

Lüder hatte wohl nicht mit so heftigem Widerspruch gerechnet. Er zögerte kurz, dann redete er weiter. »Sie glauben gar nicht, was es alles gibt. Nach der Tötung, ob es ein Mord war, sei dahingestellt, hat der Täter sich jedenfalls umgesehen und dieses Boot gefunden.«

Diesmal war es Malte, der ihn in seinen Überlegungen bremste. »So ein Boot liegt aber nicht an jeder Straßenecke herum. Und nicht jedes Boot ist so leicht zu entwenden wie dieses«, gab er zu bedenken. »Deshalb glaube ich schon, dass er es sich gezielt ausgesucht hat.«

Lüder zog die Mundwinkel auseinander. Doch er war sichtlich genervt. Der Versuch, zu lächeln, und der böse Blick ließen ihn wie einen Hai mit gefletschten Zähnen erscheinen. »Ich würde davon ausgehen, dass die Tat in der Nähe des Bootes begangen wurde. Soweit ich informiert bin, gehört es heute der Strandkneipe ›Ankerplatz Nordost‹. Haben Sie sich da schon mal umgesehen?«

»Haben wir«, antwortete Molly. »Wir kommen gerade von dort. Haben Sie Anhaltspunkte dafür, dass der Täter aus dem Umfeld der Kneipe kommt?«

Lüder zog die Schultern bis zu den Ohren hoch. Auch er schob nun die Hände in die Hosentaschen. Mit gekrümmtem Rücken stand er vor ihr.

»Ich kenn die Gäste nicht, die da verkehren. Da kann alles und jeder rumlaufen. Ob sich ein Mörder darunter befindet, kann ich nicht beurteilen. Mit dem Besitzer habe ich mal gesprochen, als ich mit meiner Frau an einem Sonntag in dem Lokal zu Gast war. Der scheint mir ein redlicher Mensch zu sein. Vielleicht ein bisschen zu beseelt, zu sehr einer von denen, die unerschütterlich an das Gute glauben. Aber …« Er zog eine Hand aus der Tasche, neigte den Kopf ein wenig zur Seite und rieb sich das blanke Kinn.

Auf Molly wirkte seine momentane Nachdenklichkeit wie zur Schau gestellt.

Wie ernst musste sie Lüder nehmen? Produzierte er nur Sprüche, um sie zu verunsichern, oder hatte er, basierend auf dem alten Fall, einen fundierten Verdacht?

»Den Besitzer der Kneipe würden sie also nicht verdächtigen, entnehme ich Ihren Worten, und die Gäste sind Ihnen unbekannt. Aber irgendwen haben Sie im Blick.« In Erwartung einer Antwort sah sie ihn an.

Er nickte.

Auch Molly nickte. »Gut. Wenn Sie vielleicht demnächst mal mit der Sprache herauskommen möchten?«

Eugen Lüder ließ die Hand sinken. »Kennen Sie Cindy, das Mädel am Herd?«

»Hat sie auch einen Nachnamen?«, fragte Malte genervt. »Oder gibt es in der Kneipe nur Menschen ohne Familiennamen?«

»An den Nachnamen erinnere ich mich nicht. Ich will mich auch nicht zu weit aus dem Fenster lehnen. Aber die junge Dame hat eine Vergangenheit.«

Malte warf Molly einen Blick zu, der sagte: ›Siehst du? Cindy! Ich hab es dir doch gesagt.‹

Molly fing den Blick auf und wandte sich an Lüder. »Cindys Vergangenheit charakterisiert sich wodurch?«

»Drogen«, antwortete er in seiner spröden Art.

Drogen! Molly bemühte sich, cool zu bleiben.

»Verstehe. Sie war Dealerin?«

»Ein kleiner Fisch. Eine Zeit lang hat sie mehr oder weniger regelmäßig kleinere Mengen Kokain erstanden, für sich selbst und andere. Einmal hat sie sich beim Verkauf erwischen lassen.«

Unaufhaltsam ratterte es durch Mollys Hirn.

Drogengeschäfte im Ostseeraum.

Ole, der wegen eines halb zerschlagenen Drogenrings nach der Zeit auf Bornholm hatte untertauchen müssen.

Ole, der gerade ein neues Leben begann und immer noch seine Verfolger von damals abschütteln musste.

Nela, die Gast bei Chris war, dem das Todesboot gehörte und der die Kokserin Cindy beschäftigte.

Ole, der zusammenzuckte, als in den Radionachrichten der Name von Nela Dodesen fiel.

Sie rief sich innerlich zur Ordnung. Ermittlungen basierten nicht auf Hirngespinsten. Sie beruhten auf Fakten und auf Annahmen, die wiederum zu belegen waren.

»War auch Nela Dodesen der Polizei als Drogenkonsumentin bekannt?«, fragte Molly Eugen Lüder.

Der Ex-Polizist plusterte sich auf. »Nela Dodesen? Wissen Sie nicht, aus welchem Haus sie stammt?«

»Warum, Herr Lüder«, fragte sie kühl, »bringen Sie Cindy dann mit diesem Fall in Verbindung?«

»Sehen Sie die Zusammenhänge nicht?«

»Nein. Keineswegs.«

»Cindy ist süchtig«, erklärte Lüder. »Und Nela Dodesen war eine Frau, die immer Geld in der Tasche hatte.«

»Sie denken an einen Raubüberfall?«, fragte Malte.

»Woran sonst? Gelegenheit macht Diebe.«

»Wir werden der Sache nachgehen«, erwiderte Molly. »Aber da im Moment noch kein Motiv für den Mord erkennbar ist, sehen wir uns zuerst im engeren Umfeld des Opfers um. Familie, Freunde, Kollegen.«

Ihre Stimme klang fest. Zumindest nach außen hin fand sie zur gewohnten Sicherheit zurück.

»Ich wünsche Ihnen viel Erfolg dabei.« Der zynische Unterton von Eugen Lüder war nicht zu überhören.

»Danke schön. Sie sind jederzeit herzlich eingeladen, Ihre Erinnerungen oder neue Erkenntnisse, sofern vorhanden, brühwarm an uns weiterzugeben. Unsere Telefonnummern und Mail-Adressen haben Sie?«

»Noch nicht. Aber Sie werden das ändern.«

Malte ersparte ihr, dem Mann ihre Visitenkarte überreichen zu müssen. Er zog eine aus seiner Jackentasche und drückte sie ihm in die Hand. »Hier, Lüder. Und Danke schon mal für Ihre Unterstützung.«

»Immer gerne.« Lüder nickte seinen früheren Kollegen zu und trottete von dannen.

Die anderen Beamten verabschiedeten sich ebenfalls. »Wenn ihr Fragen habt, ruft an«, rief einer Molly zu, bevor die Gruppe in einer Seitenstraße verschwand.

»Komm.« Molly zog Malte am Ärmel und deutete mit dem Kopf in Richtung Parkplatz.

Schweigend lief Malte neben ihr her.

»Hättest du mich nicht vor Lüder warnen können?«, fragte sie, als sie wieder im Wagen saßen.

»Ich wusste nicht, dass er hier auftaucht. Und dass er so ist, wie er sich heute gegeben hat, war mir nicht klar. Ich hab ihn bisher nie im Kreis von Kolleginnen gesehen. Ich hab ihn überhaupt nur wenige Male getroffen, und das ist zwei, drei Jahre her. Es war, als wir erstmals über die Gründung der Soko nachgedacht haben.«

»Ach ja, und damals war er sooo nett zu dir, dass du dich heute mit einem Pott Honig revanchieren wolltest.«

»Das hat damit nichts zu tun. Ich hab gleich gemerkt, wie er sich dir gegenüber aufführte. Was sollte ich denn machen? Ihm was um die Ohren hauen? Ich wollte die Situation nicht eskalieren lassen und dachte, wenn ich ihm zeige, dass ich ihn akzeptiere, kriegt der sich wieder ein und akzeptiert auch dich. Typen wie Lüder sind doch meist deshalb so, weil sie im Grunde ihrer schwarzen Seele teuflisch unsicher sind.«

»Pah!« Molly lachte höhnisch. »Komm mir jetzt bitte nicht mit dem strengen Vater und der bösen Stiefmutter, die ihn zu einem arroganten Betonklotz haben werden lassen. Der Mann ist pensioniert. Er ist über sechzig. Er sollte gelernt haben, mit seinen Komplexen aus der Kindheit umzugehen.«

Malte lenkte den Wagen vom Parkplatz auf die Straße, die sie durch Travemünde führte. »Nun reg dich mal ab. Seit wann bist du so empfindlich? Wir haben gerade ein anderes Problem auf dem Tisch als den Ex-Kollegen Eugen Lüder.«

Erschöpft lehnte Molly den Kopf gegen die Fensterscheibe. »Hast recht. Entschuldige bitte. Ist im Moment alles ein bisschen viel für mich.«

»Dein Privatleben?«

Molly deutete ein Nicken an. »Mir gehen zurzeit ein paar Gedanken durch den Kopf. Ich muss mir über einige Dinge klar werden. Aber bitte nicht weitersagen, ja? Ich geh heute Abend ganz früh schlafen, dann geht's mir morgen schon wieder besser.«

»Das will ich doch hoffen. Sonst schmeiß ihn einfach raus.«

»Wen?«, fragte Molly. »Und wo raus?«

»Deinen Mann aus deinem Leben.«

Molly erwiderte nichts. Steif verharrte sie neben Malte, bis sie die Ortseinfahrt von Niendorf passierten.

»Was für ein Motiv könnte es geben, Nela Dodesen umzubringen?«, fragte sie beiläufig.

»Eine junge Frau, nicht unvermögend, nicht unattraktiv.« Malte hob fragend eine Hand und blickte Molly kurz an, dann sah er wieder nach vorn.

Molly lehnte sich zurück und verschränkte die Arme. »Du tippst auf eine Beziehungsgeschichte?«

»Ist doch immer das Naheliegende. Ob sie verheiratet war oder in einer festen Beziehung lebte, werden wir von den Eltern erfahren. Ob sie einen heimlichen Lover hatte? Wir sollten auch erkunden, inwieweit sie ins Management des elterlichen Unternehmens eingebunden war. Ob sie ihre eigenen Mitarbeiter hatte, ob es Kündigungen gab oder Differenzen mit dem Personal.«

»Kennst du die Hotels der Familie?«, fragte Molly.

»Die kennt jeder, der hier aufgewachsen ist oder öfter Urlaub macht. Die Familie Dodesen hat mindestens ein Luxushotel an jedem der bekannten Orte rund um die Lübecker Bucht, von Travemünde bis Grömitz und sogar bis rauf nach Fehmarn. Soweit ich informiert bin, sind es Hotels mit jeweils rund hundert Zimmern und Suiten. Die Restaurants sind überregional bekannt.« Er grinste sie an. »Wenn das alles ausgestanden ist, lade ich dich mal in eins davon ein.«

Molly fragte sich, was er damit meinte: ›alles ausgestanden‹. Besser war es, das Thema zu wechseln. »Sag mal, fandst du den Lüder nicht auch ein bisschen auffällig? Ich meine, nicht nur menschlich, auch fachlich.«

Malte ließ sich bereitwillig auf den Wechsel ein.

»Eugen Lüder war nie ganz unumstritten. Deshalb hat man ihn wohl auch gegen seinen Willen nach Fehmarn versetzt. Aber es heißt, er hatte Beziehungen bis in die obersten Etagen der Behörde.«

»Was nicht immer etwas Positives bedeuten muss«, konterte Molly, die sich nicht dazu durchringen konnte, gute Seiten an dem Mann zu erkennen.

Während der restlichen Fahrt zurück zur Dienstvilla überlegte sie, ob sie es wagen sollte, die Frage zu stellen, die sie bewegte.

Sie wollte keine schlafenden Hunde wecken, doch sie hatte einen Fall zu lösen. Also trat sie die Flucht nach vorn an.

»Was hältst du von Lüders Hinweis auf die Sache mit den Drogen?«

Malte stellte den Motor ab. Er zuckte mit den Schultern. »Kann ich im Moment nicht einordnen. Du hast ja gehört: Nela Dodesen ist in dem Zusammenhang polizeilich nie aktenkundig geworden.«

»Du schließt den Gedanken also völlig aus?«

»Sagen wir mal so: Ich würde das zum jetzigen Zeitpunkt nicht als vorrangigen Ermittlungsansatz betrachten. Lass uns einen Schritt nach dem anderen gehen.«

Ben öffnete ein Fenster der Villa und winkte die Kollegen ungeduldig herein.

10

Ben hatte den Raum hergerichtet, als wollte er einen gemütlichen Kaffeeklatsch abhalten. Er hatte den Tisch eingedeckt, Tee gekocht und eine Schale mit Keksen und Schokoriegeln dazugestellt.

»Erwarten wir Besuch?«, fragte Malte.

Ben fuhr sich mit den Fingern durch sein karottenrotes, wuscheliges Haar, das immer frisch gewaschen war, aber so aussah, als wäre er seit Wochen nicht mehr beim Friseur gewesen. »Nö. Aber ich habe eure Abwesenheit genutzt, um ein paar Fakten für die aktuellen Ermittlungen zusammenzutragen. Die würde ich euch gerne in angenehmer Atmosphäre vorstellen.«

Malte grinste. »Aha, nach dem Motto: Wenn schon Mord, dann wenigstens ›hyggelig‹.«

Molly zuckte zusammen. Warum verwendete Malte das dänische Wort für ›gemütlich‹? War das Zufall, oder war es eine absichtliche Anspielung auf Bornholm und Oles Geschichte?

Sie versuchte, ihre momentane Unsicherheit zu überspielen. »Ist doch schön, dass wir jemanden haben, der Wert auf eine nette Arbeitsumgebung legt.«

Sie setzte sich hin, schenkte jedem einen Becher Tee ein und legte sich drei Kekse auf die Untertasse.

»Hunger?«, fragte Malte.

»Was hab ich heute seit dem Frühstück gegessen?«, fragte Molly, und ihr Magen gab die Antwort.

Ben nahm ebenfalls Platz. »Wie ist eure Ausbeute?«

»Diffus, würde ich sagen«, tönte Malte. »Erstens: Der Mörder wusste, wohin er wollte. Zweitens: Unter den tausend Spuren, die die Menschheit in dem Wald zwischen dem Parkplatz und dem Hafengelände hinterlassen hat, sind seine ziemlich klar zu identifizieren. Und drittens: Dass er die Leiche in dem Boot entsorgt hat, dürfte, wie unsere liebe Kollegin meint«, demonstrativ neigte er sich Molly zu, »mit einer Botschaft verbunden sein, die er der Nachwelt überbringen wollte.«

Molly legte die Stirn in Falten. »Höre ich da eine gewisse Skepsis heraus? Dass zum zweiten Mal innerhalb von zehn Jahren in ein und demselben Boot eine weibliche Leiche gefunden wurde, kann kein Zufall sein. Der Täter dürfte die Vorgeschichte der Barke gekannt haben. Ich gehe davon aus, dass er dieses Schiff aus gutem Grund für sein Vorhaben ausgewählt hat.«

Malte nahm sein Handy auf und wischte darauf herum. Er las eine Nachricht und legte das Gerät wieder auf den Tisch. »Ich will deine Vermutung gar nicht anzweifeln. Aber wir sollten nicht voreilig Schlüsse ziehen, bevor wir mehr über die Hintergründe der Tat in Erfahrung gebracht haben.«

Molly hob mahnend den Finger. »Der Taten. Mehrzahl«, korrigierte sie ihn. »Zumindest zu Beginn der Ermittlungen möchte ich die eine Tat nicht völlig ohne die andere betrachten. Erst wenn wir sicher sein können, dass der Tod von …«, sie unterbrach sich, »Ben, wie hieß das Opfer von vor zehn Jahren?«

»Carina Bartelson.«

»Danke. Erst wenn wir einwandfrei festgestellt haben, dass der Tod von Carina Bartelson nichts mit dem

Mord an Nela Dodesen zu tun hat, bin ich bereit, den aktuellen Fall losgelöst vom damaligen zu betrachten.«

»Eine Haltung, die ihre Berechtigung hat«, sagte Ben.

Molly nickte ihm dankbar zu. »Meine vordringlichste Frage zurzeit ist die, ob ein ursächlicher Zusammenhang zwischen den beiden Todesfällen besteht oder ob wir es mit einer Nachahmungstat zu tun haben. Wobei auch im letzteren Fall ein kausaler Zusammenhang zwischen den beiden Taten nicht ausgeschlossen ist.«

Malte setzte sich seitlich auf den Stuhl und hängte einen Arm über die Rückenlehne. »Das ist aber nun Haarspalterei.«

Ben nahm ein paar lose Blätter in beide Hände und stieß sie mit der unteren Seite auf die Tischplatte, um ihre Ränder aneinander auszurichten. Er hüstelte. »Wenn ihr einverstanden seid, würde ich gerne anfangen mit dem, was ich vorzutragen habe. Es sei denn, ihr habt noch was Wichtiges zu erzählen.«

Malte machte eine lässige Handbewegung in seine Richtung. »Nein, nein. Fang ruhig an. Wir hören.«

»Also. Zuerst Carina Bartelson, das Opfer von vor zehn Jahren.« Ben legte die Blätter hin, nahm das oberste auf und las davon ab. »Sie hat bei ihren Eltern in einer Villa in Niendorf gelebt.« Er sah kurz auf. »Ungefähr in Höhe der Seebrücke.« Erneut blickte er auf das Papier. »Sie hat in Lübeck studiert. Angefangen hat sie mit Humanmedizin. Nach zwei Jahren ist sie zur Biophysik gewechselt. Zuletzt hat sie ihr Studium der Medizin wieder aufgenommen.«

»Ohne die Biophysik zu beenden?«, fragte Molly.

»Ja. Einen Abschluss hat sie in dem Fach nicht gemacht, soweit ich den Akten entnehmen kann.«

»Das spielt aber bei unseren Ermittlungen keine große Rolle, würde ich sagen«, meinte Malte.

»Es war eine rein informative Frage«, erklärte Molly. »Ich wollte mir nur ein Bild davon machen, ob die junge Dame sprunghaft war oder konsequent.«

»Auch ein Abbruch kann konsequent sein.«

Molly seufzte tief. »Ja, Malte, kann er. Bitte, Ben, was hast du noch herausgefunden?«

»Ich komme nun zu Nela Dodesen, dem jetzigen Opfer. Sie wohnte zuletzt in Scharbeutz.«

»Nicht weit vom Elternhaus entfernt, wie ich weiß«, merkte Malte an. »Also an der Grenze zu Timmendorf.«

»Die Familie wohnte zu Fuß nur ein paar Minuten auseinander«, bestätigte Ben. »Und nun hört gut zu: Nela Dodesen war zur selben Zeit Mitglied im Tennisclub von Scharbeutz wie Carina Bartelson. Ich habe mit einer Dame telefoniert, die seit vielen Jahren Mitglied in dem Verein ist. Sie kann sich an die Frauen erinnern. Sie wusste nicht, ob sie wirklich miteinander befreundet waren, aber sie sagt, sie hat die beiden manchmal in einem gemischten Doppel zusammen spielen sehen. Direkten Kontakt hatten sie also.«

»Dann stellt sich die Frage, ob sie einen gemeinsamen Freundeskreis hatten«, sagte Malte.

»Es gab noch andere Überschneidungen.« Ben legte das eine Blatt zur Seite und nahm das darunterliegende zur Hand. »Carina und Nela waren auf derselben Schule, allerdings nicht in derselben Klasse.«

»Wie groß war der Altersunterschied genau?«, fragte Molly.

»Ziemlich genau zwei Jahre. Nela Dodesen wäre im Mai siebenunddreißig Jahre alt geworden. Carina Bartelson hätte, wenn sie nicht gestorben wäre, im Sommer ihren fünfunddreißigsten Geburtstag gefeiert. Während der Schulzeit waren sie nicht miteinander befreundet. Der Kontakt hat sich erst nach dem Abitur ergeben, durch die Mitgliedschaft im Tennisclub.«

»Beruflich dürften sie keine Berührungspunkte gehabt haben«, meinte Malte. »Wenn die eine Medizin studiert und die andere in den elterlichen Hotels gelernt hat, haben sie sich auf grundverschiedenen Feldern bewegt.«

»Das ist aber ein verdammt voreiliger Schluss«, belehrte Ben ihn mit schelmischem Grinsen. Er suchte in seinen Notizen und zog ein weiteres Blatt hervor. »Carina Bartelson hat während des Studiums gejobbt, wenn auch nur in den Semesterferien. Und jetzt dürft ihr mal raten, wo sie tätig war.«

»In den Hotels der Familie Dodesen«, tippte Molly.

Ben reagierte hellauf begeistert. »Du hast mal wieder dein angeborenes kriminalistisches Talent unter Beweis gestellt. Sie hat tatsächlich regelmäßig im Scharbeutzer Stammhaus der Familie Dodesen gearbeitet und einmal auch ein paar Wochen in deren Hotel auf Fehmarn.«

Er legte das Blatt zur Seite und nahm das darauffolgende auf wie ein Nachrichtensprecher, der die Meldungen zu einem Thema verlesen hatte und zum nächsten überging. »Sie hat an der Rezeption ausgeholfen. Nötig hatte sie das sicher nicht. Sie kam aus einem gut situierten Haus. Ihr Vater ist Staatsanwalt.«

»Das wusste ich gar nicht«, sagte Malte. »Das ist völlig an mir vorbeigegangen.«

Ben sah auf. »Mit dem Tod von Carina Bartelson war das sicher auch nicht anders, oder? Vermutlich, weil er als Selbstmord galt. Der fiel nicht in dein Ressort.«

»Daran wird's gelegen haben. Suizide waren nicht die Fälle, mit denen ich zu tun hatte. Zum fraglichen Zeitpunkt war ich auch noch nicht beim Morddezernat.«

»Kommen wir noch mal zu Nela Dodesen. Gleich nach dem Abitur ist sie für ein Jahr nach Dänemark gegangen und hat in der Luxusherberge einer befreundeten Hoteliersfamilie gearbeitet, um Auslandserfahrung zu sammeln und Dänisch zu lernen. In der Zeit war sie mit einem Mann liiert, der auf Bornholm zu Hause war.«

»Auf Bornholm?« Malte verzog das Gesicht, als wäre es das Merkwürdigste, das er jemals gehört hatte.

Aus dem Augenwinkel sah Molly, wie er sich ihr zuwandte. Sie tat, als bemerkte sie das nicht. Ihre ganze Aufmerksamkeit schenkte sie Ben.

»Auf Bornholm«, wiederholte der. »Als sie nach Hause zurückgekehrt war, ist sie noch viele Jahre regelmäßig auf die Insel gefahren. Die Beziehung ist zwar in die Brüche gegangen, aber sie hatte Freunde da. Sie hatte sogar vor, ein Hotel auf Bornholm zu eröffnen. Das Vorhaben hat sich aber zerschlagen.«

Mollys Gedanken kreisten um Nela Dodesen und ihre Zeit auf Bornholm. »Weißt du, wann und warum sie den Plan fallen gelassen hat?«

Ben überflog das Blatt, das er in der Hand hielt, und suchte weiter auf dem letzten Bogen, der vor ihm lag. »Nein, dazu habe ich nichts gefunden. Wäre das für dich von Relevanz? Ich forsche gerne weiter nach.«

»Nicht nötig«, wandte Malte ein. »Ich denke, das würde uns nicht sonderlich voranbringen.«

»Ich habe Molly gefragt.«

Molly lächelte entzückt. »Das ist lieb von dir, Ben, aber ich glaube, Malte hat recht. Es war nur ein spontaner Gedanke. Falls du etwas dazu in Erfahrung bringst, würde es mich interessieren. Aber du musst bitte keine Energie daran verschwenden, nachzuforschen, solange das kein Punkt ist, der für die weiteren Ermittlungen Bedeutung hat.«

»Okay. Was ich noch rausgefunden habe: Nela Dodesen hat, nachdem die Beziehung mit dem Dänen beendet war, relativ schnell einen Deutschen geheiratet, einen Koch eines der Hotels ihrer Eltern. Sie hat aber ihren Nachnamen behalten. Sie war immer stolz auf den Namen, da er in der ganzen Region so bekannt ist. Ihr Mann und sie haben sich nach wenigen Jahren getrennt und später scheiden lassen. Er lebt seitdem als Gastronom im Rheinland, wo er ursprünglich herkam.«

Sofort wurde Malte hellhörig. »Haben die Kollegen ihn schon nach seinem Alibi gefragt?«

»Natürlich, was glaubst denn du? Er hat eins, wie es schöner nicht sein kann. Als Nela Dodesen starb, hatte ihr Ex-Mann eine Goldene Hochzeit bei sich im Restaurant. Er hat unter Zeugen die Vorbereitungen getroffen, den ganzen Tag bis in die Nacht hinein in der Küche gestanden, und morgens um zwei hat er den Laden abgeschlossen. Da er außerdem mit dem Auto fünf bis sechs Stunden brauchen würde, um hierher zu kommen, ist er völlig aus dem Schneider.«

»Das erspart uns eine Recherchetour ins Rheinland«, stellte Malte zufrieden fest.

Auch Molly atmete innerlich auf.

Maltes Smartphone klingelte. »Oh, privat. Ich bin gleich wieder da.«

Er stand auf, ging auf den Flur und lehnte die Tür hinter sich an.

Molly hörte ihn leise reden. Ihr Magen erinnerte sie an die Kekse, die auf ihrer Untertasse lagen. Einen nach dem anderen schob sie sich in den Mund. Während der Zeit dachte sie über die toten Frauen nach.

Ben saß ihr schweigend gegenüber und überflog noch einmal seine Notizen.

Nach wenigen Minuten kehrte Malte zurück.

»Ben«, sagte Molly, »du hast heute Morgen berichtet, dass Zweifel am Selbstmord von Carina bestanden.«

Ben hob die Schultern und machte ein fragendes Gesicht. »Damals kursierten vage Gerüchte.«

»Hat es keine Obduktion gegeben?«

Er schüttelte den Kopf. »Der Staatsanwalt hat das nicht für nötig erachtet. Die Sachlage war für ihn klar. Es gab eine Leiche, die keine äußeren Verletzungen aufwies, und es gab einen Abschiedsbrief, der eindeutig von der Toten stammte. Die Eltern haben ihn gefunden, noch bevor das Boot mit der Leiche aus der See gefischt wurde.«

»Wo haben sie den Brief gefunden?«

»Im Zimmer ihrer Tochter. Er lag in ihrem Bett, unterm Kopfkissen.«

»Unterm Kopfkissen?«, fragte Molly nach.

»Ja, so steht es in den Akten.«

»Nun gut. Es hat also niemand für nötig befunden, nachzuforschen, woran die Tochter gestorben ist?«

»Nein. Es war so, wie ich gestern schon sagte: Es lag eine leere Schachtel Schlaftabletten bei der Leiche. Und die Tote hielt eine leere Wasserflasche in der Hand.«

Molly nickte, um zu verdeutlichen, dass sie die Antworten zur Kenntnis genommen hatte. »Die kriminalpolizeilichen Ermittlungen hat ein gewisser Eugen Lüder geleitet. Ich kenne ihn ja nun, und ich muss sagen: Diese Art der Recherche passt in mein Bild von ihm.«

»Wie meinst du das?«, fragte Malte unsicher.

»War das nicht deutlich aus meinen Worten herauszuhören?« Sie sah ihre beiden Kollegen an. »Ist denn damals niemand auf die Idee gekommen, dass der Selbstmord auch ein Mord gewesen sein könnte?«

»Ich kann mich nur wiederholen«, erwiderte Ben. »Es gab Gerüchte, dass jemand nachgeholfen haben könnte. Wer die verbreitet hat, weiß ich nicht. Nachgegangen wurde denen jedenfalls nicht.«

Malte legte eine Hand auf die seiner Kollegin. »Molly, du hörst doch, es gab einen Abschiedsbrief, der von den Eltern als echt identifiziert wurde.«

Molly fehlte die Kraft, weiter zu argumentieren.

Aus ihrer Hamburger Zeit kannte sie Morde an Ehepartnern, die filmreif als Selbstmorde getarnt waren.

Sie war Menschen begegnet, die nicht wissen wollten, auf welche Weise ein enger Angehöriger wirklich ums Leben gekommen war. Die froh waren, wenn dessen Tod vom Hausarzt als Selbstmord interpretiert wurde, auch wenn tatsächlich eine andere Ursache vorlag.

Und ja, es gab auch Menschen, die zum Leidwesen ihrer Familien und Freunde durch eigene Hand aus dem Leben schieden, weil sie keinen anderen Weg mehr fanden.

Jeder einzelne Fall war es wert, untersucht zu werden, bis die Faktenlage keinen Zweifel mehr ließ. Andernfalls riskierte man, dass Morde ungesühnt blieben.

Molly schob den Teebecher von sich fort.

Ein Gespräch mit den Angehörigen von Carina Bartelson würde zeigen, ob ihre Skepsis begründet war.

»Lassen wir das«, sagte sie resigniert. »Es ist sinnlos, ohne weitere Kenntnis der Sachlage über die Todesursache zu spekulieren.«

Sie unterbrach sich und setzte neu an. »Ben, hast du in den Akten auch Informationen darüber gefunden, wo das Boot gelegen hatte, als die Geschichte mit Carina Bartelson passierte?«

»Ich kann mich sogar noch daran erinnern. Es war so ähnlich wie bei Nela Dodesen. Die Barke hat im Hafen von Niendorf gelegen. Der Wind hat sie dann aber in die andere Richtung getrieben als dieses Mal. Das Boot ist vor Grömitz gefunden worden.«

»Danke, Ben.« Molly fühlte sich erschöpft. Der heutige Tag hatte sie unendlich viel Kraft gekostet.

Malte guckte auf die Uhr. »Spät geworden. Ich denke, wir können es für heute bei der Zusammenstellung dieser Fakten belassen. Morgen sprechen wir mit den Dodesens?«

»Machen wir«, sagte Molly. »Ich ruf gleich bei denen an und stimme eine Uhrzeit ab.«

Sie stellte die Teebecher und Untertassen zusammen und brachte sie in die Küche.

Ben trug die halb leere Schale mit den Keksen hinterher. »Ihr könnt ruhig schon nach Hause gehen«, sagte er großzügig zu den beiden Kollegen. »Ich werde noch ein bisschen in den Akten herumwühlen. Mal sehen, ob sich nicht noch was Spannendes findet.«

»Mach aber nicht durch bis morgen früh«, ermahnte Molly ihn. Ben hatte Biss. Sie traute ihm durchaus zu, dass er die Zeit vergessen würde.

Er lachte. »Keine Sorge, spätestens zur Geisterstunde bin ich hier raus.«

Molly ging hinauf in ihr Büro.

Sie führte ein kurzes Telefonat mit der Mutter von Nela Dodesen, die einen ungewöhnlich gefassten Eindruck machte. Sie vereinbarten einen Gesprächstermin für den nächsten Vormittag. Dann verabschiedete Molly sich von ihren Kollegen.

Ein altes Boot, zwei junge Frauen und zwischen ihnen ein unsichtbares Band – das waren die Bilder, die sie heute in den Feierabend begleiteten.

11

Es gab einen Zusammenhang zwischen den beiden Fällen. Bei jedem Schritt setzte sich diese Überzeugung einmal mehr in Mollys Gedanken fest.

Was wollte der Täter damit zum Ausdruck bringen, dass er sein Opfer in das alte Fischerboot legte? Warum ließ er das Boot aufs Wasser hinaustreiben und kalkulierte ein, dass die Leiche bald nach der Tat gefunden wurde? Fühlte er sich so sicher, dass er glaubte, man würde ihm schon nicht auf die Schliche kommen?

Eugen Lüder irrte, wenn er meinte, der Täter hätte gehofft, dass das Boot unauffindbar weit aufs Meer hinausgetrieben würde. Die Lübecker Bucht war zu kuschelig, zu geschlossen, zu geschützt. Der Wind war um diese Jahreszeit nicht stark genug, um ein Boot hunderte Meilen vor sich her zu schieben.

Als gebürtiger Travemünder wusste Lüder das.

Molly spürte das Vibrieren ihres Smartphones, bevor sie das Klingeln vernahm. In ihrer Konzentration hatte sie alle Geräusche um sich herum weggefiltert, selbst das Kreischen der Möwen, die über den Strand flogen.

Sie nahm das Mobiltelefon aus der Tasche. »Hi, Janna. Ich bin gleich zu Hause. Du rufst bestimmt wegen des Essens an.«

»Natürlich wegen des Essens.« Jannas Tonfall klang ein wenig verstimmt. »Du hast hoffentlich nicht vergessen, dass wir deinen Göttergatten erwarten.«

Abrupt blieb Molly stehen. Sie schlug sich mit der Hand vor die Stirn. Heute war Montag, Ole hatte frei und wollte den Abend bei ihnen verbringen. Molly hatte zu einem kleinen Dinner für drei eingeladen, um sich nach dem Essen diskret zurückzuziehen.

»Ach, Janna, wenn ich dich nicht hätte. Ich bin ...« Sie war so sehr in Gedanken versunken, dass sie nicht einmal registriert hatte, auf welcher Höhe der Strandpromenade sie sich befand. »Ich bin gleich an der Maritim Seebrücke. Ein paar Minuten, dann bin ich bei dir.«

Einen Moment war es still in der Leitung. »Wenn du einen Schritt zulegst«, sagte Janna dann in ihrer unnachahmlich drögen Art, »bist du vielleicht sogar eher hier als dein Gast. Wir sehen uns.«

Janna hatte aufgelegt. Recht hatte sie, wenn sie verärgert war. Molly gestand sich ein, dass sie die Geduld der besten Freundin, die man sich nur wünschen konnte, über Gebühr strapazierte.

Jahrelang hatte Janna sie gestützt und gestärkt. Als Ole auf einmal verschwunden war, hatte sie Stunden bei ihr verbracht und sie getröstet. Hatte ihr Mut zugesprochen und Perspektiven für ein Leben ohne Ole eröffnet. Als sich für Molly die Gelegenheit ergab, die Leitung der Soko Mysterious zu übernehmen, hatte Janna ihr sofort die Dachwohnung in ihrem Haus angeboten.

Jannas Geduld ging nie zur Neige.

Die kleine Verstimmung, die sich gerade beim Telefonat offenbart hatte, würde schnell verflogen sein.

Schneller als ihre eigenen Zweifel an Ole.

Wie hatte sie ihren Mann in all den Jahren zurückersehnt! Den alten Ole, so, wie sie ihn gekannt hatte. Er war immer wie ein Kind gewesen, um das sie sich kümmern und das sie beschützen musste. Sie hatte es als ihre Aufgabe angesehen, dem sensiblen, lebensuntüchtigen Künstler alles abzunehmen, was er im Alltag nicht selbst bewerkstelligen konnte.

Und nun?

Wo war die Rollenverteilung von damals geblieben, die Vertrautheit, das Vertrauen?

Während Ole verschollen war, hatte sie sich nie nach einem anderen Mann gesehnt. Warum fand sie jetzt, wo er wieder da war, innerlich nicht zu ihm zurück?

Janna öffnete die Haustür, als sie Molly durch den Vorgarten eilen sah. »Auf Ehefrauen ist doch immer Verlass«, frotzelte sie.

Sie umarmte Molly und drückte sie an sich.

Ihre Wangen berührten sich.

»Deine Haut glüht«, sagte Janna, »als kämst du frisch aus dem Backofen. Aufgeregt?«

Molly fuhr sich mit der Hand über die Wange und erschrak über ihre eiskalten Finger. »Nur ein kleiner Teil von mir glüht. Der Rest meines Körpers fröstelt.«

»War das mit dem Essen doch nicht so eine grandiose Idee? Ich dachte, ich tu euch was Gutes, wenn ich euch einen Anstoß zu einem gemeinsamen Abend gebe. Aus euch selbst heraus trefft ihr euch viel zu selten.«

Molly zog sich die Schuhe aus, wusch sich die Hände und klatschte sich Wasser ins Gesicht. Sie trocknete sich ab und folgte Janna in die Küche.

Dort zog sie ein scharfes Messer aus dem Messerblock und schickte sich an, ihrer Freundin bei der Zubereitung des Essens zu helfen. »Soll ich die Champignons in Scheiben schneiden?« Sie nahm einen der Pilze aus dem Korb.

Janna lächelte ironisch. »Ich weiß doch, wie gern du in der Küche arbeitest. Am meisten hilfst du mir, wenn du dich einfach auf einen Stuhl setzt, der mir nicht im Wege steht, und mir erzählst, was in dir vorgeht.«

Molly ließ sich nicht zweimal bitten. Sie hatte das Kochen nie gelernt und bis heute auch kein Interesse daran gefunden. Dankbar hockte sie sich auf den Küchenstuhl und sank in sich zusammen.

»Ich bin mir nicht sicher, Janna, ob deine Bemühungen um Ole und mich als Paar so zielführend sind, wie du es erhoffst.«

Mit dem Gemüseschneider hatte die flinke Hobbyköchin Janna das Gemüse schneller zerkleinert, als Molly hingucken konnte. Sie legte es in eine Auflaufform.

»Was nicht ist, kann noch werden«, meinte sie.

»Ach, Janna, du bist eine unverbesserliche Optimistin. Aber komm mir bitte nicht mit solchen Sprüchen. Die können mich nicht aufmuntern.«

Janna würzte das Gemüse. »Gibst du mir mal die Tüte mit dem geriebenen Gouda aus dem Eisschrank?«

Molly öffnete die Kühlschranktür, nahm die Tüte mit dem Käse heraus und reichte sie Janna herüber.

Janna warf einen kurzen Blick zum Fenster hinaus. »Gleich klingelt es.«

Molly, die mit dem Rücken zum Fenster saß, drehte sich um. Aus dem Augenwinkel sah sie Ole.

Mit ungewohnt sicherem Schritt marschierte er auf die Haustür zu.

Sie stand auf, und schon läutete es.

Jedes Mal, wenn sie voreinander standen, schwebte dieses unbehagliche Gefühl zwischen ihnen. Sie wussten nicht, wie sie miteinander umgehen sollten.

Ole hauchte ihr einen Kuss auf die Wange, der sich mehr in der Luft verlor, als dass er auf der Haut gelandet wäre. Sie imitierte seine Begrüßungsgeste.

»Geht schon mal ins Wohnzimmer«, rief Janna ihnen zu. »Ich schiebe den Auflauf gleich in den Ofen. Dann dauert es nicht mehr lange. Nehmt euch einen Aperitif, und schenkt mir bitte auch einen ein.«

Ole ließ Molly im Flur stehen und ging in die Küche. Er rieb sich die Hände, trat von einem Bein aufs andere und tat, als könne er es kaum erwarten. »Ich guck mir gerne den Rohzustand dessen an, was du gezaubert hast, bevor das Kunstwerk in den Ofen wandert.«

»Guck hier.« Janna wich einen halben Schritt zurück, damit Ole einen Blick auf den Auflauf werfen konnte. »Viel siehst du nicht. Es ist ordentlich Käse drüber. Was an Gemüse darunter ist, verrate ich nicht. Das musst du nachher rausschmecken.«

Ole tätschelte ihr die Schulter. »Wenn ich damit bloß nicht überfordert bin!«

Molly drehte sich von ihm weg und ging ins Wohnzimmer. Tränen traten ihr in die Augen. Was für oberflächliche Gespräche sie miteinander führten!

Ole ging ihr am liebsten aus dem Weg. Er suchte jede Gelegenheit, nicht mit ihr allein zu sein. Und sie selbst? Sie riss sich auch nicht um seine Gesellschaft.

Sie straffte die Schultern und stellte sich an die Terrassentür. Hier beobachtete niemand, wie sie ihr Taschentuch hervorholte und sich die Augen abtupfte. Hoffentlich war die Wimperntusche nicht verlaufen! Janna würde ihr auch ohne verräterische Spuren sofort ansehen, was in ihr vorging, doch Ole sollte nicht merken, dass ihr gerade zum Weinen gewesen war.

Aus der Küche drang leises Gelächter zu ihr durch. Ole und Janna scherzten herum.

Molly nahm Gläser und Spirituosen aus dem Schrank. Für den Orangen-Gin-Sekt brauchte sie auch den Prosecco aus dem Kühlschrank. Mit den Sektkelchen in der Hand schlich sie in die Küche, an Ole vorbei.

Er stand neben Janna über den Küchentisch gebeugt und ließ sich ein Rezept erklären. Er bemerkte sie wohl, reagierte aber mit keiner Geste, keinem Blick.

Nur Janna, die gute Seele, sah über die Schulter und zwinkerte ihr aufmunternd zu.

Wortlos stellte Molly die Kelche auf ein Tablett und nahm den Prosecco aus dem Kühlschrank. Der Korken löste sich mit einem satten ›Plopp‹. Molly schenkte einen Schluck in jedes Glas und stellte die Flasche zurück. Sie balancierte das Tablett an Molly und Ole vorbei und bereitete im Wohnzimmer drei Gin-Orange zu.

Der Auflauf war inzwischen im Ofen. Ole und Janna kamen in den Wohnraum. Sie hätten ein Paar sein können, so, wie sie nebeneinander her schritten und sich anlächelten, nur dass Janna einige Jahre älter war als er. Aber wen störte so etwas heute noch?

Molly reichte jedem der beiden einen Drink und behielt den dritten selbst in der Hand.

Janna hob das Glas. »Auf einen gemütlichen Abend.« Sie trank einen Schluck.

»Gemütlich ist es bei dir bekanntlich immer«, scharwenzelte Ole und prostete Janna zu, während er mit einem Auge zu Molly schielte.

»Bitte.« Janna wies auf den Esstisch. »Lasst uns Platz nehmen. Ole, erzähl von deinen Plänen. Wie lange wirst du noch im Friseursalon tätig sein?«

Ole hob die Hände. »Oh, nicht mehr lange. Gekündigt habe ich schon, zu Ende nächsten Monats. Ich bin zurzeit vollauf damit beschäftigt, neue Werke zu konzipieren. Dafür sammle ich jede Menge Material. Wenn euch beiden auf einem Spaziergang am Strand Treibholz vor die Füße gerät oder wenn ihr schöne Gräser, Muscheln oder Steine findet, hebt sie auf und bringt sie her. Ich kann gar nicht genug davon haben. Janna, hast du mal ein Stück Papier für mich oder einen Block?«

»Einen Bleistift brauchst du sicher auch.« Janna erhob sich und ging zu ihrem Sekretär. Mit Block und Stift kehrte sie an den Tisch zurück. »Jetzt bin ich gespannt.«

Mit leichter Hand skizzierte Ole ein Kunstwerk, das ihm vorschwebte. Er gab Erläuterungen dazu ab und gestikulierte lebhaft. Dabei sah er häufiger Janna an als Molly. Es sprudelte nur so aus ihm heraus.

Der Timer im Backofen unterbrach den Redeschwall mit einem penetranten, alles durchdringenden Piepsen.

»Oh, der Auflauf. Den hätte ich fast vergessen. Entschuldigt mich bitte einen Moment.« Janna schob den Stuhl zurück und lief in die Küche.

Molly stierte auf ihre Hände, die auf dem Tisch lagen. Mit den Daumen schob sie die Nagelhaut an jedem Finger zurück. »Mein Team und ich haben einen neuen, rätselhaften Fall zu lösen«, sagte sie leise.

»Obskure Jobs hast du dir doch immer gewünscht.«

Sie nickte. »Es geht um die Tote in dem Fischerboot, die Samstagmorgen vor Travemünde gefunden wurde. Von dem Fall hast du ja in den Nachrichten gehört.«

Er wich ihrem Blick aus. Seine Hand langte nach dem Aperitif. Er nahm einen Schluck und stellte das Glas mit kantigen Bewegungen auf den Tisch zurück.

»Kanntest du die Frau eigentlich, diese Nela Dodesen?« Molly wunderte sich selbst über ihren Mut.

»Ich?« Ole drückte sich gegen die Rückenlehne. Er lachte gezwungen. »Woher sollte ich sie kennen?«

Auf die Frage war Molly vorbereitet. »Du lebst seit einiger Zeit in der Lübecker Bucht. Länger als ich. Sie war in der Region bekannt. Du könntest ihr mal am Strand begegnet sein. Oder im Ankerplatz Nordost.«

»Den kenne ich nicht. Da war ich noch nie.«

Molly nickte. »Hätte ja sein können.« Sie rieb sich mit zwei Fingern die Stirn.

Ole betrachtete sie lange. »Du siehst müde aus. Willst du nicht mal ein paar Tage ausspannen?«

»Nein«, erwiderte Molly. »Ich habe einen Mord aufzuklären. Die Angehörigen des Opfers haben ein Recht darauf, zu erfahren, was geschehen ist, warum es passiert ist und wer die Tat begangen hat. Solange das nicht geklärt ist, haben sie keine ruhige Nacht.« Sie sah Ole fest in die Augen. »So geht es doch allen Menschen, die nicht wissen, welches Schicksal ihr Angehöriger erlitten hat. Als du verschwunden warst, hätte ich auch etwas darum gegeben, zu erfahren, was vorgefallen ist.«

»Das Thema haben wir aber doch zur Genüge durchgekaut.« Ole seufzte, legte den Kopf in den Nacken und rieb sich mit beiden Händen das Gesicht.

In der Küche fiel scheppernd ein Besteckteil zu Boden, dann klirrte Glas, das auf den Fliesen zersplitterte.

»Verflucht«, schimpfte Janna. »Dass so was aber auch immer im unrechten Augenblick passiert.«

Ole sprang auf und eilte zu ihr. »Ich helfe dir.«

Molly stützte die Ellenbogen auf den Tisch und ließ die Stirn in die Hände sinken.

Ole hatte zu schnell, zu brüsk und zu ungeschickt auf ihre Frage nach dem Ankerplatz Nordost geantwortet. Wenn er das Restaurant nicht kannte, wäre die normale Reaktion die gewesen, zu fragen, was sich hinter diesem Namen verbarg. Es hätte eine Bar sein können, ein Kino, eine Sporteinrichtung, ein Hotel.

Kraftlos ließ Molly die Hände sinken und blickte zum Garten hinaus.

Eins war gewiss: Heute würde Ole nicht der Sinn danach stehen, die Zeit nach dem Abendessen mit ihr allein zu verbringen.

12

Malte stapfte die Treppe hinauf. Seine dynamischen, energischen Schritte wusste Molly, die schon seit sieben Uhr am Schreibtisch saß, gut von den leichtfüßigen Tritten zu unterscheiden, mit denen Ben die Stufen nahm.

Ihr Mitarbeiter der ersten Soko-Stunde blieb in der Tür zu ihrem Büro stehen. »Du siehst blass aus, liebe Kollegin. Wieder unruhig geschlafen?«

»Kopfschmerzen.« Molly wies mit dem Daumen zum Fenster. Über der See braute sich ein Gewitter zusammen. »Der Wetterumschwung macht mir zu schaffen. Die halbe Nacht habe ich wachgelegen.«

»Wärst du dann nicht besser zu Hause geblieben?«

Sie schloss die Augen halb und schüttelte den Kopf. »Kommt überhaupt nicht infrage. Nicht, wenn wir einen neuen Fall auf dem Tisch haben. Es wird schon gehen.«

Malte lächelte. »Mit Kopfschmerzen im Bett zu bleiben ist wohl Männersache, was? Ihr Frauen seid tapfer, ihr beißt immer die Zähne zusammen.«

Molly mühte sich ein Lächeln ab. »Was wiederum das Kopfweh verstärkt. Ein Teufelskreis.«

»Das hast du jetzt gesagt.« Malte warf einen Blick auf die Armbanduhr. »Na gut, wir sind früh dran. Trink du erst mal in Ruhe einen Tee. Wenn Ben da ist, setzen wir uns alle drei zusammen, gucken uns an, was unser junger Recherchegeier letzte Nacht an Informationen erbeutet hat, und besprechen die nächsten Schritte.«

Sie nickte. »So machen wir's.«

Malte zog sich in sein Büro zurück.

Endlich traf auch Ben in der Dienstvilla ein. Er rief ein fröhliches »Hallo« nach oben und verschwand leise pfeifend in seinem Büro im Erdgeschoss.

»Moin«, rief Molly zurück. Schwerfällig, als hätte sie Blei in den Beinen, stand sie auf und ging zum Fenster.

Vergeblich kämpfte die Sonne gegen die Wolkenberge an, die sich in dunklen Grautönen zusammenballten. Fahle Strahlen ergossen sich über die See, die sich wie ein Spiegel vor ihr ausbreitete. Nur ab und zu kam ein Windhauch auf, der die glitzernde Fläche kräuselte.

›Die Ruhe vor dem Sturm‹, sagte Molly leise zu sich selbst und lehnte die Stirn gegen die Fensterscheibe.

Wenn sie nur absehen könnte, aus welcher Richtung der Sturm sich näherte!

Doch was nützte all das Grübeln?

Solange es keine Indizien dafür gab, dass Ole in den Fall Nela Dodesen involviert war, war er nicht involviert. Punkt. Sie musste mit niemandem über ihren vagen Verdacht reden. Im Moment musste sie nur eines tun: Die Füße still und die Augen offenhalten.

Und nach dem wahren Täter fahnden.

Warum war sie überhaupt so misstrauisch geworden? Wenn wirklich beide Fälle – der von Carina und der von Nela – miteinander zusammenhingen, wäre Ole über jeden Verdacht erhaben. Mit Carina Bartelsons Tod hatte er sicher nichts zu tun. Als sie starb, war er im Zeugenschutz und lebte in einem anderen Bundesland.

Sie ballte die Hände zu Fäusten und trommelte leise auf die Fensterbank. Dann drehte sie sich um und trat in den Flur. »Malte, Ben, lasst es uns angehen.«

Sie wartete einen Moment.

Bens Rotschopf erschien auf der untersten Treppenstufe. »Besprechung bei Dir?«, fragte er.

»Wenn's recht ist?«

Sie stellte zwei Stühle um ihren Schreibtisch. Ben und Malte traten ein und nahmen darauf Platz.

Malte sah sie fürsorglich an. »Geht es dir nach dem Tee etwas besser?«

»Bist du etwa krank?«, erkundigte Ben sich sofort.

»Alles gut«, sagte Molly. »Macht euch bitte keine Sorgen. Wenn das Gewitter durchgezogen ist, bin ich wieder obenauf.« Sie wandte sich Ben zu. »Wie ich dich kenne, hast du letzte Nacht alles in dich eingesogen, was zu den beiden Fällen dokumentiert ist.«

Ben grinste stolz. »Dafür, dass ich noch nicht lange in deinem Team bin, kennst du mich verdammt gut.« Er räusperte sich und setzte sich gerade hin. »Ich habe mir die Protokolle noch mal durchgelesen. Es waren leider nicht allzu viele. Die Sachlage schien allen Beteiligten klar. Ich finde es aus heutiger Sicht allerdings doch recht auffällig, dass bei dem außergewöhnlichen Fundort der Leiche niemand auf die Idee gekommen ist, die Todesursache zu untersuchen.«

Malte war dem Argument gegenüber heute zugänglicher als gestern. »Du meinst, wenn in einem Zimmer ein Abschiedsbrief und eine Leiche liegen, ist die Sachlage eindeutiger als dann, wenn der Brief unterm Kopfkissen, die Leiche aber auf See gefunden wird?«

»Genau das meine ich. Fremdeinwirkung ist in so einem Fall nicht abwegig. Jemand könnte die Frau umgebracht und einen gefälschten Abschiedsbrief in ihr Zimmer geschmuggelt haben. Sie lebte bei ihren Eltern in einem schicken Bungalow. Da braucht man nicht mal eine Leiter, um ins Zimmer zu steigen. Warum wurde das nie untersucht?«

»Wurde es nicht?«, vergewisserte Molly sich. »Wurde nicht mal geprüft, ob ein Fenster aufgebrochen war?«

»Nein, in den Akten steht nichts davon drin.«

»Mich würde interessieren«, sagte Molly, »warum Carina Bartelson Selbstmord verübt haben soll. Unser Job ist es zwar nicht, in Zweifel zu ziehen, woran sie gestorben ist. Aber im Rahmen unserer Ermittlungen im aktuellen Fall sollten wir den damaligen Fall in neuem Licht betrachten. Ich möchte herausfinden, ob es außer dem Fischerboot weitere Gemeinsamkeiten bei den beiden Todesfällen gibt. Eine Parallele sehe ich bei den Schlaftabletten im Fall Carina und dem Lidocain, mit dem Nela nach Erkenntnis des Forensikers in eine tiefe Ohnmacht versetzt wurde, bevor man sie erstickt hat.«

Malte nickte. »Es wird allerdings schwierig werden, die Tatwaffen einem Täter zuzuordnen. Lidocain kann man sich im Darknet besorgen. Und ein Kissen oder ein Kleidungsstück, womit man den Bewusstlosen erstickt, hat jeder Mensch ständig in Reichweite.«

Die Gewitterwolken kamen stetig näher, Blitze zuckten, und ein erstes Donnergrollen rollte über die See.

Molly fiel es schwer, den Blick von dem Naturschauspiel abzuwenden.

»Die Kollegen aus Travemünde«, sagte Ben, »haben am Samstag ein erstes Gespräch mit den Eltern Dodesen geführt. Zur Vorbereitung eures Termins hab ich euch das Protokoll gestern Abend noch ausgedruckt.«

Er schlug seine Mappe auf und holte zusammengeheftete Blätter daraus hervor, die er Molly überreichte.

»Danke.« Molly lächelte anerkennend.

Sie überflog das Protokoll. »Viel gesagt haben sie da nicht.« Sie fasste für Malte zusammen, was auf den Seiten geschrieben stand.

»Nela Dodesen lebte die letzten Jahre allein und hat sich voll auf die Arbeit konzentriert. Sie war schon früh vom Vater auserkoren worden, eines Tages das Hotelimperium zu übernehmen und es als Alleinerbin weiterzuführen. Sie war der ganze Stolz ihrer Eltern. Freunde hatte sie viele, sie war sehr beliebt. Wobei der Vater angemerkt hat, dass er die meisten dieser Freunde eher als Bekannte bezeichnen würde. Darunter viele, die nur von der Freigiebigkeit seiner Tochter profitieren wollten.«

»Das hat er einfach unterstellt«, schob Ben ein. »Das kann natürlich auch das Vorurteil eines eifersüchtigen oder übermäßig besorgten Vaters gegenüber den Leuten sein, die seine Tochter umschwirrt haben.«

Malte staunte. »So viel Lebenserfahrung hätte ich einem jungen Kerl wie dir gar nicht zugetraut«, merkte er mit einem Lächeln an.

Ben straffte die Schultern. »Da kannst du mal sehen. Ich hab mich immer schon für Konflikte interessiert, die zwischen Eltern einerseits und ihren Kindern und deren Umfeld andererseits entstehen. So was birgt jede Menge Potenzial für Morde oder Erpressungen.«

Molly zitierte weiter aus dem Protokoll. »Nela Dodesen lebte auf ziemlich großem Fuß.«

»Wundert dich das?«, fragte Malte. »Bei der Anzahl der Hotels, die die Eltern besitzen, bei der Kategorie, der sie angehören, und bei den Preisen, die die Gäste für die Zimmer und Suiten hinblättern, kommt bestimmt eine Menge herum.«

114

»Und vergiss die tollen Restaurants nicht«, sagte Ben. »Die haben eine richtig gute regionale Küche. Die Gerichte sind sauteuer, und die Weine erst recht.«

Molly wägte die Worte ab. »Trotzdem. Die Gehälter in Gastronomie und Hotellerie sind meist niedrig.«

Ben grinste. »Das gilt aber nicht für die Inhaber.«

Malte zückte seinen Kugelschreiber und spielte damit herum. »Okay, reden wir also mit den Eltern Dodesen.«

»Ich schlage vor«, sagte Molly, »dass wir anschließend die Familie von Carina Bartelson aufsuchen, um nach Gemeinsamkeiten in den beiden Fällen zu fahnden.«

»Wie wollt ihr die Bartelsons dazu bringen, mit euch zu reden?«, fragte Ben. »Versteht mich nicht falsch, ich würde auch mit denen sprechen wollen. Aber die Leute gehen davon aus, dass ihre Tochter Selbstmord begangen hat. Wie wollt ihr sie zehn Jahre später dazu bringen, mit euch über deren Tod zu reden, wenn kein Verdacht vorliegt, der ein Aufrollen des Falles rechtfertigt? Der Tod von Nela Dodesen wird sie kaum davon überzeugen, dass so ein Gespräch notwendig wäre.«

Über diese Frage dachte Molly schon die ganze Zeit nach. »Wir werden einen Weg finden«, ermutigte sie sich selbst. »Das Gespräch ist wichtig. Ich werde es versuchen, und ich denke, sie können uns einen Termin nicht verweigern. Auch mit Eugen Lüder möchte ich reden.«

Malte lachte laut. »Glaubst du, der alte Eugen kommt angehüpft, wenn du ihn auf ein Tässchen Tee einlädst?«

»Ich habe nicht vor, einen gemütlichen Klönschnack mit ihm abzuhalten«, erwiderte Molly. »Ich werde seine Ermittlungsmethoden hinterfragen. Ich will wissen, warum er bei Carinas Bartelsons Tod nicht weiter nachgehakt hat, und in dem Zuge werde ich durchblicken lassen, dass er luschig ermittelt hat. Er soll ruhig wissen, dass wir die These vom Selbstmord auf den Prüfstand stellen werden.«

Malte hob die Hände. »Moment, Molly, hältst du das nicht für ein bisschen übertrieben?«

»Ich finde das okay«, sagte Ben. »Ich vertraue da ganz auf Mollys Gespür für mysteriöse Umstände bei Todesfällen. Lieber ganz genau hingucken und einen gut getarnten Mord aufdecken, als einen Mord übersehen und eine Tat ungesühnt lassen.«

»Na gut«, gab Malte klein bei. »Ihr will mich dem gar nicht entgegenstellen. Ich meine nur, wir sollten Lüder mit Fingerspitzengefühl behandeln. Wenn er sich von uns angegriffen fühlt, wird er bockig und verrät uns am Ende gar nichts mehr.«

Molly blätterte in dem Protokoll, das Ben ihr ausgehändigt hatte. Dann sah sie auf die Uhr. »Lasst uns keine Zeit verlieren. Wenn ihr keine Fragen mehr habt, machen wir uns jetzt auf den Weg zu den Dodesens.«

Ben und Malte nickten.

In dem Moment, als Molly aufstand, klingelte das Telefon auf ihrem Schreibtisch. Sie nahm den Hörer ab und meldete sich mit ihrem Dienstgrad und Namen.

»Lüder hier«, sagte eine überraschend schmeichlerische Stimme am anderen Ende der Leitung.

»Eugen Lüder?« Molly sank auf ihren Stuhl zurück. Der Mann musste Kreide gefressen haben.

»Genau der, verehrte Kollegin.«

Molly war zu verblüfft, um zu reagieren.

»Ich wollte mich nur noch mal kurz gemeldet haben«, sprach Lüder in das Schweigen hinein. »Ich glaube, gestern war ich nicht besonders freundlich zu Ihnen.«

116

Molly lächelte süffisant. Sie bereute, nicht die Lautsprechertaste gedrückt zu haben, um die Kollegen mithören zu lassen. »So könnte man das ausdrücken.«

Maltes Augenbrauen zuckten.

»Es war einfach so«, druckste Lüder herum, »dass ich mit dem falschen Fuß aufgestanden war. Ich hatte ein bisschen Ärger zu Hause, wie das manchmal so ist.«

Molly konnte sich lebhaft vorstellen, dass das Zusammenleben mit diesem Zeitgenossen sich nicht sonderlich reibungsfrei gestaltete.

»Daraufhin haben Sie sich mir gegenüber von Ihrer charmantesten Seite gezeigt«, frotzelte sie.

Lüder räusperte sich und hustete ein paar Mal. Dem Klang nach hielt er dabei schützend die Hand über den Hörer. »Sind Sie noch dran?«, meldete er sich zurück.

»Raucherhusten?«, fragte Molly.

Er antwortete nicht auf die Frage. »Es tut mir aufrichtig leid, dass ich meinen häuslichen Ärger an Ihnen ausgelassen habe. Das wollte ich Ihnen nur mal sagen.«

»Das ist sehr nett von Ihnen«, sagte Molly. »Entschuldigung angenommen.«

Sie wartete neugierig. Ihr sechster Sinn sagte ihr, dass dies nicht der wahre Grund war, weshalb Eugen Lüder sie angerufen hatte. Ein Mensch, der sich bei der ersten Begegnung so aufführte, wie der Ex-Kollege das getan hatte, meldete sich nicht am Tag darauf, um sich reumütig zu entschuldigen.

»Und?«, fragte Lüder. »Wie laufen die Ermittlungen?«

»Gut, Danke der Nachfrage.«

»Haben Sie schon mit den Dodesens gesprochen?«

Molly lehnte sich zurück wie in einem Sessel. »Herr Lüder, wir kommen gerne auf Sie zu, wenn wir Ihre Expertise benötigen. Wenn ich jetzt noch etwas für Sie tun kann, bitte gerne. Ansonsten würden wir unsere Ermittlungen fortsetzen.«

»Ja, natürlich. Viel Erfolg dabei.«

Lüder grunzte nervös in die Leitung. »Bevor wir unser Gespräch beenden«, druckste er herum. »Eine Sache hätte ich noch.«

»Ja, bitte?«

»Die Bartelsons, die lassen Sie am besten da raus. Ich habe ab und zu Kontakt zu denen. Die sind völlig fertig, dass wieder eine Frau in dem Boot sterben musste. Auf keinen Fall sollten Sie die Leute bedrängen und die alten Wunden wieder aufreißen.«

»Danke, Herr Lüder«, erwiderte Molly. »Wir werden Ihren Rat zu würdigen wissen.«

»Die Ermittlungen hab ich damals so geführt, dass es für die Familie gerade noch zu ertragen war. Die Eltern waren froh, als der Fall abgeschlossen war und sie in Frieden trauern konnten. Und sie trauern heute noch.«

»Verstehe«, sagte Molly.

»Sie halten mich auf dem Laufenden?«

»Aber selbstverständlich.« Sie legte auf und betrachtete den Himmel.

Eine pechschwarze Gewitterwand kam auf sie zu.

Molly berichtete ihren Kollegen, wie das Gespräch mit Lüder verlaufen war. »Der weiß was«, folgerte sie.

»Oder er hat ein schlechtes Gewissen«, meinte Malte. »Weil er im Fall Carina Bartelson luschig gearbeitet hat. Er will sich vor nachträglichem Ärger schützen. Es geht letztlich um den Tod der Tochter eines Staatsanwalts.«

13

Eine bedrohliche Ruhe lag über dem nördlichen Teil der Timmendorfer Strandallee unweit der Grenze zu Scharbeutz. Molly spürte förmlich das Gewicht der Gewitterwolken, die sich die Küste entlang schoben. Immer wieder zuckten Blitze, und die Luft knisterte vor Elektrizität. Die Urlauber hatten sich in ihre Unterkünfte verkrochen, die Tagestouristen flohen in Cafés, und selbst die Möwen hielten sich verborgen und warteten darauf, dass das Unwetter vorüberzog.

Malte stellte den Wagen am Gehweg vor der Zufahrt zum Grundstück der Dodesens ab und schaltete den Motor aus. In dem Moment, als Molly und er die Türen öffneten, um auszusteigen, klatschten die ersten dicken Tropfen auf die Frontscheibe und das Dach. Ein krachender Donner durchbrach die Stille.

Verschreckt zog Malte die Tür wieder zu.

»Nützt alles nix«, rief Molly ihm zu. »Da müssen wir durch. Komm, wir rennen die paar Meter zum Haus.«

Sie stemmte sich gegen die Wagentür, die ein heftiger Windstoß wieder zudrücken wollte, und stieg aus. Der Sturm zerzauste ihr Haar. Mit einer Hand hielt sie sich die Jacke zu, mit der anderen schloss sie die Tür.

Malte lief zur Beifahrerseite und griff nach Mollys Hand, als befürchtete er, dass sie von einer Böe weggerissen würde. Mit eingezogenen Köpfen rannten sie auf den imposanten weißen Bungalow zu.

Eine ganz in Schwarz gekleidete Frau öffnete ihnen die Tür und bat sie herein. Sie hatte tiefe Ringe unter den Augen. Anscheinend hatte sie gerade noch geweint.

Molly vermutete, dass es eine Verwandte von Nela Dodesen war. Dem Alter nach hätte sie eine Schwester der Toten sein können.

»Mein Beileid«, entfuhr es ihr sofort beim Anblick der Trauernden. Dann stellte sie sich und Malte vor.

Sprachlos und wie angewurzelt blieb die Frau im Foyer des Bungalows stehen.

»Wir hatten uns angemeldet«, sagte Molly. »Wir haben einen Termin mit Herrn und Frau Dodesen. Sind Sie eine Verwandte?«

Die Frau schüttelte den Kopf. »Ich bin die Assistentin von Nela Dodesen.« Endlich gab sie Molly die Hand, anschließend begrüßte sie Malte. »Paula Ohms ist mein Name. Ich habe bei den Dodesens gelernt und bin seit Jahren Nelas rechte Hand und auch ihre Freundin.« Sie senkte die Lider. »Ich war es, bis das Unglaubliche geschah.« Sie schluckte und sah wieder auf.

»Sind Herr und Frau Dodesen denn nun für uns zu sprechen?«, fragte Malte in vorsichtigem Ton.

Der verschleierte Blick von Paula Ohms ging durch ihn hindurch. »Ja, bitte folgen Sie mir. Nelas Eltern erwarten Sie im Wohnzimmer.« Sie führte die Ermittler durch den Flur und blieb vor einer geschlossenen Tür stehen. »Sie werden aber bitte sehr rücksichtsvoll sein?«, fragte sie leise. »Herr Dodesen ist völlig fertig.«

»Selbstverständlich sind wir das«, raunte Molly ihr zu.

Es kam ihr vor, als stünden sie am Eingang einer Leichenhalle, in der sie die aufgebahrte sterbliche Hülle der Ermordeten erwartete. So kühl und still war es im Haus.

Paula Ohms öffnete die Tür zum Wohnzimmer und blieb an der Schwelle stehen. »Die Herrschaften von der Kriminalpolizei sind da«, sagte sie laut. Dann blickte sie über die Schulter, nickte den Ermittlern zu und führte sie zu der Sitzgruppe vor den tiefgezogenen Fenstern.

Hauke Dodesen hatte in einem Sessel Platz genommen, aus dem er sich nicht erhob. Die Haltung seines massigen Körpers zeigte Molly, dass er zu schwach dazu war, und sie fragte sich, ob er bei der Nachricht vom Tod seiner Tochter gar einen Schlaganfall oder eine Art von Zusammenbruch erlitten hatte.

Die Mutter, Veronika Dodesen, war eine zerbrechlich wirkende Frau. Zerbrechlich und zäh, so kam es Molly vor, als die Dame sich erhob und mit ausgestreckten Armen auf die Ermittler zuging.

Molly sprach den Eltern das Beileid des ermittelnden Teams der Kriminalpolizei aus. »Wir werden alles tun, um den Mörder Ihrer Tochter zu finden«, erklärte sie. »Dabei sind wir auf Ihre Hilfe angewiesen. Sehen Sie sich in der Lage, uns ein paar Fragen zum Leben Ihrer Tochter zu beantworten?«

Hauke Dodesen stierte apathisch vor sich hin. Er bewegte die Lippen. Was er sagte, war nicht zu verstehen.

»Du musst lauter sprechen«, rief seine Frau ihm zu.

Er schnaufte, dann sprach er erneut. »Meine Kronprinzessin ist tot.«

Seine Blicke waren leer, und Molly begriff, dass mit Nela nicht nur seine Tochter, sondern auch die Fortführung seines Lebenswerks gestorben war. Während die Mutter offenbar über ein hohes Maß an Leidensfähigkeit verfügte, schien im Vater jeder Lebenswille erloschen.

Die Mutter zeigte auf ein Sofa. »Bitte nehmen Sie Platz.« Sie selbst setzte sich in einen Sessel, den sie nah an den ihres Mannes herangeschoben hatte.

Molly wunderte sich, dass sie nicht nebeneinander auf dem Sofa saßen, so, dass jeder von beiden die Schulter des anderen spürte und sie sich an den Händen halten konnten.

Der Vater hatte anscheinend kein Bedürfnis danach. Er schottete sich ab, die Rücken- und Armlehnen des Sessels schützten ihn vor zu viel Nähe seiner Frau.

Die Mutter dagegen war offensichtlich die Person in der Familie, die hart im Nehmen war und die bei all ihrer Zurückgezogenheit versuchte, Trost zu spenden und das Leben, das ihnen noch verblieben war, aufrecht zu erhalten.

»Paula, bringst du bitte den Tee?«, sagte sie zur Assistentin ihrer Tochter.

Paula war an der Tür stehen geblieben wie eine Hausdame, die auf Anweisungen wartete. Nela Dodesens Mutter funktionierte, und die sichtlich erschütterte Paula Ohms versuchte offenbar, mitzuhalten.

Jetzt drehte Paula sich wortlos um und verschwand.

»Darf ich fragen«, begann Molly das Gespräch, »ob Nela Ihre einzige Tochter war?«

Hauke stierte vor sich hin und nickte mechanisch.

Veronika hatte die Beine übereinandergeschlagen und die Knie mit den Händen umfasst. Sie hielt den Rücken gerade und neigte den Kopf leicht zur Seite. »Die einzige Tochter, das einzige Kind«, antwortete sie gefasst.

Paula Ohms brachte eine große Kanne Tee herein.

Malte und Molly lehnten dankend ab.

Paula versorgte Nelas Eltern mit dem Getränk.

Hauke registrierte nicht einmal das.

Veronika gab Sahne in die Tasse, ließ sie dann aber unbeachtet vor sich stehen.

»Wir hatten all unsere Hoffnungen auf Nela gesetzt«, erzählte die Mutter mit versonnenem Blick. »Sie sollte einmal alles erben. Sie sollte das weiterführen, was wir aufgebaut haben.«

»Sie haben die Hotelkette selbst gegründet?«, fragte Malte anstandshalber.

Das Thema spielte bei den Ermittlungen keine große Rolle. Doch es öffnete die Herzen und löste folglich die Zunge der Eltern, die stolz auf ihr Imperium waren.

»Wir haben bei null angefangen«, sagte Veronika.

Ihr Mann fand die Kraft, zu widersprechen. »Nicht ganz. Meine Eltern hatten eine Pension in Scharbeutz. Die war der Grundstein. Darauf haben wir aufgebaut.«

Veronika lächelte verlegen. »Meine Schwiegereltern haben die Idee gestiftet, etwas Großes aufzubauen. Sie hatten die Pension, auf deren Grund wir später unser erstes großes Hotel errichtet haben. Gleichzeitig«, Nelas Mutter betonte das Wort, als hätte es eine ganz besondere Bedeutung, »war ich schwanger mit Nela. Sie hat den Aufbau der Hotelkette von der ersten Sekunde an mitbekommen, zunächst noch im Mutterleib. Und sie hat uns beflügelt. Wir haben das alles für sie getan.«

Der Nachdruck, mit dem sie die Worte äußerte, ließ Molly erschaudern. Unter welchem Druck musste Nela Dodesen aufgewachsen sein? Welche Last hatten die Eltern ihr mit dem ersten Tag ihres Lebens auf die Schultern gelegt? Verbarg sich hier ein Motiv für den Mord?

Sie ging auf das Spiel ein. »Es war der Wunsch Ihrer Tochter, in das Familiengeschäft einzusteigen und die

Kette eines Tages in alleiniger Verantwortung zu übernehmen?«

Molly entging nicht, dass Paula Ohms scharf einatmete. Die Frau, deren Trauerkleidung schwärzer erschien als die der Eltern, guckte demonstrativ und mit versteinertem Gesicht zum Fenster hinaus. Ihre Lippen waren schmal geworden, seit sie sich dazugesetzt hatte.

Veronika Dodesen lächelte unterkühlt. »Nela hat seit ihrer Kindheit von nichts anderem geträumt als davon, in die Fußstapfen ihres Vaters zu treten.«

Molly meinte, Selbstgefälligkeit in ihrer Miene zu entdecken. Sie fing an, sich unwohl zu fühlen, und dankte ihrem Schicksal, dass ihre Eltern sie ihren Beruf frei und ohne jegliche Erwartungshaltung hatten wählen lassen.

»Sie wollte das nicht immer«, sagte der Vater plötzlich in die Stille hinein. »Eine Zeit lang wollte sie Zoodirektorin werden. Davon hat sie als Kind geträumt. Löwen, Tiger, Elefanten und Giraffen, das waren ihre Lieblingstiere. Sie konnte sich nicht sattsehen daran, wenn wir in Hamburg bei Hagenbecks Tierpark waren.«

Paula Ohms nickte heftig. »Zoodirektorin, das wollte sie noch werden, als sie schon auf dem Gymnasium war. Aber das habt ihr Nela schnell ausgetrieben.«

Veronika drehte sich ruckartig zu der Frau um, die zu ihrer Linken saß. »Paula, was redest du denn da? Davon hat sie vielleicht auf der Schule herumgesponnen, um sich vor euch allen wichtig zu tun. Aber uns zuliebe hat sie sehr bald ihren Berufswunsch geändert.«

»Sie hat klein beigegeben«, erläuterte Paula mit Blick auf die Ermittler. »Aber das ist ein anderes Thema, und es hat sich Samstagnacht erledigt.« Sie strich über ihren Rock, an dem es kaum etwas glattzustreichen gab.

Molly ahnte das Konfliktpotenzial zwischen den beiden Generationen der Dodesens. »Gab es mal Streit in Ihrer Familie wegen Nelas Berufswunsch?«, fragte sie.

»Nein«, erwiderte Veronika rigoros. »Die Sachlage war von Anfang an klar. Nela ist in ein Hotelimperium hineingeboren worden, und ihr war von Kindesbeinen an bewusst, was das bedeutete – für uns und für sie.«

Erfahrungsgemäß gab es in Familien, die etwas zu vererben hatten, oft auch Konkurrenz im eigenen Haus. Wohlüberlegt formulierte Molly ihre nächste Frage.

»Sie haben Ihre Hotelkette sicher mit viel Herzblut aufgebaut. Verständlich, dass Sie als Eltern Ihre Tochter früh als Nachfolgerin auserkoren haben. Aber wie war das mit der weiteren Familie? Gab es da jemanden, der Nela davon abhalten wollte, die Erwartungen, die von Haus aus in sie gesetzt wurden, zu erfüllen?«

Hauke Dodesen schüttelte den Kopf. Auch Veronika verneinte mit einem süßlichen Lächeln. Sie hatte wohl durchschaut, worauf Mollys Frage hinauslief.

»Nein, und es gab auch niemanden, der sie als Konkurrenz betrachtet hätte und der sie durch einen Mord hätte beseitigen wollen. Der Weg ins Hotelfach war Nelas Berufung, und niemand in der Familie hat ihr jemals den Thron streitig gemacht.«

Paula Ohms sah angespannt vor sich hin.

Molly beobachtete sie intensiv. Sie ahnte, dass Malte und sie von Nelas Assistentin Dinge erfahren konnten, die die Eltern entweder nicht wussten oder aber bewusst verschwiegen.

Paula bemerkte Mollys Blick.

Verschwörerisch nickte Molly ihr zu, und Paula verzog die Mundwinkel zu einem verlegenen Lächeln.

»Die Familie war sich also einig«, stellte Molly lapidar fest.

»Voll und ganz.«

Veronikas Ausdruck verdüsterte sich. Die anfängliche kühle Freundlichkeit, die sich unter die Trauer gemischt hatte, war einer gewissen Distanziertheit gewichen.

»Ihre Tochter war geschieden«, setzte Malte das Gespräch fort. »Ich vermute, der Ex-Mann ist über Nelas Tod informiert.«

Veronika Dodesen fixierte ihn mit versteinerter Miene. »Wir haben Michael informiert. Er hat uns sein Beileid ausgesprochen. Mehr gibt es dazu nicht zu sagen.«

»Er wohnt nicht mehr hier, soweit wir wissen.«

Erstaunt sah Nelas Mutter ihn an. »Was wissen Sie über diesen Mann?«

»Nichts weiter, als dass er nach der Scheidung von Ihrer Tochter in seine Heimat zurückgekehrt ist. Wir wissen, dass er für die Tat nicht infrage kommt. Dennoch bitten wir Sie um Verständnis, dass wir danach fragen müssen: Hatte Ihre Tochter noch Kontakt zu ihm?«

Veronika verneinte. »Es gab keine Kontakte außer gelegentlichen Telefonaten. Und die beschränkten sich auf kurze Diskussionen über geschäftliche Themen.«

»Den Austausch von Rezepten?«, entfuhr es Malte.

»Es ging wohl mehr um Arbeitsvorschriften, steuerliche Angelegenheiten und Trends in der Gastronomie«, erwiderte Veronika gereizt.

Molly versuchte, den Fettnapf, den Malte vor sich hingestellt hatte, zu überspielen. »Es heißt, Nela hatte einen großen Freundeskreis.«

Sie unterbrach sich absichtlich an dieser Stelle, um nicht versehentlich einen wunden Punkt zu berühren.

Veronika lehnte sich auf dem Sofa zurück. »Sagen wir so: Nela kannte viele Menschen. Ob das immer Freunde waren, sei dahingestellt.«

Paula Ohms meldete sich zu Wort. »Nela liebte das Leben. Sie hat es in vollen Zügen genossen.« Sie stierte auf ihre lackierten Fingernägel. »Im Nachhinein betrachtet war es, als hätte sie geahnt, dass sie so früh würde gehen müssen.«

»Was redest du denn da?«, fuhr Veronika ihr über den Mund. »Unsere Tochter war ein sehr lebhafter, fröhlicher Mensch. Sie stand gerne im Mittelpunkt und liebte Partys. Nela hat viele Einladungen ausgesprochen.«

»Gefeiert wurde wo?«, fragte Malte.

»Immer in einem unserer Restaurants. Das war dann auch eine Werbung für uns. Die Gäste wurden fürstlich bewirtet. Sie konnten selbst erfahren, wie gut man bei uns isst und trinkt und in was für einem einzigartigen Ambiente man bei uns den Abend genießen kann. Alle unsere Hotels liegen direkt am Meer, und jedes der Restaurants bietet einen freien Blick auf die Ostsee.«

Molly erinnerte sich an das, was Ben bei seinen Recherchen herausgefunden hatte. »Ihrer Tochter wird nachgesagt, dass sie sehr freigiebig war.«

»Das war sie.« Veronika Dodesens Augen leuchteten auf. »Unsere Nela ist im Luxus aufgewachsen, und sie hat immer gerne andere daran teilhaben lassen. Sie war die perfekte Gastgeberin.«

»Sie hat eine Menge Geld verschleudert«, fuhr Hauke Dodesen auf einmal mit einer Energie dazwischen, die Molly ihm bei der kümmerlichen Haltung, die er immer noch einnahm, nicht zugetraut hätte. »Sie war großzügig, manchmal aber auch verschwenderisch.«

»Kann es sein«, fragte Molly, »dass einer der Freunde sich ausgeschlossen gefühlt hat? Hat Nela in letzter Zeit jemanden aus ihrem Kreis verstoßen, der sich dann auf diese Weise an ihr gerächt haben könnte?«

Hauke hob hilflos die Hände. »Wer weiß?«

Veronika wandte ihr fragendes Gesicht Paula zu.

Nelas Assistentin stand auf einmal im Zentrum von vier Augenpaaren. Sie errötete leicht.

»Dazu kann ich auf die Schnelle nichts sagen. Darüber muss ich nachdenken, die einzelnen Gesichter in einer stillen Stunde mal vor meinem geistigen Auge Revue passieren lassen. Auf Anhieb fällt mir niemand ein.«

Schnell zog Molly eine Visitenkarte aus ihrer Handtasche und überreichte sie Paula. »Wir sollten uns einmal in Ruhe unterhalten.«

»Gerne«, sagte Paula und schob die Karte in die Tasche ihres kurzen Blazers.

»Wie war das Verhältnis von Nela zum Personal?«, fragte Molly weiter. »Ihre Tochter war vermutlich weisungsbefugt.«

»Natürlich war sie das«, antwortete Veronika pikiert. »Wie hätte sie sonst unsere Häuser leiten sollen?«

Molly überging den anklagenden Unterton.

»Hat sie in letzter Zeit Kündigungen ausgesprochen, oder gab es tiefgreifende Differenzen mit den Mitarbeitern, die ihr unterstanden?«

Beide Elternteile verneinten stumm.

Molly warf Paula Ohms einen fragenden Blick zu.

Sie reagierte mit keinem Wort und keiner Regung. Also hatte es wohl doch Differenzen gegeben.

Sie würde Paula darauf ansprechen, sobald sie sie außerhalb der Umgebung der Dodesens traf.

»Schön, dass Nela in so einem friedlichen Umfeld arbeiten konnte«, sagte Malte, und wer ihn so gut kannte wie Molly, hörte die feine Ironie aus seinen Worten heraus. »Was denken Sie?«, fragte er weiter. »Hatte Ihre Tochter Geheimnisse vor der Familie? War ihr Verhalten manchmal so, dass Sie heimliche Bekanntschaften, Unternehmungen oder Hobbys vermuten mussten?«

Veronika richtete sich noch einmal auf. »Nela hatte keine Geheimnisse vor uns. Wir hatten ein vertrauensvolles Verhältnis. Sonst wäre die Übergabe des Unternehmens an sie gar nicht möglich gewesen.«

»Verstehe«, sagte Molly.

Sie lehnte sich zurück. Das Leben von Nela Dodesen schien so glatt und glücklich gewesen zu sein, so frei von jedem Makel, dass es geradezu danach roch, dass es tief im Verborgenen einen dicken dunklen Punkt gegeben hatte. Eine Sache, von der die Eltern nichts wussten. Oder aber nichts wissen wollten.

Das beharrliche Schweigen der Paula Ohms bestätigte sie in ihrer Vermutung.

»Frau Dodesen«, sagte Molly und wandte sich gleich darauf auch an Nelas Vater, der wieder in Lethargie versunken war. »Ihre Tochter wurde in einem alten Fischerboot gefunden. Sie wissen sicher, dass vor zehn Jahren eine andere junge Frau ebenfalls tot darin gefunden wurde. Ist Ihnen dieses Boot bekannt? Hat es etwas mit dem Leben Ihrer Tochter zu tun?«

Hauke Dodesens Miene ließ auf Desinteresse schließen oder auf tiefe Ratlosigkeit. Sein Blick verlor sich im Nichts. Die schlaffe Haut seiner Wangen schimmerte bläulich, und Molly befürchtete, dass sie jeden Moment einen Notarzt rufen müsse.

»Das Boot kennen wir nicht«, ertönte Veronika Dodesens Stimme. »Wir haben es noch nie gesehen, und Nela hat nie etwas davon erwähnt. Obwohl sie so nah am Wasser aufgewachsen ist, ist sie nie eine Wassersportlerin gewesen. Sie hatte nicht die Sehnsucht, in einem Boot zu sitzen und übers Meer zu schippern.«

Molly nickte. »Das geht wohl vielen Menschen so. Am Wasser mögen sie gerne sein, auf dem Wasser dagegen nicht.« Sie strich mit den Fingern über den Anhänger ihrer Halskette, eine kleine silberne Möwe, die Janna ihr geschenkt hatte. »Nela spielte Tennis, wie unsere Recherchen ergaben.«

Der Satz klang wie eine Frage, die sie an die beiden Frauen richtete, und beide nickten als Antwort darauf.

»Nela«, Molly unterbrach sich für zwei Sekunden, um auch die Aufmerksamkeit des Vaters auf sich zu ziehen, »Nela war Mitglied im selben Tennisclub wie eine gewisse Carina Bartelson.«

Sie beobachtete die Mienen der drei Befragten. Hauke zuckte nicht einmal mit dem Lid. Veronika knautschte ein Sofakissen in einem grünen Samtbezug zurecht, und Paula Ohms senkte den Blick.

»Sie kennen Carina Bartelson?«, fragte Molly.

Veronika ließ das Kissen los und wandte sich an Paula. »Sagt dir der Name was?«

»Ja, ich hab ihn schon mal gehört.«

Paula verschränkte die Hände so stark, dass die Gelenke leise knackten. Sicher hatte sie über Carina Bartelson mehr zu erzählen, doch sie schwieg.

»Sie wussten nicht«, fragte Molly, »dass es besagte Carina Bartelson war, die in ein und demselben Boot gefunden wurde wie jetzt Ihre Tochter?«

Hauke Dodesen drehte sich zum Garten hin, als hätte er mit dem Gespräch, das hier stattfand, nichts mehr zu tun.

Veronika beugte sich zu den Ermittlern vor. »Wenn es so sein sollte, wäre das ein seltsamer Zufall, da haben Sie recht.«

Ihre Körperhaltung signalisierte, dass sie dieses Thema damit für beendet hielt.

Malte schaltete sich ein. »Von einem Zufall war überhaupt nicht die Rede, Frau Dodesen. Wir glauben auch nicht daran, dass es einer war. Wir sind felsenfest davon überzeugt, dass es über das Boot eine Verbindung zwischen Nela und Carina gegeben hat. Diese Verbindung könnte letztlich der Schlüssel zum Mord an Ihrer Tochter sein.«

»Dieses Boot hat in Nelas Leben überhaupt gar keine Rolle gespielt«, widersprach Veronika Dodesen.

»Sehen Sie denn einen Zusammenhang zwischen dem Tod von Nela und dem von Carina Bartelson?«, fragte Molly. »Die beiden waren nicht nur im selben Tennisclub. Es gab zu Carina Bartelsons Lebzeiten noch eine weitere Verbindung zwischen ihr und Ihrer Tochter.«

»Was für eine Verbindung sollte das sein?«, fragte Veronika, als wäre die Vorstellung eines Kontaktes zwischen den beiden Frauen so abwegig wie nur irgendwas.

Paula Ohms räusperte sich. »Carina Bartelson hat bei uns gejobbt«, sagte sie mit heiserer Stimme.

»Wie bitte? Davon wusste ich ja gar nichts«, echauffierte Veronika Dodesen sich.

Paula sah sie scheu an. »Es war aber so. Sie hat sich bei uns das Hotelflair um die Nase wehen lassen.«

»Sie hatten mit ihr zu tun?«, fragte Molly.

»Wir sind uns gelegentlich über den Weg gelaufen. Zusammengearbeitet haben wir nicht.«

»Gab es in der Zeit auffällige Begebenheiten zwischen Nela und Carina, irgendwelche Streitigkeiten?«

Paula schüttelte stumm den Kopf.

Molly bedankte sich bei Paula Ohms und dem Ehepaar Dodesen und wandte sich Malte zu.

»Wenn du keine weiteren Fragen hast, sollten wir das Gespräch für heute beenden.«

»Für heute?«, wiederholte Veronika Dodesen fragend. »Wie wird es nun weitergehen?«

»Wir melden uns bei Ihnen, sobald wir neue Ermittlungsergebnisse haben«, sagte Molly.

Paula Ohms wurde unruhig. Sie rutschte auf ihrem Sessel nach vorn und zupfte an ihrem Rocksaum herum. »Ich denke, ich sollte jetzt auch gehen.«

Auf diese Reaktion hatte Molly gehofft.

Paula sah das Ehepaar Dodesen an und nickte beiden Elternteilen zu. Dann stand sie auf.

Veronika erhob sich zusammen mit den Ermittlern und brachte sie und Paula zur Tür.

Molly trat ins Freie und atmete durch.

Die Luft roch nach feuchter Erde. Das Gewitter war abgezogen, und der Regen hatte aufgehört. Eine frühlingshafte Ruhe hatte sich über den Ort gelegt.

»Wir sehen uns morgen«, sagte Veronika, als sie sich von Paula verabschiedete. Dann reichte sie Molly die Hand und drückte sie fest. »Und wir sehen uns, wenn es etwas Neues gibt.«

Der Satz klang wie ein Befehl.

Molly nahm ihn als Bitte auf und nickte höflich. »Das machen wir.«

Mit einem Mal dröhnte Haukes Stimme vom Wohnzimmer, das auf der anderen Seite des Gebäudes lag, bis zur Haustür herüber.

»Veronika!«

Molly erschrak. »Ist Ihrem Mann was passiert? Können wir helfen?«

Veronika lächelte müde. »Er braucht keine Hilfe. Er braucht nur mich.«

Leise schloss sie die Tür hinter den Besuchern.

14

Friederike Bartelson schenkte ihre ganze Aufmerksamkeit einer Strahlenaralie. Sie zupfte die Stiele zurecht, die sich ineinander verheddert hatten, und strich zärtlich mit den Fingern darüber, als wollte sie sich für die rabiate Behandlung entschuldigen.

Die robuste Grünpflanze mit den großen länglichen Blättern hatte sie selbst aus einem Ableger gezogen, den eine Nachbarin ihr überlassen hatte. Mittlerweile hatte das Gewächs eine Höhe von mehr als einem Meter erreicht. Es stand in einem kostbaren, massiven Übertopf aus mundgeblasenem Glas, den Friederike auf einem dekorativen Blumenhocker deponiert hatte. Die Strahlenaralie hatte es verdient, zwischen all dem anderen Grünzeug im Wintergarten auf einem Thron zu stehen.

Ursula, Friederikes fünf Jahre jüngere Schwester, lauerte nur darauf, dass die Dame des Hauses einen Fehler beging. »Du gießt sie viel zu stark. Wenn du so weitermachst, kannst du sie bald auf den Komposter werfen.«

»Meine Aralie kann das vertragen.« Aus Trotz hielt Friederike die Tülle noch einmal an den Topf, achtete aber darauf, dass kein Wasser mehr herausfloss. Von ihrer kleinen Schwester, der sie mit dem Rücken die Sicht auf die simulierte Aktion versperrte, würde sie sich nicht belehren lassen.

Ein Glück, dass Pinkas noch nicht zu Hause war. Er würde ihrer Schwester glatt beipflichten. ›Du pflegst deine Pflanzen zu Tode«, sagte er oft. Doch was sollte sie machen? Carina lebte nicht mehr, und für irgendein hilfsbedürftiges Wesen musste man da sein. Sonst hatte das Leben keinen Sinn.

Anstelle von Pinkas erhielt Ursula Unterstützung von Donatus, ihrem neuen Lebensgefährten, der sich nun ebenfalls im Wintergarten einfand. Er lief von Topf zu Topf und drückte eine Fingerspitze in die Erde. Missbilligend zog er die Augenbrauen hoch.

»Schweig, Donatus«, fuhr Friederike ihn an. »Du hast dein Hobby, und ich habe meins.«

Dass Donatus aber auch immer meinte, beweisen zu müssen, dass er der Familie nützlich war! Klar, er musste sich den Platz an Ursulas Seite erst noch verdienen. Sein Vorgänger war in der Hinsicht rigoroser gewesen. Nun gut, dafür hatte die Ehe nicht lange gehalten.

Mit Unbehagen registrierte Friederike, dass sich die schlurfenden Schritte ihrer Schwiegermutter näherten. Sie drehte sich um. Mechthild kam auf sie zu.

»Setz dich bitte, Mutter.« Friederike wies der alten Dame einen Platz im Wintergarten zu. »Und ihr?«, sagte sie dann zu Ursula und Donatus. »Wollt ihr noch wachsen, oder warum steht ihr hier rum?«

Ihre Schwester, die immer und überall die Haltung bewahrte, schüttelte den Kopf. »Dem Anlass, aus dem wir hier sind, entspricht dein Benehmen aber nicht.«

»Das mag sein, Ursula, aber mir geht es nicht gut.«

Friederike stellte die Gießkanne in einer Ecke auf den Boden und wischte sich mit dem Handrücken über die Stirn. Nach dem Regen, der vorhin heruntergeprasselt war, zeigte sich jetzt die Sonne, und die heizte den Wintergarten auf.

Ein Blick auf die Uhr zeigte Friederike, dass es nicht mehr lange dauern würde, dann wäre die Familie komplett. Pinkas hatte sich zum Mittagessen angekündigt, und er brachte einen vertrauten Gast mit.

»Wolltest du nicht in die Küche gehen?«, fragte Friederike ihre Schwester.

»Nein«, erwiderte Ursula mit provokantem Lächeln. »Ich habe soweit alles vorbereitet. Ich muss nachher nur noch den Backofen anstellen. Bei dem, was ihr besprechen wollt, bin ich gerne dabei.«

»Was gibt es denn zu besprechen?«, fragte Mechthild.

Friederike verdrehte die Augen. Den Tag wollte sie erleben, an dem ihre Schwiegermutter etwas nicht mitbekam. »Es gibt nichts zu besprechen. Wir gedenken deiner Enkelin, und Ursula möchte dabei sein.«

Das aufheulende Geräusch eines Motors signalisierte Friederike, dass Pinkas schnittiger als nötig die Auffahrt hinauffuhr. Kurz darauf hörte sie, wie die Haustür geöffnet wurde. Die Schritte von Pinkas und seinem Begleiter näherten sich.

Friederike warf Mechthild noch einen zweifelnden Blick zu, dann stand Pinkas in der Tür zum Wintergarten, Eugen Lüder hinter ihm.

Friederike stellte sich auf die Zehenspitzen. Flüchtig hauchte sie ihrem Mann einen Kuss auf die Stirn.

Er nahm ihn hin, als kostete es ihn Überwindung, angesichts der zärtlichen Geste keine Miene zu verziehen.

Friederike reichte dem Besucher die Hand. »Schön, dass du gekommen bist, Eugen.«

»Ist doch klar«, sagte Lüder. »Carina war doch auch uns ans Herz gewachsen. Mathilde wäre heute gern mitgekommen, aber sie hat einen wichtigen Arzttermin.«

Friederike streckte den Arm in Ursulas Richtung aus. »Meine Schwester kennst du ja schon. Sie ist heute aus Hannover zu uns gekommen und hat ihren neuen Lebensgefährten mitgebracht, Donatus Krauter. Donatus, das ist Eugen Lüder, der legendäre Polizist, der uns in der Zeit beigestanden hat, als Carina starb.«

»Ich schalte mal eben den Backofen ein«, sagte Ursula und huschte hinaus.

»Moment.« Mechthild erhob sich aus ihrem Sessel. Schmächtig, wie sie war, baute sie sich vor Eugen Lüder auf. »Ich habe Ihnen schon damals gesagt: Carina hat sich nicht umgebracht. Sie wurde ermordet.« Sie stemmte die Hände in die Hüften. »Ich nehme jetzt mal ganz schwer an, Sie sind hier, um den Fall endlich aufzuklären. Mord verjährt doch nicht, oder? Der Täter gehört hinter Gitter. Ich erwarte, dass Sie ihn finden, solange ich noch lebe. Noch einmal zehn Jahre haben Sie nicht.«

Friederike zog Mechthild von Eugen fort. »Mutter, bitte, es steht dir nicht zu, in die Arbeit der Kriminalpolizei einzugreifen. Außerdem ist Eugen pensioniert.«

»Ich greif nicht in die Arbeit der Kriminalpolizei ein. Carina wurde ermordet, und ich bin die Oma.«

Pinkas schob sich zwischen Eugen, Friederike und Mechthild. »Mutter, bitte. Lass unseren Gast erst einmal ankommen und Luft holen, ja? Und dann glaube ich, dass du einige Fakten nicht richtig erkannt hast oder nicht wahrhaben willst. Ich kann das verstehen, aber ...«

Er legte den Arm um die Schultern der alten Dame und schob sie aus dem Wintergarten hinaus.

Erleichtert sah Friederike ihnen hinterher. Pinkas tat das einzig Richtige: Er brachte seine Mutter auf ihr Zimmer. Sie würden ihr das Essen nachher dort servieren.

Sie wandte sich an Eugen und hob die Achseln. »Entschuldige bitte die Unannehmlichkeiten. Das wird nicht wieder vorkommen.«

»Schon gut, schon gut«, winkte er ab. »Ich weiß, wie schwer es manchmal ist, die Wahrheit zu akzeptieren.«

Er zwinkerte Friederike zu, was sie als denkbar unpassend empfand. Sie fragte sich, wie sie das Gespräch mit Eugen fortsetzen sollte. Worüber hatten Pinkas und Eugen sich wohl während der Fahrt unterhalten?

Ursula kam aus der Küche zurück. Sie und Donatus standen da und guckten wie Fisch in der Pfanne.

Pinkas kehrte mit eiligen Schritten zurück in den Wintergarten. Er breitete die Arme aus und gab sich betont unbeschwert.

»Alles okay mit deiner Mutter?«, fragte Friederike.

»Sie wird uns so bald nicht mehr durcheinanderbringen. Wir gehen später alle gemeinsam zu Carinas Grab. Bis dahin bleibt sie, wo sie ist.« Er rieb sich die Hände. »So, Eugen, bitte, setzen wir uns doch hin. Du wolltest uns über die aktuelle Situation unterrichten.«

Die beiden Paare und der Gast suchten sich Plätze um den Tisch im Wintergarten herum. Niemand sprach ein Wort. Friederike kam sich vor wie in einem Theater, in dem das Ende der Pause eingeläutet worden war und alle Besucher in ihre Logen zurückkehrten, stumm und in gespannter Erwartung der Fortsetzung des Stücks.

Als Eugen seinen Blick auffing, deutete Pinkas auf die Bar, auf der die Spirituosen aufgereiht waren.

Eugen schüttelte den Kopf. »Für mich nicht, danke. Und für dich auch nicht. Du musst mich nachher noch sicher nach Travemünde zurückbringen.«

»Selbstverständlich.« Pinkas lächelte verlegen.

138

Eugen schlug die Beine übereinander. Gemächlich verschränkte er die Hände über dem kugeligen Bauch. Mit jedem Atemzug, den er tat, hoben und senkten sie sich mitsamt der Wölbung.

»Tja, ich möchte euch über den Stand der Dinge aus Sicht der Polizei informieren. Zunächst einmal: Auf den ersten Blick sieht es aus, als hätte die Geschichte sich wiederholt. Eine Frau liegt tot in einem Fischerboot. Aber wenn man die Hintergründe genau betrachtet, gibt es einen Unterschied. Einen ganz gravierenden sogar.«

Friederike war den Tränen nah. Sie atmete scharf ein und versuchte, ihre Emotionen zu unterdrücken.

Ursula beobachtete sie irritiert, und Donatus hatte die Beine von sich gestreckt und stierte konzentriert auf seine Fußspitzen, die sich hin und her bewegten.

»Der Unterschied besteht darin, dass wir es in dem einen Fall mit einem Suizid zu tun haben und in dem anderen, wie ihr aus den Medien wisst, mit einem Mord.«

Friederike hob das Kinn. »Es ist eindeutig erwiesen, dass es Mord war? Nela Dodesen hat Drogen genommen. Das wussten nicht viele, aber in gewissen Kreisen war es bekannt. Ist es wirklich erwiesen, dass sie nicht an den Folgen ihres Kokainkonsums gestorben ist? Das wäre doch das Naheliegende.«

Eugen stutzte. Dann richtete er das Wort an Pinkas. »Kann ich wohl doch etwas zu trinken bekommen? Nichts Alkoholisches, ein Wasser vielleicht oder, wenn ihr habt, ein Bitter Lemon.«

Ursula stand auf. »Ich hole Ihnen was.«

Sie rannte hinaus, kehrte Sekunden später mit einem Longdrinkglas zurück, ging zur Bar und schenkte ein Bitter Lemon ein. Sie reichte Eugen das Getränk.

»Der Rechtsmediziner hat herausgefunden, dass Nela Dodesen erstickt wurde. Zuerst betäubt, dann erstickt.«

»So was lässt sich eindeutig feststellen?«, fragte Donatus interessiert.

Eugen trank von dem Bitter Lemon, stellte das Glas ab und zeigte die geöffneten Hände. »Das ist die gesicherte Erkenntnis der Forensik.«

»Es kann uns im Prinzip auch egal sein«, sagte Pinkas.

»Und nun?«, fragte Friederike. »Wenn die Kripo auf die Idee kommt, den Fall Nela Dodesen mit unserer Carina zu vergleichen, was dann?«

»Genau das werden sie wohl tun: Carinas Fall aufrollen«, sagte Eugen. Sein ernster Blick durchdrang die anderen vier. »Sie werden euch danach befragen, wie es zu Carinas Selbstmord kam. Sie werden wissen wollen, ob es eine Verbindung zwischen eurer Tochter und Nela Dodesen gab. Sie werden über das Fischerboot sprechen wollen, in dem beide Frauen tot gefunden wurden. Für die Kollegin, die die Ermittlungen leitet, liegt auf der Hand, dass es einen Zusammenhang zwischen den Todesfällen gibt.«

»Aber das ist doch absurd«, rief Friederike aus. »Welchen Zusammenhang sollte es geben?«

Eugen hob abwehrend die Hände. »Dazu kann ich nichts sagen. Die Kollegen halten mich weitgehend aus den aktiven Ermittlungen raus.«

»Aber du hast doch gesagt …« Friederike hielt es kaum in ihrem Sessel.

»Friederike, so beruhige dich doch.« Eugen griff nach seinem Drink. »Ich habe mich den jetzigen Ermittlern als Berater angeboten und werde ihnen Auskunft zum Fall eurer Tochter geben, wenn sie das wünschen. Ich hoffe, ich kann euch damit wenigstens ein bisschen die Last von den Schultern nehmen, und es kommt nicht die ganze Geschichte wieder hoch. Und ihr«, er deutete mit dem ausgestreckten Zeigefinger in die Runde, »ihr müsst einfach nur das erzählen, was damals war. Nicht weniger und nicht mehr. Eigentlich ist es ganz einfach. Es sind zehn Jahre vergangen, das kriegt ihr hin. Auch wenn es schlimm ist, so weh dürfte es nicht mehr tun. Ihr seid doch inzwischen ganz gut drüber weg.«

Ursula guckte auf die Uhr. »Der Auflauf ist fertig. Ich geh in die Küche. Setzt ihr euch schon mal drüben hin.«

Alle erhoben sich, und während Friederikes Schwester sich um das Auftischen der Mahlzeit kümmerte, nahmen die anderen im Esszimmer Platz.

Ursula schob einen Servierwagen herein. Darauf standen eine große Auflaufform, aus der es dampfte, und eine Schüssel mit buntem Salat.

Pinkas schenkte Getränke ein. Als alle Gläser gefüllt waren, hob er seins. »Auf unser aller Wohl.«

Eugen hob ebenfalls sein Glas. »Wenn meine Kollegen kommen, um mit euch zu sprechen …« Er prostete allen zu.

Friederike hielt den Atem an. »Was dann?«

»Ach, nichts.« Eugen lächelte. »Auf Carina.«

15

Beim Verlassen des Grundstücks der Dodesens

Molly merkte Paula Ohms an, wie erleichtert sie war, das Haus der Dodesens verlassen zu können.

»Möchten Sie reden?«, fragte sie die Frau, der ins Gesicht geschrieben stand, wie sehr sie um Nela trauerte.

Paula antwortete nicht sofort.

»Wo wohnen Sie?«, fragte Malte. »Wir fahren Sie gern nach Hause.«

Ein Lächeln erhellte Paulas Gesicht. »Das ist nett von Ihnen, aber das müssen Sie nicht. Ich hab's nicht weit.«

Molly hakte sich bei ihr unter. »Weit genug, um noch ein paar erleichternde Worte miteinander zu wechseln?« Sie beobachtete die Assistentin und Freundin von Nela Dodesen unauffällig von der Seite.

Paula schossen die Tränen in die Augen. Sie wischte mit dem Finger unter dem Lid entlang. »Sie haben ein gutes Gespür dafür, wenn jemanden etwas bedrückt.«

»Wenn Sie mögen, setzen wir uns in ein Café.«

Paula zuckte mit den Schultern. »Wenn Sie eins kennen, in dem wir uns ungestört unterhalten können?«

Malte grinste, als Molly ihr Handy zückte und Janna anrief. »Janna, meine Liebe, wir brauchen in ungefähr zehn Minuten einen Tisch für drei Personen in einer ruhigen Ecke. Bekommst du das hin?«

»Wenn nicht ich, wer dann?«, gab Janna zur Antwort. »Ich reserviere euch den schönsten Tisch in der gemütlichsten Ecke, die ich euch bieten kann.«

Veronika Dodesen stand hinter dem Fenster, als Paula Ohms mit ihnen in den Wagen stieg. So laut der Ruf Hauke Dodesens auch gewesen war, der Mann konnte offensichtlich auf Hilfe warten.

»Stellt es gegenüber den Dodesens ein Problem dar, dass Sie mit uns fahren?«, fragte Molly.

Paula stöhnte auf. »Ein Problem entsteht hoffentlich nicht daraus. Aber Nelas Eltern sehen es bestimmt nicht gerne, dass wir zusammensitzen und uns unterhalten, ohne dass sie die Kontrolle über das Gespräch haben.«

»Das nenne ich ein offenes Wort.« Molly drehte sich zu Paula um, die auf den linken Sitz der Rückbank gerutscht war, sodass sie sich ins Gesicht sehen konnten. »Welcher Elternteil ist der größere Kontrolleur?«, fragte sie geradeheraus. »Der Vater oder die Mutter?«

Die Worte brachten Paula zum Lächeln. »Das ist eine gute Frage. Ich glaube, die Dodesens kontrollieren sich gegenseitig, und gemeinsam kontrollieren sie alle anderen. Veronika ist stets darauf erpicht, dass die Kasse stimmt, und Hauke will, dass alles harmonisch wirkt.«

»Auch dann, wenn es unter der Oberfläche brodelt«, schloss Molly aus Paulas Tonfall.

»Das kommentiere ich lieber nicht.«

Molly hatte den Eindruck, dass Paula froh war, mit unbeteiligten Personen über die Familie ihrer Freundin sprechen zu können, ohne befürchten zu müssen, dass etwas von dem, was sie erzählte, in die Gesellschaft getragen wurde, mit der die Dodesens sich umgaben. Dennoch wunderte sie sich über die Offenheit, mit der die Frau mit ihnen als völlig fremden Menschen redete.

Malte steuerte den Wagen auf einen freien Parkplatz in der Nähe von Jannas Café zu.

Sie stiegen aus und liefen schweigend die paar Schritte bis zu dem Lokal, das längst eine Institution im Ort geworden war.

Janna öffnete ihnen die Tür, begrüßte ihre Besucher und führte sie an einen Tisch in einem Erker, der einen größeren Abstand zu den übrigen Tischen hatte.

Noch war das Café nicht voll besetzt. Um diese Uhrzeit saßen die Frühaufsteher beim Mittagessen in den Restaurants, und die Langschläfer erhoben sich gerade erst vom Frühstückstisch oder vom Brunch.

Janna breitete die Arme aus. »Hier könnt ihr in Ruhe klönen. Was darf ich euch bringen?«

Molly empfahl Malte und Paula die selbstgemachte Käsesahnetorte mit Mandarinenspalten. Dazu bestellten sie Kaffee, Tee und für Paula eine Cola.

Paula kippte das Kaltgetränk in sich hinein wie eine halb Verdurstete. Die Kälte und die Kohlensäure ließen ihr Gesicht rot anlaufen und trieben ihr erneut Tränen in die Augen, wenn auch aus einem anderen Grund als vorhin. Nach den ersten Schlucken wirkte Paula entspannter als während des Termins bei den Dodesens.

»Sie kennen die Familie schon lange?«, fragte Molly.

»Ungefähr, seit wir eingeschult wurden. Nela und ich sind in dieselbe Klasse gegangen. Wir haben vom ersten Tag an zusammengesessen. Zuerst, weil die Lehrerin es so bestimmt hat, dann, weil wir es wollten.« Paula wurde nachdenklich. »Wir waren lange Zeit unzertrennlich.«

»Lange Zeit«, wiederholte Molly. »Aber zuletzt nicht mehr?«

Paula schüttelte den Kopf. Es fiel ihr ohne Zweifel schwer, die richtigen Worte zu finden.

»Gab es Streit zwischen Ihnen?«

»Es gab Differenzen. So würde ich das nennen.«

Janna brachte die Teller mit den Tortenstücken und ein Tablett mit Kaffee und Tee. »Wenn noch was fehlt, meldet euch bitte. Ich lass euch jetzt in Ruhe.«

»Danke, Janna.« Molly griff kurz nach der Hand ihrer Freundin und drückte sie. Dann wandte sie sich wieder Paula Ohms zu. »Mögen Sie uns berichten, um was für Differenzen es sich handelte?«

Paula starrte auf den Tisch. Molly sah ihr an, wie sie mit sich rang.

»Sie müssen es uns nicht erzählen. Aber es könnte uns helfen, ein Motiv zu finden. Ohne Motiv kein Täter, ohne Täter keine Sühne«, schob sie hinterher.

Paula rückte mit dem Stuhl näher an den Tisch heran. »Ich bin wirklich in einem Zwiespalt. Nela war meine Freundin, eine sehr gute Freundin. Lange Zeit die beste, die ich mir wünschen konnte. Aber dann hat sich etwas geändert. Es ist etwas passiert, und es passierte immer häufiger. Ich musste das geheim halten, sonst wäre Nela in Teufels Küche geraten. Ihre Eltern wären durchgedreht. Die ganze heile Welt der Dodesens wäre zusammengebrochen.« Paula sah auf. »Und nicht nur die. Alles wäre zusammengebrochen. Sie hätten Nela enterbt.«

»Sie sprechen in Rätseln«, sagte Molly. »Wir würden Sie gerne verstehen, aber wir können Ihnen leider nicht folgen. Möchten Sie nicht konkreter werden? Sie haben doch etwas auf dem Herzen.«

Paula warf sich auf ihrem Stuhl zurück. »Es war Nelas Lebenswandel. Vor vielen Jahren ist sie auf einmal in eine Clique geraten, die mir überhaupt nicht gefiel. Es wurde gefeiert wie verrückt, und es kamen Leute zu den Partys, mit denen wollte ich nichts zu tun haben.«

»Was für Leute waren das?«, hakte Malte im Ton eines Vaters nach, der wissen wollte, mit wem seine minderjährige Tochter die Freizeit verbrachte.

Paula sah ihn scheu an. »Ich will niemanden verraten. Nachher bekomme ich noch Ärger mit verschiedenen Leuten. Wegen Verleumdung oder so. Am Ende lande ich vor Gericht und bin beruflich erledigt.«

Molly machte Malte ein Zeichen, nicht weiter nachzufragen. Je hartnäckiger sie diese Frau bedrängten, desto mehr würde sie sich vor ihnen verschließen. Paula musste selbst den Weg finden, loszuwerden, was sie belastete.

Molly lenkte ab. Sie probierte ein Stück von der Käsetorte und schloss für ein paar Sekunden die Augen. »Köstlich. Janna ist eine begnadete Konditorin.«

Malte schob sich ebenfalls einen Bissen in den Mund und verfiel in überschwängliches Lob.

Paula trank von ihrer Cola und knallte das Glas mit einer fahrigen Bewegung auf den Tisch zurück. Sie fröstelte anscheinend, ihre Schultern zitterten.

»Ich erzähl es Ihnen«, sagte sie und ließ die Hände in den Schoß sinken.

Molly lehnte sich zufrieden zurück. Sie hatte erreicht, was sie wollte. Ihr Ablenkungsmanöver hatte bei Paula den inneren Druck verstärkt, sich den Ermittlern zu offenbaren.

»Nela«, Paula wischte mit dem Finger einen Tropfen Cola vom Tisch. »Sie hat gerne Partys gefeiert. Sie hat gewisse Leute eingeladen. Eine Art Schickeria. Zumindest hielten sie sich alle dafür. Mit der Zeit wurde es immer wilder und immer verrückter. Ich habe lange versucht, Nela von den Partys und allem, was damit zusammenhing, abzubringen. Aber es ist mir nicht gelungen.«

Molly machte ein Gesicht, als lägen ausgelassene Feten außerhalb ihrer Vorstellungskraft. »Was war es denn genau, wovon Sie Nela abbringen wollten?«

»Na ja, Alkohol und …« Paula gestikulierte hilflos, als fehlten ihr die Worte. »Viel Alkohol. Große Mengen.«

Molly hörte sehr genau heraus, dass Paula noch etwas anderes hatte sagen wollen. »Alkohol. Und was noch?«, fragte sie unerbittlich nach.

Malte warf ihr einen Blick aus dem Augenwinkel zu. Sie beide wussten, es gab nur eins, was im Zusammenhang mit Schickeria, Partys und Alkohol logisch wäre.

Paula sah sich nach allen Seiten um.

Niemand würde ihr Gespräch mit anhören. Janna war hinterm Tresen mit der Zubereitung von Latte macchiato und Cappuccino beschäftigt, die zwei Frauen an einem Tisch weiter hinten geordert hatten. Eine ältere Dame wollte bezahlen. Sie hatte es wohl eilig, denn sie pochte ungeduldig mit dem Portemonnaie auf den Tisch und schielte dauernd auf die Armbanduhr. An einem dritten Tisch saß eine Mutter mit zwei kleinen Kindern, die voll damit ausgelastet war, den lebhaften Zwergen Kakao einzuflößen, ohne dass zu viel daneben tropfte.

»Drogen.« Paula senkte den Blick. »Kokain«, sagte sie so leise, dass es auch für Molly und Malte kaum hörbar war.

»Koka…«, entfuhr es Malte. Seine Blicke spien Fragezeichen aus. »In so einer Familie? Das glaub ich nicht.«

»Ja, wo leben Sie denn?«, konterte Paula. »Wenn ich es Ihnen doch sage? Aber sehen Sie, das ist genau das, was ich befürchte. Wenn ich jemandem davon erzähle, wird man mir nicht glauben, und am Ende stehe ich als die Dumme da. Die Verräterin, die man meiden sollte.«

147

Malte murmelte eine Entschuldigung. »So hatte ich das nicht gemeint«, redete er sich heraus. »Aber wenn man diese Eltern erlebt hat, diese Familie, in der alles so – wie soll ich sagen?«

»So überaus glatt und glücklich und harmonisch ist«, vollendete Molly den Satz. »Aber genau das sind die Familien, in denen so was vorkommt.«

Paula lächelte sie dankbar an. »Sie glauben mir also?«

»Ich glaube Ihnen«, bestätigte Molly. »Seit wann ging das schon so? Wann haben Sie zum ersten Mal eine Kokain-Party bei Nele Dodesen erlebt?«

»Das war, kurz nachdem sie eine Beziehung mit einem Mann auf Bornholm angefangen hatte.«

Ein Blitz durchfuhr Molly.

Malte bemerkte das nicht. »Hat sie sich die Drogen auf Bornholm beschafft?«, fragte er Paula.

»Ich weiß es nicht. Ich hab keine Ahnung, wie sie darangekommen ist. Sie ist lange Zeit regelmäßig nach Bornholm gefahren, aber sie war auch öfter in Hamburg. Und was in Hamburg los ist, das weiß doch jeder.«

Molly musste zwangsläufig lächeln. »Ich komme aus Hamburg. Ich war dort viele Jahre als Kriminalkommissarin tätig und muss ein gutes Wort für die Stadt einlegen. Es geht dort nicht an jeder Ecke so wüst zu, wie manch einer glauben mag. Aber kommen wir zu Nela Dodesen zurück. Ist sie bei der Drogenbeschaffung mit jemandem in einen Streit geraten?«

Paula zog die Schultern hoch und schüttelte den Kopf. »Das weiß ich nicht. Über diese Art von Geschäften war ich nicht informiert.«

»Aber Sie haben bemerkt, was lief«, merkte Malte an. »Dann werden Sie doch auch mehr darüber wissen.«

»Nein, ich hab mich da rausgehalten. Als ich das erste Mal erlebt habe, dass einer der Party-Gäste Koks von ihr abkaufte und ungeniert vor den Augen aller anderen nahm, hab ich mit Nela gesprochen. Ich hab ihr gesagt, dass das nicht geht. Sie macht sich doch ihren Ruf kaputt und den ihrer Eltern und der ganzen Hotelkette. Ich selbst war schließlich ein Teil davon.«

»Sie hatten Angst um Ihren Ruf und um Ihren Job«, mutmaßte Malte.

»Vor allem hatte ich Angst, im Gefängnis zu landen. Stellen Sie sich vor, die Polizei hätte Wind davon bekommen, was da ablief, und sie hätten sie festgenommen. Das hätte riesengroß in der Zeitung gestanden. Nela Dodesen, die einzige Tochter des großen Ostsee-Hoteliers, als Drogen-Dealerin. Ich als ihre Assistentin hätte automatisch mit dringehangen, und in den Hotels im ganzen deutschsprachigen Ostseeraum wäre ich von da an als Mitarbeiterin indiskutabel gewesen.«

»Haben Sie darüber gestritten, Nela und Sie?« Maltes Tonfall war auf einmal messerscharf.

»Natürlich haben wir gestritten.«

Paula war sich offenbar nicht bewusst, welcher Gedanke hinter Maltes Frage stand.

»Wie intensiv haben Sie gestritten?«, fragte nun auch Molly in einem härteren Ton. »Stand Ihr Job bei Nela Dodesen auf dem Spiel?«

»Nein.« Paula griff erschrocken nach ihrem Cola-Glas und trank daraus. Dann stürzte sie sich auf das Tortenstück, das noch unangerührt vor ihr stand.

Molly vermutete, dass Paula nicht die einzige Mitarbeiterin war, mit der es zu Auseinandersetzungen wegen des Drogenkonsums gekommen war.

»Die Partys fanden in hauseigenen Restaurants statt, wie Frau Dodesen vorhin sagte?«, fragte sie nach.

»Nur da. Nela glaubte, da alles unter Kontrolle zu haben. Feten in anderen Restaurants oder Bars wären ihr zu heiß gewesen. Sie glaubte sogar, in ihren eigenen Räumen der Polizei Hausverbot erteilen zu können.«

»Da hätte sie sich im Ernstfall böse in die Finger geschnitten«, kommentierte Malte.

»Das habe ich ihr auch gesagt, und andere haben sie ebenfalls darauf hingewiesen, dass das Quatsch ist.«

»Dann gab es also auch Differenzen mit weiteren Angestellten?«, fragte Molly.

Paula schob den Kuchenteller von sich fort.

Janna bemerkte das und erblickte auch die anderen leeren Teller. Sofort eilte sie herbei und räumte das Geschirr ab, das nicht mehr benötigt wurde. »Noch ein Wunsch?«, fragte sie in die Runde.

»Danke, nein«, sagte Molly.

Auch Malte schüttelte den Kopf.

»Dürfte ich einen Cognac?«, fragte Paula schüchtern.

»Der geht aufs Haus«, sagte Janna und stob von dannen.

Malte beobachtete, wie sie den Weinbrand in ein Cognacglas schenkte und schwungvoll auf einem kleinen Tablett zum Tisch balancierte.

»Zum Wohl«, sagte Janna und überließ die kleine Gesellschaft wieder sich selbst.

Paula hob das Glas, schloss die Augen und schwenkte das Getränk unter der Nase. Sie atmete tief ein, nahm einen Schluck und ließ den Cognac die Kehle hinunterrollen. Schließlich öffnete sie die Augen wieder und stellte das Glas ab.

»Wie war das nun mit dem Streit?«, fragte Molly noch einmal. »Als ich vorhin gefragt habe, ob Nela jemanden aus ihrem Kreis ausgeschlossen hat, haben Sie geschwiegen und dennoch auffällig reagiert, wenn ich das mal so sagen darf. Da muss doch was gewesen sein.«

Wieder errötete Paula leicht. »Es gab nur mit einer einzigen Mitarbeiterin einen nennenswerten Streit. Alle anderen haben entweder die Augen vor dem verschlossen, was sich abspielte, oder sie haben selbst Kokain genommen.« Erschrocken hob Paula den Kopf. »Nicht, dass Sie denken, die halbe Belegschaft wäre bei den Partys dabei gewesen. Es gab einige Leute, die die Feiern vorbereitet haben. Aber wenn es richtig losging, waren immer nur zwei Mitarbeiter dabei. Es waren fast immer dieselben, und die haben dichtgehalten.«

»Bis auf eine Person«, sagte Molly.

»Dichtgehalten hat sie, aber es gab Streit mit ihr.«

Paula presste die Lippen zusammen, aber damit würde sie nicht durchkommen.

Molly setzte ein charmantes Lächeln auf. »Ihre Aussage ist erst dann vollständig und für uns brauchbar, wenn Sie uns den Namen nennen.«

»Es war die Köchin des Restaurants, in dem eine Party stattfinden sollte. Sie hatte an dem Abend noch länger in der Küche zu tun, um für den nächsten Tag was vorzubereiten. Als sie sah, was abging, wollte sie sich gleich dazwischenquetschen.«

Molly zog die Stirn in Falten. »Dazwischenquetschen? Wie dürfen wir das verstehen?«

»Die Köchin war selbst Teil der Kokser-Szene. Sie erkannte sofort, was los war, und wollte auch mal zu einer dieser schicken Partys eingeladen werden. Sie hat Nela unter Druck gesetzt, und die hat sich das natürlich nicht bieten lassen. Sie hat die Frau sofort aus ihrem Dunstkreis verbannt und zum nächstmöglichen Zeitpunkt entlassen.«

»Wie hieß die Köchin?«, fragte Malte.

»Cindy. Cindy Benthien.« Paula senkte die Lider, als schämte sie sich, die Frau verraten zu haben. »Sie wohnt in Haffkrug.« Erneut nahm sie den Schwenker zur Hand und wiederholte das Ritual von eben.

Während sie die Augen geschlossen hielt, tauschten Malte und Molly Blicke aus.

Der Kreis um Cindy begann, sich zu schließen.

Paula setzte das Glas ab. Ihre Wangen waren gerötet, doch um die Nase herum war sie kreidebleich.

Molly nahm ihren Pflegestift aus der Handtasche und fuhr sich damit über die Lippen.

»Hat auch Carina Bartelson an den Partys teilgenommen?«, fragte sie unvermittelt, während sie den Stift wieder in einem Seitenfach der Tasche verstaute.

»Nein«, antwortete Paula schroff. »Ich glaube nicht, dass sie mal mit dabei war.«

Diese Antwort genügte Molly nicht. »Glauben Sie es nicht, oder wissen Sie es nicht?«

Paula sah sie hilflos an. »Ich kann mich nicht erinnern, Carina auf einer der wenigen Feten begegnet zu sein, auf denen ich dabei war.«

Molly fixierte Paula mit ihren Blicken. »Das heißt, auf anderen könnte sie durchaus dabei gewesen sein. Hat Carina Bartelson Drogen genommen?«

»Nein. Nicht, dass ich wüsste.«

»Fällt Ihnen denn zu dem Boot etwas ein, in dem die Leiche Ihrer Freundin gefunden wurde?«

Paula zog die Oberlippe zwischen die Zähne und biss so fest darauf, dass beinahe Blut austrat. Sie schüttelte den Kopf und zitterte leicht am ganzen Körper.

Molly verständigte sich stumm mit Malte.

»Wenn Sie den letzten Tropfen Cognac verputzt haben«, sagte er, »setzen wir Sie zu Hause ab.«

»Das ist nicht nötig.« Paula leerte das Glas.

»Es ist uns aber lieber so. Der Alkohol hat Sie ganz schön umgehauen. Wir möchten nicht, dass Sie auf dem Heimweg hinfallen und unter die Räder kommen.«

Molly rief Janna, beglich die Rechnung und steckte das Portemonnaie wieder weg. »Dann woll'n wir mal.«

Sie stand auf und beobachtete mit Skepsis, wie unsicher Paula sich erhob.

Sie hakten die Frau von beiden Seiten unter und führten sie zum Wagen.

Paula nannte ihnen ihre Adresse, und Malte nahm Kurs auf ihre Wohnung, die unweit des Zentrums von Timmendorfer Strand in einer kleinen Seitenstraße lag.

Molly geleitete Paula bis zur Tür und verabschiedete sich von ihr. Dann kehrte sie zum Auto zurück.

Als sie eingestiegen war, entdeckte sie eine Nachricht von Ben auf ihrem Smartphone. Er hatte für den nächsten Tag einen Termin bei der Familie Bartelson für Malte und Molly beschafft.

Molly zeigte Malte die Meldung.

Malte staunte. »Das hätte ich dem Jungen nicht zugetraut.«

16

»Paula Ohms hatte ein Motiv«, stellte Molly nüchtern fest, als sie wieder im Wagen saß.

Malte nickte und zählte auf. »Seit Kindertagen eine enge Freundin. Über Jahre hinweg eine loyale Mitarbeiterin. Eine Vertraute, wie man sie sich im Grunde nur selbst backen kann. Dann der Bruch. Paula Ohms wird zur Kritikerin der vielbewunderten Nela Dodesen. Mit der Zeit wird die Kluft immer größer. Paula setzt Nela unter Druck, wenn sie nicht mit den Drogen aufhöre, werde sie – was tun? Die Eltern informieren? Die Polizei? Nela wird nörgelig, sie wird misstrauisch. Sie droht Paula mit dem Rauswurf. Da geht Paula die Galle über.«

Molly stimmte jedem der Punkte zu, die Malte nannte. »Es kommt zum tödlichen Streit zwischen den beiden ehemals besten Freundinnen.«

»Und es endet wie mit manch einem lange verheirateten Paar, bei dem der eine Part den anderen plötzlich hasst«, ergänzte Malte.

Molly kniff die Augen zusammen und dachte konzentriert nach. »Der Knackpunkt ist nur: Warum war Paula Ohms so erleichtert, mit uns sprechen zu können? Sie hat sich regelrecht aufgedrängt, wenn auch auf eine dezente Art. Sie hat es so geschickt angestellt, dass wir gar nicht anders konnten, als sie zu einem Gespräch einzuladen. Das mach ich doch nicht, wenn ich die Mörderin bin.« Sie fasste sich an den Kopf.

»Oder gerade dann«, spann Malte weiter. »Guck mal, jetzt hat sie es hinter sich. Von dem Moment an, als sie wusste, dass wir zu den Dodesens kommen, musste sie damit rechnen, dass wir auch sie aufsuchen würden. Wer weiß, vielleicht war sie ganz bewusst zu dem Zeitpunkt im Haus, zu dem wir uns angekündigt hatten? Sie hat nur darauf gelauert, mit uns zusammenzutreffen, um ihre Geschichte von Nela als der Tochter aus gutsituiertem Haus loszuwerden, die in die Kokser-Szene abgedriftet ist. In dem Milieu kann jeder der Täter sein. Und dann lenkt sie unsere Aufmerksamkeit noch ganz nebenbei auf Cindy.«

»Wie übrigens auch Lüder. Als hätte die Ostseewelt sich auf sie als Sündenbock eingeschossen.« Molly massierte sich die Schläfen. »Was meinst du, wer hat die Leiche entsorgt? Doch nicht Paula selbst?«

»Tu nicht so, als wärst du erst seit gestern bei der Kripo«, frotzelte Malte. »Sie hatte einen Helfershelfer. Einen Kumpel, der für sie die Drecksarbeit erledigt hat. Wenn ein, zwei weitere Erkenntnisse auf sie hinweisen, braucht sie jedenfalls ein Alibi.« Malte parkte den Wagen vor der Dienstvilla und zog den Zündschlüssel ab. »Wenigstens wissen wir jetzt, wie diese Cindy, die wir uns unbedingt ansehen müssen, mit Nachnamen heißt.«

Molly lief neben ihm her zum Eingang des Hauses. »Aber wir wissen immer noch nicht, welches Geheimnis den Tod von Carina Bartelson umgibt. Keine Sekunde glaube ich, dass Veronika Dodesen sie nicht kannte. Als wir bei den Dodesens saßen, habe ich mich am Ende gefragt, ob sie es waren, die Carina ins Jenseits befördert haben.«

Sie betraten die Dienstvilla. Ben telefonierte gerade.

Er winkte ihnen zur Begrüßung zu.

Molly und Malte gingen die Treppe hinauf.

»Aber wie?«, fragte Malte. »Und was wäre das Motiv?«

»Denk an das Thema Drogen«, sagte Molly. »Es verbindet Nela Dodesen mit Cindy Benthien. Lass uns nachforschen, ob auch Carina Bartelson Kokain genommen hat oder sogar in Drogengeschäfte verwickelt war.«

Sie betraten die Galerie im ersten Stock, an der ihre Büros lagen. Malte legte Molly kollegial den Arm um die Schulter. »Das klingt aber doch ein bisschen abenteuerlich. Vergiss nicht: Carina Bartelson war die Tochter eines respektablen Staatsanwalts.«

»Ja, und? Was besagt das denn?«, warf Molly ihm unwirsch zu. »Lass uns mit Eugen Lüder darüber reden.«

Wortlos verschwand sie in ihrem Zimmer, während Malte zu seinem Büro weiterging.

Molly lehnte die Tür an. Sie brauchte eine Weile Stille um sich herum, um sich die Dinge durch den Kopf gehen zu lassen. Sie fiel auf ihren Drehstuhl und rutschte tief in den Sitz. Die Füße auf dem Schreibtisch und den Kopf im Nacken, schloss sie die Augen.

Je mehr sie über Paula Ohms und Cindy Benthien nachdachte, desto unbeschwerter fühlte sie sich. Auch wenn sie mit Ole innerlich nicht mehr viel verband – er war immer noch ihr Ehemann. Unter diesem Aspekt war ihr jeder Mosaikstein im Fall Nela Dodesen, der nicht in den Rahmen um Ole passte, mehr als willkommen.

Es mochte sein, dass Ole und Nela sich irgendwann einmal kennengelernt hatten. Möglicherweise sogar auf Bornholm. Daher kannte er ihren Namen, und natürlich schrak er zusammen, wenn er hörte, dass sie ums Leben gekommen war. Doch was hatte seine Reaktion mit diesem Mordfall zu tun?

Vermutlich nichts.

Ganz sicher nichts.

Es gab viele Menschen, die Nela kannten.

Möglicherweise war Cindy Benthien enger mit dem Mord an Nela verwoben, als sie es vermutet hatten.

Und wenn sie nun eine direkte Verbindung zwischen Nela, Cindy und Carina aufdecken würden?

Hatte Cindy sich an Nela und vielleicht auch an Carina gerächt, weil sie nicht in deren ach so feine Gesellschaft passte? Oder waren alle drei sich bei Drogengeschäften in die Quere gekommen?

Die Tür zu Mollys Büro wurde aufgestoßen und Malte stand vor ihr. »Arbeitshaltung?« Er lächelte und zeigte auf ihre Beine. »Willst du selbst den Termin mit Lüder machen oder soll ich?«

»Ich mach das schon.« Molly nahm die Füße vom Schreibtisch und deutete mit dem Kopf auf einen Stuhl.

Malte setzte sich hin, während sie Lüders Telefonnummer wählte. »Kollege Lüder, wir haben Sehnsucht nach Ihnen«, säuselte sie, nachdem er sich gemeldet hatte. »Dürfen wir heute Nachmittag Ihr Ruhestandseinerlei ein wenig durcheinanderwirbeln?«

»Heute Nachmittag? Moment, da war was. Ich muss mal in meinem Terminkalender blättern.«

Lüders Schnaufen rauschte durch die Telefonleitung. Molly hielt den Hörer ein Stück vom Ohr weg.

»Also heute ist das schlecht. Wie wär's mit morgen Vormittag, so gegen zehn bei mir zu Hause?«

»Morgen um zehn«, wiederholte Molly und sah Malte dabei fragend an.

Er hob den Daumen.

»Okay. Dann bis morgen.«

»Moment noch mal«, sagte Lüder. »Worum soll es dann ganz konkret gehen? Ich frag nur, damit ich mich vorbereiten kann.«

»Ganz allgemein«, antwortete Molly geistesgegenwärtig, als sie Eugen Lüders innere Abwehr spürte. »Wir haben erste Erkenntnisse und möchten uns mit Ihnen als erfahrenem Kollegen darüber austauschen, wie wir in diesem Fall am besten vorgehen.«

»Erste Erkenntnisse?« Unüberhörbar quoll die Neugier aus Lüders Stimme hervor. »Die da wären?«

Molly grinste. »Das werden wir Ihnen morgen erzählen. Schönen Tag noch.« Sie legte auf.

Auf einmal hörte sie ein Poltern auf der Treppe. Ben war auf dem Weg nach oben, und er hatte es so eilig, dass er immer mehrere Stufen auf einmal nahm.

Die blasse, mit Sommersprossen übersäte Haut seiner Wangen, die nur zu besonderen Anlässen Farbe zeigte, schimmerte in zartem Rosa.

Er hielt einen seiner legendären Notizzettel in der Hand und strahlte. »Ich hab was für euch.«

»Erzähl«, forderte Malte ihn auf.

»Zwei Kollegen haben in der Nacht von Freitag auf Samstag auf der B76 eine Verkehrskontrolle durchgeführt. Dabei ist ihnen ein Autofahrer durch sein merkwürdiges Verhalten aufgefallen.«

»Weil er Schlangenlinien gefahren ist?«, fragte Malte.

»Nein, er fuhr ganz normal. Sie haben ihn angehalten, weil sie Langeweile hatten. In der Nacht war wenig los. Aber dann hat er sich so merkwürdig benommen, dass sie ihn um einen Atemalkoholtest gebeten haben.«

»Und? Wie war das Ergebnis?«

»Er war stocknüchtern, konnte seine Papiere vorlegen und wusste, wo das Warndreieck war. Aber er wirkte total unsicher und nervös. Das Wasser lief ihm die Schläfen runter, und die Luft im Wagen war stickig.«

»Dann hatte er wohl vergessen, die Klimaanlage einzuschalten«, meinte Malte.

»Mag sein«, fuhr Ben fort. »Jedenfalls haben sie sich das amtliche Kennzeichen notiert. Es war das eines Wagens von einem Autovermieter aus der Region.«

Malte lehnte sich zurück, schob die Hände in seine Hosentaschen und bedachte Ben mit dem Blick des Chefs, der dem Lehrling eine Anweisung erteilt. »Dann fragen wir doch da mal an, ob sie uns den Namen des Fahrers nennen, der den Wagen zu dem betreffenden Zeitpunkt gemietet hat.«

»Was meinst du, was ich längst gemacht habe?«, erwiderte Ben. »Sie rücken aber nicht damit raus. Hätte mich in Zeiten des heiligen Datenschutzes auch gewundert. Da seid ihr jetzt am Drücker.«

Molly streckte die Hand nach Ben aus. »Das ist doch eine meiner leichtesten Übungen. Gibst du mir den Zettel bitte? Dann leite ich alles in die Wege, um eine richterliche Verfügung zu beschaffen.«

Ben gab ihr seine Aufzeichnungen.

Molly warf einen Blick auf das Kfz-Kennzeichen und auf die Namen der Kollegen der Verkehrsstaffel. Dann überflog sie die Notizen, die Ben gemacht hatte. Sie hob den Kopf und guckte Malte an.

»Stattgefunden hat die Kontrolle bei Brodten. Die Kollegen sagen, der Wagen kam aus Travemünde und fuhr weiter in Richtung Niendorf.«

»Abgeholt worden ist der Wagen aber in der Niederlassung in Grömitz«, sagte Ben. »So viel hat die Dame von der Vermietung dann doch verraten.«

»Das kann man ja fast schon geschwätzig nennen«, kommentierte Malte mit ironischem Augenaufschlag. »So sind die Frauen, Ben. Erst machen sie einen neugierig, und dann verfallen sie in tiefes Schweigen.«

Er zwinkerte Molly zu, die seine Bemerkung geflissentlich überhörte.

»Danke, Ben«, sagte sie. »Das ist eine wichtige Information. Sie kann uns ein großes Stück weiterbringen. Ich kümmere mich sofort um den nächsten Schritt. Dann dürften wir bald den Namen des Mannes erfahren, der den Wagen gemietet hat.«

Ben ging wieder in sein Büro zurück, während Malte noch bei Molly sitzen blieb. »Ich wollte es nicht laut sagen, als Ben hier war. Ich will dem Jungen den Schwung nicht nehmen. Aber es wäre zu schön, um wahr zu sein, wenn der Fahrer mit dem Mord an Nela Dodesen zu tun hätte. Ich glaube, wir laufen da ins Leere.«

Molly runzelte die Stirn. »Du Pessimist. Du nimmst nicht nur Ben den Schwung, sondern auch mir.«

Malte erhob sich. »Wenn du den Antrag abgeschickt hast, machen wir einen Termin mit Cindy, okay?«

»Machen wir.« Mollys Blick fiel auf den Kalender mit den Ostsee-Fotografien, der an der Wand gegenüber ihrem Schreibtisch hing. »Heute ist Dienstag. Da hat der Ankerplatz Nordost geöffnet. Ruf ruhig schon mal bei Chris an und frag ihn, ob wir uns nachher mit Cindy unterhalten können.«

Malte stand auf und ging zur Tür. »Befragen wir sie nicht besser morgen, wenn Ruhetag ist?«

»Du meinst, wir bekommen Ärger mit den Gästen, wenn wir die Köchin vom Arbeiten abhalten?«

Malte zuckte die Achseln. »Kann passieren. Sonst bin ich ja nicht so zögerlich. Aber eine Köchin kann ihre Arbeit nicht so leicht unterbrechen wie ein Bürohengst.«

»Lass das die Bürohengste dieser Welt nicht hören.«

Molly suchte das Antragsformular für die richterliche Genehmigung aus ihrem System. Bevor sie anfing, es auszufüllen, wandte sie sich noch einmal Malte zu, der abwartend im Türrahmen stehen geblieben war.

»Nun mach hinne«, rief sie ihm zu. »Sonst wird es Abend, bis wir da sind, und dein Magen knurrt bei der Befragung der Frau lauter, als wir reden können.«

Malte schlurfte aus dem Büro.

Molly sprang auf. »Ich hab noch was vergessen«, rief sie ihm hinterher. »Fragst du bitte bei Paula Ohms nach, in welchem ihrer Hotels Nela Dodesen sich am Freitag zuletzt aufgehalten hat?«

»Mach ich, Chefin.«

17

Missmutig kehrte Malte in Mollys Büro zurück. »Cindy Benthien ist heute nicht im Dienst. Sie hat Chris gestern ganz plötzlich um einen freien Tag gebeten, angeblich, weil sie sich um ihre Großmutter kümmern muss.«

Molly nahm die Hände von der Tastatur. »Das sagt er erst jetzt? Ist ihm nicht aufgefallen, dass das verdammt kurzfristig kam und so bald nach unserem Besuch?«

»Ich glaube, der Mann ist einfach zu gutgläubig, um was Böses dahinter zu vermuten, geschweige denn eine Flucht.« Malte ließ sich wieder auf dem Stuhl gegenüber Mollys Schreibtisch nieder.

»Aber du hast dir Cindys Adresse und Handynummer von ihm geben lassen, oder geht das auch nur mit richterlichem Beschluss?«

»Ihre Wohnanschrift hab ich, die Handynummer hab ich und die vom Festnetz ebenfalls. Nur die Anschrift der Großmutter konnte Chris mir nicht nennen. Die alte Dame soll in Grömitz wohnen. Cindy meldet sich allerdings nicht, weder auf dem einen noch auf dem anderen Telefon.«

»Wo wohnt sie?«

»In Haffkrug. Praktischerweise da, wo auch das Hotel steht, in dem Nela Dodesen bis Freitagnachmittag gearbeitet hat, wie Paula Ohms mir verraten hat.«

»Dann fahren wir auf gut Glück zu Cindy Benthien und machen auf dem Weg in dem Hotel halt, um die

162

Mitarbeiter zu befragen. Hast du die Adressen vom Hotel und von Cindys Wohnung dabei?«

»Na klar«, sagte Malte. »Als dein Chef-Chauffeur habe ich alles pflichtbewusst vorbereitet.«

Die Ermittler gingen die Treppe hinab und informierten Ben über die weiteren Schritte, die an diesem Nachmittag anstanden.

»Ich hätte da noch was.« Fröhlich wedelte Ben mit einem seiner Notizzettel herum.

»Was hast du denn jetzt noch herausgefunden?« Molly machte einen Schritt auf ihn zu.

»Ich nichts, aber die Kollegen aus Lübeck.« Ben gab ihr das Papier. »Der Wagen von Nela Dodesen wurde am Hemmelsdorfer See unweit des Timmendorfer Mühlengrabens in einem Waldstück gefunden, das nur gelegentlich frequentiert wird. Die KTU hat ihn untersucht. Unter dem Beifahrersitz lag ein Merkzettel einer Zahnarztpraxis in Timmendorfer Strand. Es war ein Termin darauf vermerkt, und zu diesem Termin ist eine gewisse Cindy Benthien in der Praxis angemeldet.« Er strahlte wieder übers ganze Gesicht. »Cool, was?«

»Obercool«, erwiderte Molly.

Der Kreis um Cindy schloss sich damit um ein weiteres Stück, und Mollys erster Gedanke, ihre große Hoffnung war, dass der Fahrer des Wagens, dessen Namen sie bald mit richterlicher Genehmigung erfahren sollten, der eines guten Freundes von Cindy war.

»Haben die Kollegen auch die Handtasche von Nela Dodesen gefunden?«, fragte Malte.

»Die lag unter dem Fahrersitz.«

»War auch ihr Portemonnaie samt Geld darin?«, hakte Molly nach.

»Alles war drin. Geld, Papiere, Lippenstift.«

»Danke, Ben. Dann handelt es sich definitiv nicht um einen Raubmord.«

Sie stand auf. »Komm, Malte, auf nach Haffkrug.«

Malte fuhr mit einem Tempo, das jeden Verkehrspolizisten erfreut hätte, weil er die Staatskasse mit einem ansehnlichen Betrag hätte auffüllen können.

Molly kommentierte das nicht. Auch sie hatte es eilig.

Das Hotel war ein geschmackvoller Neubau mit tiefen Fenstern und großzügigen Balkons oder Terrassen vor den Zimmern. Es lag nur wenige Meter vom Strand entfernt und bot seinen Gästen einen weiten Blick über die Lübecker Bucht.

Die Ostsee lag seegrasgrün in der Sonne. Die Wellen schwappten an den Strand, und Molly genoss die Sicht von hier auf die Orte, die ihr so vertraut waren: Scharbeutz, Timmendorfer Strand und Niendorf.

Malte stand auf einmal dicht neben ihr. »Was möchtest du? Einen Strandkorb mieten oder Leute befragen?«

Verträumt guckte Molly ihn an. »Darf ich die Aussage verweigern?«

»Dieses eine Mal ja, Frau Kollegin«, scherzte Malte. »Das muss aber eine Ausnahme bleiben.«

Er hakte sich bei ihr unter, nahm sie mit sich zum Foyer des Hotels und brachte an der Rezeption das Anliegen vor, mit dem sie hergekommen waren.

Die Dame am Tresen, das Namensschild wies sie als Dorothee Wiesmann aus, trug einen Trauerflor am Ärmel ihres Kostüms. Molly bemerkte, dass auch die anderen Mitarbeiter des Hauses, die durch die Lobby gingen oder die sie im Restaurant erblicken konnte, ein schwarzes Band um den Arm geschlungen hatten.

Betreten guckte Dorothee Wiesmann die Ermittler an. »Von uns Mitarbeitern bin ich diejenige, die Nela am Freitag zuletzt gesehen hat. Ich hatte eine Besprechung mit ihr wegen der Belegung der Zimmer in den nächsten Wochen. Es hatte sich kurzfristig eine Gruppe angemeldet, die Tagung in unserem Haus abhalten will.«

Molly hob die Hand, um der Dame, die ohne Pause sprach, Einhalt zu gebieten.

»Können wir uns unter sechs Augen unterhalten?«, fragte sie. »Haben Sie vielleicht einen Raum hinter der Rezeption, in den wir uns zurückziehen können?«

»Klar, natürlich. Kommen Sie doch rum.« Dorothee hob eine Klappe hoch, die in den Tresen eingelassen war und wies die Ermittler in einen Raum mit zwei Schreibtischen, von denen zurzeit nur einer besetzt war.

»Daniela«, sagte Dorothee zu ihrer Kollegin, »kannst du dich bitte ein paar Minuten an den Tresen stellen? Ich hätte mit den Herrschaften etwas zu besprechen.«

Wortlos stand die angesprochene Frau auf und verließ das Büro.

Die Rezeptionistin und die Ermittler nahmen um den anderen Schreibtisch herum Platz.

»Was kann ich für Sie tun?«, fragte Dorothee Wiesmann.

»Wir versuchen, die letzten Stunden im Leben von Nela Dodesen zu rekonstruieren«, erklärte Molly der Frau, die sie verschüchtert ansah, auch wenn sie versuchte, sich souverän zu geben. »Wie lange war Frau Dodesen am Freitag im Hotel?«

»Bis ungefähr fünfzehn Uhr. Normalerweise ist Nela länger hier. Aber an dem Tag hatte sie noch etwas vor. Es war ein privater Termin«, ergänzte sie.

»Wissen Sie mehr darüber?«, fragte Malte. »Was für eine Art von Termin und mit wem? Ein Arzttermin, ein Treffen mit Freunden, eine Veranstaltung?«

Dorothee zuckte mit den Schultern. »Keine Ahnung. Tut mir leid, darüber hat sie kein Wort gesagt.«

Wie zur Entschuldigung führte sie noch an, dass sie der Chefin niemals Fragen stellte, wenn die sagte, dass sie eher gehen würde als üblich.

»Kein Problem«, sagte Molly. »Das haben wir auch nicht von Ihnen erwartet. Aber es hätte ja sein können, dass Frau Dodesen Ihnen von sich aus etwas über ihre Pläne für den Abend mitgeteilt hat.«

Dorothee Wiesmann schüttelte den Kopf.

An ihrer Mimik las Molly ab, dass sie etwas sagen wollte, aber nicht wusste, wie sie es vorbringen sollte.

»Haben Sie etwas beobachtet?«, fragte Molly. »Jeder Hinweis, den wir erhalten, kann dazu führen, den Mörder Ihrer Chefin zu finden«, sagte sie in einem Ton, der ihrem Gegenüber verdeutlichen sollte, dass sie für jede Aussage dankbar waren.

Doch Dorothee dachte nicht daran, zu reden.

Malte verlor die Geduld schneller als Molly. »Wie hat Nela Dodesen das Grundstück verlassen? Ich nehme an, sie hat ihren Wagen genommen?«

Dorothee machte eine Geste, als wollte sie sich Haare aus dem Gesicht streichen. Doch keine Strähne ihres streng zusammengehaltenen Pferdeschwanzes hatte sich gelöst. Sie biss sich einen Augenblick auf die Lippen, um schließlich doch noch die Stille zu durchbrechen, die zwischen ihr und den Ermittlern lag.

»Ja, Nela hatte ihren Wagen hier stehen. Als sie rausging, hab ich sie beobachtet. Ich habe gesehen, wie sie draußen auf dem Parkplatz jemanden getroffen hat, der dann mit ihr weggefahren ist.«

»Jemanden?« Mit einem Schlag war Molly wie elektrisiert. »Wissen Sie auch, wer das war?«

Dorothee nickte. »Ja.«

»Wer war das denn, bitte«, frage Malte gereizt.

»Eine frühere Kollegin.«

»Und die hieß wie?«

Malte neigte den Kopf zur Seite, und Molly kannte ihn gut genug, um zu wissen, dass er Dorothee Wiesmann am liebsten mit beiden Händen an den Schultern gefasst hätte, um den Namen Silbe für Silbe aus ihr herauszuschütteln.

»Cindy Benthien«, sagte Dorothee leise. »Sie war mal Köchin bei uns im Hotel, und sie wohnt hier im Ort.«

Molly atmete durch und bog die Schultern zurück. Sie beobachtete die Rezeptionistin genau. Sagte die Frau die Wahrheit, oder wollte sie eine ehemalige ungeliebte Kollegin anschwärzen?

»Sie wissen«, fragte sie bedächtig, »was Ihre Aussage für Frau Benthien bedeuten kann?«

Verschreckt guckte Dorothee sie an. »Bedeuten? Ich weiß nicht, welche Konsequenzen das hat, aber es war nun mal so, wie ich es Ihnen sage. Ich kann nichts dazu, dass sie zu Nela ins Auto gestiegen ist.«

»Haben die zwei sich zufällig getroffen und auf dem Parkplatz unterhalten?«, wollte Molly wissen. »Oder sah es eher so aus, als wären sie fest miteinander verabredet gewesen, und Frau Benthien hat sich zielstrebig zu Frau Dodesen ins Auto gesetzt?«

Dorothee schüttelte den Kopf. »Zielstrebig war das nicht. Sie sind sich wohl eher zufällig über den Weg gelaufen. Zumindest kam es für Nela überraschend. Ich konnte ihr Gesicht sehen. Sie hatte nicht damit gerechnet, dass sie Cindy begegnen würde. Sie hatte es sowieso ziemlich eilig an dem Tag.«

»Können Sie uns die Szene genau beschreiben?«

»Cindy ist auf Nela zugegangen. Die beiden haben sich kurz unterhalten. Nela hat zwei- oder dreimal auf die Uhr geguckt. Dann hat sie Cindy was gesagt. Wahrscheinlich hat sie ihr gesagt, dass sie keine Zeit zu verlieren hat. Sie hat aufs Auto gedeutet, Cindy ist eingestiegen, und sie sind davongefahren.«

»Das Gespräch auf dem Parkplatz«, fragte Malte, »sah das nach einem Streitgespräch aus?«

»So genau hab ich nicht hingesehen.«

Molly lächelte süffisant. »Sind Sie mir böse, wenn ich sage, dass ich das bezweifle?«

Das Gesicht der Rezeptionistin lief dunkelrot an. »Also gut, ich habe hingesehen. Zwangsweise.« Sie wies mit der Hand in Richtung der Lobby. »Sie sehen ja selbst, was man im Blick hat, wenn man am Tresen steht. Den Parkplatz, auf dem die Gäste ankommen. Wenn jemand Neues eintrifft, nimmt man sich gleich die Anmeldeliste vor, um zu gucken, wer von denen, die reserviert haben, noch nicht eingetroffen ist.« Sie machte ein schuldbewusstes Gesicht.

»Wir machen Ihnen keinen Vorwurf«, sagte Molly.

Dorothee schien ihr das nicht zu glauben. »Man wird immer gleich als furchtbar neugierig verschrien, wenn man was beobachtet hat.«

»Nicht von uns«, tröstete Molly sie. »Wir leben von den Beobachtungen aufgeweckter Menschen, wie Sie es sind. Unsere Ermittlungen kämen sonst nicht zum Ziel.«

»Danke, das haben Sie jetzt aber nett gesagt.« Dorothee senkte den Blick und betrachtete ihre sorgfältig rosa lackierten Fingernägel. »Also, Cindy und Nela haben sich lebhaft unterhalten. So kann man das nennen.«

»Sah es nach Streit aus?«, fragte Malte noch einmal.

»Ob es ein Streit war, weiß ich nicht. Aber jedenfalls haben sie sich nicht darüber unterhalten, wie man Kränze aus Gänseblümchen flicht oder wie man Blusen bügelt, wenn Sie verstehen, was ich meine.«

Molly nickte lächelnd. »Sie haben das sehr bildhaft ausgedrückt.«

Sie rückte mit ihrem Stuhl näher an den Schreibtisch heran und beugte sich darüber, um Dorothees Gesicht näher betrachten zu können. Haarfeine Fältchen zeigten sich um die Augenpartie der Frau, die in Nelas Alter sein mochte.

»Sie sagten vorhin, Cindy Benthien ist eine ehemalige Mitarbeiterin dieses Hotels?«

Dorothee nickte, ohne Molly anzusehen.

»Von wann bis wann war sie hier beschäftigt?«

»Das weiß ich nicht so genau. Ich habe nur am Rande miterlebt, wie sie gefeuert wurde. Es ist vielleicht sechs, sieben Jahre her.«

Sie schlug sich die Hand vor den Mund, als wäre sie über ihre eigene Aussage erschrocken.

»Warum musste sie gehen?«, fragte Molly sofort.

Dorothee machte keine Anstalten, zu reden.

»Wenn sie goldene Löffel geklaut hat«, sagte Malte, »finden wir das auch ohne Ihre Hilfe heraus. Aber es wäre nett, wenn Sie es uns erzählen würden. Das erspart uns die Suche in den Archiven und beschleunigt die Ermittlungen ungemein.«

»Sie hatte was mit Drogen zu tun.«

»Hat sie Drogen genommen oder verkauft?«

»Beides«, sagte die Rezeptionistin kaum hörbar.

»Bitte?« Malte hielt sich die Hand hinters Ohr.

Dorothee räusperte sich laut. »Sowohl als auch. Sie hat sich dabei erwischen lassen. Sie war noch ziemlich jung. Vom Gericht hat sie eine Standpauke und eine Bewährungsstrafe bekommen.« Sie hob den Kopf. »Cindy war noch nicht lange mit der Ausbildung fertig. Sie hat sich was dazuverdienen wollen.«

»Was für Drogen waren das?«, fragte Molly. »Wissen Sie was darüber?«

Dorothee zog den Kopf zwischen die Schultern. »Ich selbst kenne mich damit nicht so aus. Ich rauche nicht mal Zigaretten. Aber es soll um Kokain gegangen sein.«

Dorothees Wangen waren gerötet, und auf der Stirn und der Oberlippe zeigte sich ein feuchter Film. Die Frau war sichtlich in Wallung geraten.

Molly warf Malte einen Blick zu und wandte sich wieder an die Rezeptionistin. »Wie sah es mit dem Drogenkonsum bei Nela Dodesen aus? Können Sie uns dazu etwas sagen?«

Eine Spur zu verschreckt riss Dorothee die Augen auf. »Nela und Drogen? Niemals! Nein, dazu kann ich überhaupt nichts sagen.«

Molly lächelte nachsichtig. »Danke, Frau Wiesmann. Ihre Aussage hat uns wirklich weitergeholfen. Wir entlassen Sie jetzt wieder an die Rezeption.«

Erleichtert stand Dorothee auf und verließ in Begleitung der Ermittler das Büro. »Daniela«, sagte sie zu ihrer Kollegin, »du kannst dich wieder an deinen Schreibtisch setzen.«

»Hab ich was verpasst?«, fragte die andere Frau.

»Nein. Nichts.«

»Tschüs, Frau Wiesmann«, sagte Molly. »Falls Ihnen noch was einfällt, hier ist meine Visitenkarte.«

Auch Malte verabschiedete sich von der Dame.

Molly sah auf ihr Handy. Eine SMS von Ben war eingegangen. Sie öffnete die Textnachricht.

»Guck mal.« Sie hielt Malte den Text hin. »Die KTU hat auch das Smartphone von Nela Dodesen im Auto gefunden. Bei der Analyse des Gerätes haben sie festgestellt, dass eine gewisse Cindy Benthien die Letzte war, die Nela auf den Anrufbeantworter gesprochen hat.«

»Das ist merkwürdig«, sagte Malte. »Warum ruft sie Nela an, wenn sie gerade noch mit ihr zusammen war?«

»Weil sie was vergessen hat?«

»Wenn sie aber die Täterin war, musste sie davon ausgehen, dass Nela nicht drangehen würde.«

»Vielleicht hat sie genau deshalb angerufen«, überlegte Molly. »Dann hätte der Anruf eine Alibi-Funktion. Oder sie war nicht sicher, ob Nela tot war, und hat angerufen, um eine Reaktion zu provozieren.«

Die Kommissare stiegen gerade ins Auto ein, als eine zweite SMS von Ben folgte.

»Ben, der hartnäckige Rechercheur«, sagte Molly entzückt. »Er hat auf eigene Faust mit Chris geflirtet und von ihm doch noch eine Adresse in Grömitz erhalten, an der Cindy sich des Öfteren aufhalten soll. Angeblich lebt ihre Großmutter dort.«

»Ich darf daran erinnern«, merkte Malte an, »dass in Grömitz der Mietwagen abgeholt wurde, der unseren Kollegen von der Verkehrsstaffel in Nelas Todesnacht aufgefallen ist.«

171

Molly tippte die Adresse, die Ben ihr geschickt hatte, ins Navigationssystem ein.

»Dann gib mal Gas«, sagte sie zu Malte, als die automatische Stimme die erste Anweisung gegeben hatte. Sie lehnte sich auf dem Sitz zurück und rieb sich die Hände. »Rund zwanzig Minuten Fahrt. Die Spannung steigt.«

Malte fuhr an der Anschlussstelle Eutin auf die A1 und zog durch bis Neustadt. Auf der weiteren Strecke über die Dörfer entlang der Bundesstraße 501 ging es ihm nicht schnell genug.

»Fünfzig km/h im Ort gelten bitte pro Wagen, nicht pro Person«, erinnerte Molly ihn. »Und da, wo 30 km/h geboten sind, verhält es sich nicht anders.«

»Willst du fahren?«, fragte er.

Molly warf einen kurzen Blick auf das Display des Navigationsgeräts. »Einen Fahrerwechsel halte ich zum jetzigen Zeitpunkt für überflüssig.«

Die Stimme der unerschütterlich freundlichen Dame, die ihnen den Weg gewiesen hatte, kündigte das Erreichen des Ziels nach weiteren zweihundert Metern an.

Malte stellte den Wagen vor einem anderthalbstöckigen Haus mit vermoostem Reetdach ab. Der ehemals weiße Putz war verwittert, das blau gestrichene Holz der Fensterrahmen gesplissen.

In einem Raum im Erdgeschoss brannte ein schwaches Licht, wie durch zwei der vier Sprossenfenster zu erkennen war.

»Zumindest ist jemand da«, sagte er.

»Oder es ist eine Zeitschaltuhr.«

Die Ermittler stiegen aus. Als sie vor der Eingangstür standen, drang Musik durch den Flur leise bis zu ihnen vor.

»Den Rhythmen nach ist die Oma ziemlich jungge-
blieben«, meinte Malte. Er drückte auf die Klingel.

Es rührte sich nichts.

Malte betätigte die Klingel erneut.

Die Musik wurde ausgeschaltet, und es war nichts als
Stille im Haus.

Molly verlor die Geduld. Sie drückte den Daumen auf
den Klingelknopf und nahm ihn nicht wieder weg.

Ein markdurchdringendes Bimbam erschallte wie von
einer Kirchenglocke, die auch den letzten Bauern noch
vom Feld locken wollte.

Endlich wurde die Tür geöffnet. Die junge Frau vom
Ankerplatz Nordost stand vor ihnen. Sie trug Jeans und
ein verwaschenes grünes T-Shirt. Verwundert sah sie die
Ermittler an.

»Sie sind das?«

»Wir wollten Sie mal in Zivil sehen«, sagte Molly. »Sie
gestatten?« Sie drängte sich an der Frau vorbei. Gefolgt
von Malte ging sie gerade durch ins Wohnzimmer, dessen Tür weit offen stand.

An der Schwelle blieb sie stehen.

Ein Mann, einige Jahre älter als Cindy, hatte sich auf
das Sofa gefläzt, eine Flasche Cola in der Hand und eine
Zeitschrift vor sich auf den Knien.

»Sie sind also die Oma«, sagte Malte.

18

Der Mann auf der Couch nahm von dem unangekündigten Besuch kaum Notiz. Mit einem Auge schielte er zu den Ermittlern herüber, mit dem anderen hing er an der aufgeschlagenen Zeitschrift.

Wie es schien, las er einen Artikel über ein Fußballspiel. Molly erkannte ein 3:1 in der Überschrift und neben dem Text ein großformatiges Foto eines Fußballes, der gerade zum Unmut des Torwarts, der seine Arme hochwarf, den Ball ins Netz pfefferte.

»Das ist Jeff«, sagte Cindy. Sie stand hinter Molly und neben Malte, der über Mollys Schulter schaute.

Molly drehte sich nach ihr um. »Wer ist Jeff, wenn ich fragen darf?«

Der Mann regte sich, er fühlte sich offensichtlich angesprochen. Er legte die Zeitschrift auf den Tisch, ging in den aufrechten Sitz über und erhob sich in Zeitlupe, blieb aber hinter dem Couchtisch stehen.

»Mike-Dieter Jever«, stellte er sich vor und hängte beide Daumen in den Hosenbund. Abwartend sah er die Besucher an. »Und Sie?«

»In welcher Beziehung stehen Sie zu Frau Benthien?«, fragte Malte ihn.

Cindy zwängte sich an Molly vorbei. Neben Jeff blieb sie stehen und drehte sich zu den Ermittlern um. »Er ist mein Cousin.«

»Aaah-ja.« Malte nickte verständig von oben herab.

Molly und er wagten sich in den Wohnraum vor.

»Darf ich bitte mal Ihren Ausweis sehen?«, sagte Malte zu dem Mann und zeigte seinen Dienstausweis vor.

Jeff sah kaum hin. Er zögerte.

Cindy fasste allen Mut zusammen. »Darf ich mal fragen, was Sie hier zu suchen haben?«

»Kennst du die Leute?«, fragte Jeff sie.

Cindy antwortete, ohne den Blick von den Besuchern zu wenden. »Die sind von der Kripo.«

»Okay, okay. Ich hol meinen Ausweis.« Jeff ging an den Ermittlern vorbei in den Flur.

An der Garderobe suchte er in der Innentasche einer Lederjacke nach seiner Brieftasche. Mit dem Personalausweis in der Hand kehrte er in den Raum zurück.

»Hier, bitte, überzeugen Sie sich selbst. Steht natürlich nur mein Name drauf, nicht meine verwandtschaftliche Beziehung zu Cindy. Aber gelogen hat sie nicht.«

Molly warf einen Blick auf den Ausweis. Der Mann wohnte in Grömitz, allerdings in einer anderen Straße als der, in der dieses Haus sich befand.

»Dürfen wir uns setzen?«, fragte Malte. »Dann redet es sich leichter.«

Cindy befreite einen Sessel von einem Stapel frisch gewaschener Bettlaken und Nachthemden, die wohl darauf warteten, gebügelt oder in einen Schrank geräumt zu werden. Sie legte die Teile auf einen Stuhl am Esstisch, der in einer Ecke des Raumes stand.

»Bitte«, sagte sie und deutete auf den frei gewordenen Sessel und den daneben. Sie selbst nahm bei Jeff auf dem Sofa Platz.

Er legte beschützend einen Arm um sie, und Molly fragte sich, welche Art von Cousin er wohl sein mochte.

»Sie haben schon öfter in Ihrem Leben Besuch von der Polizei erhalten«, sagte Molly in der größtmöglichen Freundlichkeit, die Jeffs bissiger Blick zuließ, zu Cindy.

»Ja und?«, erwiderte Cindy. »Das ist lange her. Vergessen Sie so was nie?«

»Kommt drauf an. Wenn wir Anlass haben, solche Geschichten wieder hervorzukramen, tun wir das, weil es möglicherweise Verbindungen zwischen dem Heute und dem Damals gibt.«

Cindy verdrehte die Augen, hob ihre Hände und ließ sie resigniert wieder in den Schoß fallen. »Reden Sie immer so verschwurbelt daher? Was hat denn das Damals mit dem Heute zu tun? Glauben Sie, ich hab Koks unter der Kochmütze? Trag ich es in der Schürze mit mir herum, wenn ich koche? Verscherbele ich es an die Gäste? Fragen Sie Chris. Der Laden ist absolut clean, und ich bin es auch.«

Jeff strich ihr mit den Fingern des Arms, der sie umfangen hielt, sachte über die Schulter. »Cindy hat einen Entzug hinter sich. Sie nimmt nichts mehr, und sie verkauft auch nichts. Sie hat nämlich keine Lust auf einen Job als Gefängnisköchin.«

»Das ist allerdings ein Argument«, sagte Molly. »Wer hat schon Lust darauf?«

»Na also.« Cindy schmiegte sich an Jeff. »Wenn ich bei Ihnen auf dem Polizeirevier wäre, würde ich jetzt fragen, ob ich dann wieder gehen kann.«

Malte nickte. »Das ist in der Tat eine der beliebtesten Fragen, die die Leute stellen, wenn sie bei uns sind. Damit befinden Sie sich in bester Gesellschaft. Wenn wir Sie vorgeladen hätten, würden wir antworten: Nein, leider nicht. Wir haben noch etwas zu besprechen.«

Cindy starrte ihn an, wusste aber anscheinend nicht weiter.

Molly erbarmte sich. »Sie haben die Wahl: Wollen wir uns hier unterhalten oder bei uns auf dem Revier?«

Jeff übernahm die Antwort. Er zuckte mit den Schultern. »Wenn es sein muss, legen Sie einfach los.«

Da Cindy nicht widersprach, begann Molly mit der Befragung zum aktuellen Fall. »Sie sind am Freitagnachmittag zu Nela Dodesen ins Auto gestiegen.«

»Wer sagt das?«, fuhr Jeff dazwischen.

Malte spielte das gemischte Doppel mit. »Es ist eine Tatsache. Wer sie uns zugetragen hat, tut nichts zur Sache. Es geht Sie auch nichts an.«

»Ich hab dir doch gleich gesagt, ich bin dabei gesehen worden«, sagte Cindy mit weinerlicher Stimme zu Jeff. »Und nur, weil ich vor langer Zeit mal mit der Polizei zu tun hatte, bin ich gleich die Mörderin.«

»Sie sind weder des Mordes an Nela Dodesen verdächtig«, beschwichtigte Molly sie zum Schein. »Dann müssten wir Sie nämlich erst einmal über Ihre Rechte aufklären. Noch befinden Sie sich in einem Verhör. Sie sind für uns eine Zeugin, eine sehr wichtige sogar, denn Sie sind vermutlich der letzte Mensch, der Nela Dodesen gesehen hat, bevor sie ihrem Mörder begegnet ist.«

Molly taxierte unauffällig Jeffs Figur, um einzuschätzen, ob er kräftig genug gewesen sein könnte, die Leiche von Nela Dodesen vom Parkplatz ins Boot zu tragen.

»Bitte, Frau Benthien«, fuhr sie fort, »erzählen Sie uns: Bis wohin sind Sie mit Frau Dodesen gefahren?«

»Sie hat mich am Niendorfer Hafen abgesetzt«, erklärte Cindy bereitwillig. »Normalerweise fahre ich von Haffkrug aus, wo ich wohne, mit dem Fahrrad nach

Niendorf. Nur wenn mal ganz schlechtes Wetter ist, nehme ich den Bus. Aber an dem Tag war mein Rad zur Reparatur. Auf dem Weg von der Fahrradwerkstatt zur Bushaltestelle bin ich an dem Hotel vorbeigekommen und zufällig Nela in die Arme gelaufen.«

Molly rief sich die Strandpromenade in Erinnerung. »Liegt das Hotel auf direktem Weg zwischen der Werkstatt und der Haltestelle?«

Cindy druckste herum. »Nicht ganz. Ich hab einen kleinen Umweg gemacht. Ich hatte noch ein bisschen Zeit, und ich wollte nicht so lange an der Bushaltestelle rumstehen. Also bin ich am Strand entlang gegangen.«

»Den Einlieferungsschein des Fahrradhändlers sollten Sie sorgfältig aufbewahren«, sagte Malte. »Der könnte Ihnen mal nützlich sein.«

»Wie meinen Sie das?«

»Er meint«, antwortete Jeff für Malte, »er könnte dir ein Alibi geben. Für den Fall, dass du doch mal nicht so ganz unverdächtig bist.«

Cindy wollte aufbrausen.

Jeff hielt sie an der Schulter zurück, und Molly beruhigte sie mit einer Geste.

»Wie war Nela Dodesen drauf«, fragte sie, »als Sie zu ihr in den Wagen gestiegen sind? Welchen Eindruck hat sie auf Sie gemacht? War sie nervös oder ängstlich, erwartungsvoll oder gelassen?«

Cindy dachte nach. »Sie war eigentlich ganz normal. Mir ist nichts weiter aufgefallen. Sie war immer ein bisschen temperamentvoll, und so war sie auch am Freitag.«

»Wir wissen aus sicherer Quelle, dass sie einen Termin hatte. Sie muss also ein bestimmtes Ziel gehabt haben. Wissen Sie, welches das war?«

Cindy schüttelte den Kopf. »Dazu hat sie mir nichts gesagt.«

»Schade.« Molly lehnte sich im Sessel zurück. »In welche Richtung ist Nela weitergefahren, nachdem sie Sie abgesetzt hat?«

»Sie ist einfach geradeaus weiter. Ob bis nach Travemünde oder wohin sonst, keine Ahnung.«

»Sie kennen Nela Dodesen aus der Zeit, in der Sie in einem Hotel der Familie gearbeitet haben«, fuhr Molly fort. »Warum haben Sie dort aufgehört?«

»Es hat sich so ergeben.«

Molly guckte sie skeptisch an.

»Na gut.« Cindy seufzte tief. »Das war die Zeit, in der ich gekokst und gedealt habe. Jetzt zufrieden?«

»Sie sind damit aufgeflogen«, sagte Malte.

Cindy verzog den Mund. »Aufgeflogen und rausgeflogen. Seitdem mach ich das nicht mehr. So schlau war ich dann doch, dass ich mir meine Zukunft nicht versauen wollte. Ich hatte Glück, Chris hat mir vom Bewerbungsgespräch an geglaubt und vertraut. Ohne ihn hätte ich nie wieder eine Stelle bekommen.«

»Kannten Sie eigentlich Carina Bartelson?«

Mollys Frage kam unvermittelt.

Cindys Miene versteinerte mit einem Schlag. Zweifellos verheimlichte sie etwas.

»Sie wissen, von wem die Rede ist?«, schob Malte hinterher. »Die junge Frau, die vor zehn Jahren ums Leben kam und im selben Boot gefunden wurde wie jetzt die Leiche von Nela Dodesen.«

Jeff übernahm wieder das Steuer. Er drückte Cindy fester an sich. Mit der anderen Hand fuhr er sich durch sein wildgelocktes braunes Haar.

»Als wir von Nela gehört haben, haben wir uns an die Sache mit Carina erinnert. So was vergisst man nicht. Aber richtig gekannt haben wir sie nicht.«

»Sie haben Carina ›nicht richtig‹ gekannt« hakte Molly nach. »Aber ein bisschen doch?«

Cindy ging in eine Verteidigungshaltung über. »Was heißt: gekannt? Sie war eine von denen, die überall in der Region auf den tollen Feten auftauchten. Befreundet war ich mit ihr nicht.«

»Sie war in einer anderen Clique als wir«, sagte Jeff. »Die feine Gesellschaft hatte mit uns nie was am Hut.«

Cindys Blick wurde traurig. »Ich durfte für die Schickeria immer nur kochen. Sie haben mich nie als eine von ihnen akzeptiert.«

»Sie waren also nicht zu den Partys eingeladen?«

»Nein. Nie.«

»Hat Sie das wütend gemacht?«, fragte Malte.

»Nein«, erwiderte Cindy pampig.

»Das Boot, in dem Nelas Leiche gefunden wurde«, sagte Molly, »hat es irgendeinen Bezug zu Nelas Leben?«

Cindy blies die Wangen auf und stieß die Luft wieder aus. »Nö. Nicht, dass ich wüsste. Nur dass …«

»Nur dass was?«, fragte Molly.

Cindy schüttelte Jeffs Arm von der Schulter, rückte auf die Sofakante vor und klemmte die Hände zwischen die Knie. »Es gab mal so eine Szene. Damals lag das Boot noch im Niendorfer Hafen. Es fand eine Party statt, eine dieser ausgelassenen Schickeria-Feten. Nela hatte dazu eingeladen, Carina war dabei, und ich hatte in einem Hotel der Dodesens ganz in der Nähe Dienst. Es war ein Sonntagnachmittag. In einer Pause hab ich draußen am Hafen gesessen und die Leute beobachtet.«

Sie hörte auf zu reden.

»Was passierte dann?«, fragte Molly.

Cindy stierte vor sich hin, als liefe ein Film ab, den sie nacherzählen wollte. »Nela und Carina hatten supersexy Klamotten an. Knapper ging es kaum. Beide wollten die Schönste sein. Eine von ihnen war also zu viel. Beide haben sich furchtbar aufgeplustert. Dann kam Nela auf die Idee, in das Boot zu steigen und so zu tun, als sei sie ein Model, das für Fotografen posiert. Sie hat sich so verrenkt und zur Schau gestellt, dass alle Typen nur noch sie anglotzen. Mit einem Mal ist Carina auf das Boot gesprungen und hat Nela ins Wasser gestoßen.«

Molly stellte sich das Bild der beiden rivalisierenden Frauen vor, von denen die eine der anderen vor grölendem Publikum so böse unterlegen war.

»Hat Nela sich später für diese Aktion gerächt?«

»Gerächt?« Cindy legte die Hand ans Kinn. »Das weiß ich nicht. Viel Gelegenheit hätte sie dazu nicht mehr gehabt. Kurz nach dem Event war Carina tot.«

Der Hinweis ließ Molly nachdenklich werden. Nela Dodesen hatte ein Motiv gehabt, an Carina Bartelson einen Mord oder Totschlag zu begehen.

Sie spürte Maltes Blicke auf sich ruhen, wollte sie jedoch vor Cindy und Jeff nicht erwidern. Stattdessen entschied sie sich für ein Ablenkungsmanöver.

»Im Wagen von Nela Dodesen wurde ein Merkzettel mit einem Arzttermin gefunden.«

»Ja«, sagte Cindy, »der gehört mir. Ich hatte während der Fahrt in meiner Handtasche gekramt und muss ihn dabei verloren haben. Als ich das bemerkt habe, hab ich Nela angerufen. Ich hatte den Termin nicht im Kopf und wollte sie fragen, was auf dem Zettel steht.«

»Sie haben Sie aber nicht erreicht«, stellte Malte fest.

»Nein. Sie hat sich nicht gemeldet.«

»Warum«, fragte Molly nach, »haben Sie bei Nele und nicht in der Arztpraxis angerufen?«

»Es war Freitagnachmittag, die Praxis hatte schon geschlossen. Ich wollte aber den Termin so schnell wie möglich wissen, weil ich mich verabreden und eine Terminkollision vermeiden wollte.«

»Warum haben Sie nur ein einziges Mal bei Nela angerufen«, fragte Malte, »wenn es doch so dringend war?«

»Cindy?«, erklang die Stimme einer älteren Frau vom ersten Stock herab.

Cindy sprang vom Sofa auf und lief in den Flur. »Ja, Omi? Brauchst du was?«

»Denkst du an meine Tasse Kaffee?«

Jeff sprang auf. »Bleib du hier, ich bring sie ihr.«

»Und die Tabletten«, erinnerte Cindy ihn. »Die neue Packung liegt auf dem Regal neben dem Kühlschrank.«

Jeff verschwand in der Küche, und Cindy setzte sich wieder hin.

»Wo war ich stehengeblieben? Ach ja. Ich hab Nela nur einmal angerufen, weil meine Oma sich kurz darauf bei mir gemeldet hat. Es ging ihr nicht gut. Der Arzt hat gesagt, sie braucht mehr Bettruhe. Ich konnte nicht zu ihr fahren, weil ich arbeiten musste. Am Wochenende ist im Ankerplatz Nordost immer viel Betrieb. Aber ich hab oft mit ihr telefoniert und Jeff Bescheid gegeben, dass er sich um sie kümmert. Darüber hab ich die Sache mit dem Arzttermin vergessen. Verabreden wollte ich mich sowieso nicht mehr. Oma war mir wichtiger.«

Molly fühlte sich versucht, Cindy in einem völlig anderen Licht zu sehen. Einzig und allein ihre Berufserfahrung hinderte sie daran, die Drehung um hundertachtzig Grad zu diesem Zeitpunkt schon zu vollziehen.

»Schön, dass Sie sich so um Ihre Großmutter kümmern«, sagte sie dennoch und lächelte gerührt.

»Bevor wir uns von Ihnen verabschieden«, sagte Malte in seiner nüchternen Art, »noch mal kurz zu dem Desaster mit dem Sturz vom Fischerboot ins Hafenbecken. Hatte das unmittelbare Folgen für Carina Bartelson?«

»Ja, natürlich«, sagte Cindy. »Nela hat sofort die Polizei rufen lassen. Sie selbst konnte das nicht mehr. Ihr Handy war mit ins Wasser gefallen.«

»Sie hat Anzeige erstattet?«

»Wegen Körperverletzung und Sachbeschädigung.« Cindy lachte kurz auf. »Zuerst wollte sie Carina sogar wegen Mordversuchs drankriegen. Aber da hat die Polizei nicht mitgespielt.«

»Wissen Sie, wie der Polizist hieß, der die Anzeige aufgenommen hat?«, hakte Malte nach.

»Nein«, sagte Cindy. »Seinen Namen hab ich nie gewusst. Ich kann mich auch nicht mehr daran erinnern, wie er aussah. Es ist so lange her. Ist das denn heute noch wichtig für Sie?«

»Kaum«, erwiderte Molly schnell. »Das spielt eigentlich keine Rolle. Es war nur eine spontane Frage meines Kollegen. Wir Polizisten sind nun mal von Natur aus neugierige Menschen.«

19

Das Haus von Eugen Lüder lag am westlichen Stadtrand von Travemünde in einer kleinen Reihenhaussiedlung. Es war ein bescheidenes, anderthalbgeschossiges Haus mit ockergelbem Putz und einem Dach aus roten Ziegeln. Gegenüber dem Vorgarten lag der Parkplatz eines großen Supermarktes. Das metallische Rattern von Einkaufswagen, das Klappern der Wagentüren und Kofferraumdeckel und das leise Surren der Motoren bildeten eine ständige Geräuschkulisse.

Wenn man von diesem Laden absah, herrschte in der Straße kein Leben. Molly stellte sich vor, wie ruhig es hier nach Geschäftsschluss sein musste.

Auf den wenigen Metern vom Parkstreifen vor dem Gehweg bis zur Haustür wanderte ihr Blick nach oben. Nah am Fenster stand ein Monitor. Sie erkannte die Startseite des Betriebssystems. Eugen Lüder hatte wohl gerade noch am Computer gesessen.

Auf ihr Klingeln hin riss er die Tür weit auf. Der Ex-Polizist, der vorgestern an der Lotsenstation noch so selbstherrlich gewirkt hatte, machte jetzt einen verlegenen, beinahe kümmerlichen Eindruck. Er trat zur Seite und dienerte seine Besucher herein.

Molly und Malte blieben im Flur stehen.

Lüder schloss die Tür und wies mit der Hand nach vorn. »Immer gerade durch. Nur keine falsche Schüchternheit. Fühlen Sie sich wie zu Hause.«

Die Ermittler ließen ihn dennoch vorangehen.

Er führte sie in sein Wohnzimmer.

Es roch nach verstaubten grünen Cordpolstern, nach einem süßlichen Parfüm und, wie Molly meinte, nach abgestandenem Bier. Der Blick fiel in einen Garten mit kleinen Blumenbeeten und einem lange nicht mehr gemähten Rasen. Unter einem Sonnenschirm standen zwei Liegestühle und ein Gartentisch.

Eugen Lüder zeigte zur anderen Seite des Hauses, dorthin, wo der Supermarkt lag. »Wenn man lange genug hier wohnt, nimmt man die Geräusche vom Treiben auf dem Parkplatz nicht mehr wahr.«

»Irgendwas ist doch immer«, sagte Malte, als wollte er Lüder trösten. »Beim einen sind's die Autos, beim anderen die Schulkinder, beim dritten quaken die Frösche.«

»Bitte nehmen Sie Platz. Meine Frau ist gerade einkaufen.« Lüder zog eine Miene, als wollte er sich dafür entschuldigen, den Ermittlern nichts anbieten zu können. »Kaffeekochen ist leider nicht mein Ding.« Er setzte sich ebenfalls. Wie am Montag sah er nur Malte an.

»Kein Problem, Herr Lüder«, erwiderte Molly forsch und zeigte ihm, wer bei diesem Gespräch die Führung übernahm. »Wir haben nicht vor, einen Kaffeeklatsch abzuhalten. Wir sind hier, weil wir über den Tod von Carina Bartelson sprechen wollen.«

»Den Tod von Nela Dodesen meinen Sie.«

»Nein«, antwortete Molly mit resolutem Lächeln. »Ich meine den Tod von Carina Bartelson. Aus unserer Sicht bedarf ihr Tod, der damals als Suizid deklariert wurde, heute einer näheren Betrachtung.«

Lüder zuckte irritiert mit dem Kopf. »Das ist aber doch nicht der Fall, in dem Sie ermitteln?«

»Noch nicht. Das kann sich aber jederzeit ändern.«

Je unsicherer Lüders Gesichtsausdruck wurde, desto sicherer fühlte Molly sich. Sie war auf der richtigen Spur.

Lüder saß nach vorn gebeugt auf dem Sofa und stützte seine fleischigen Arme auf die Oberschenkel. »Sie wollen Carina aber nicht exhumieren lassen?«

»Das wollen wir den Angehörigen nicht antun. Ich denke, es lassen sich andere Wege finden, die Wahrheit ans Licht zu bringen.«

Wohl in dem Versuch, den größtmöglichen Abstand zwischen Molly und sich selbst herzustellen, lehnte Lüder sich zurück. Er atmete tief ein und stieß die Luft aus. »Tja, dann weiß ich aber nicht, was Sie sich von mir erwarten.«

»Uns interessieren Ihre Ermittlungsmethoden in dem Fall. Ich würde gern wissen, warum Sie nach dem Auffinden der Leiche nicht weiter nachgehakt haben. Eine Leiche, die in einem Boot auf See treibt, erzeugt bei uns automatisch Fragezeichen. Bei Ihnen etwa nicht?«

Lüder stand mit dem Rücken zur Wand. Molly konnte förmlich sehen, wie es in seiner Halsschlagader zu pulsieren begann.

Der pensionierte Beamte schüttelte mit kleinen, heftigen Bewegungen den Kopf. »Nein. Überhaupt nicht. In Carinas Zimmer wurde ein Abschiedsbrief gefunden. Im Boot lag eine Packung Schlaftabletten.«

»Ich weiß«, unterbrach Molly ihn. »Und die Leiche hielt eine leere Flasche Wasser in der Hand. Aber was besagt das denn? War auf der Medikamentenpackung vermerkt, wer die Tabletten tatsächlich geschluckt hat?«

Lüder antwortete nicht. Er nahm eine Zeitung, rollte sie zusammen und schlug nach einer Fliege.

»Wer sagt«, fragte Molly, »dass die Tabletten in Carinas Körper und nicht im Abfall gelandet sind? Wer sagt, dass es Carina war, die das Wasser getrunken hat?«

Malte zeigte auf die Zeitung, mit der Lüder immer noch herumschlug – mal auf den Tisch, mal auf den Sitz neben ihm. »Lüder, lassen Sie das mal. Das arme Vieh hat nichts getan.«

Verärgert warf Lüder die Zeitung aufs Sofa und verschränkte die Hände. »Kollegin Bleck. So war doch der Name?«

Molly nickte hoheitsvoll.

»Was wollen Sie von mir?«

»Die Leiche ist nicht obduziert worden, und ich frage mich: Warum nicht?«

»Das war Sache des Staatsanwalts«, erwiderte Lüder.

»Schon klar. Aber Sie legen dem Staatsanwalt die Ermittlungsergebnisse vor, und wenn Sie den Fall so darlegen, dass es eindeutig nach Selbstmord aussieht, hakt er das Thema ab. Man will ja den Angehörigen eines Menschen, der sich selbst das Leben genommen hat, nicht mehr Kummer bereiten als nötig.«

Lüders Blick wurde eiskalt. »Wollen Sie mir was unterstellen?«

Molly blieb kühl und sachlich. »Ich will gar nichts. Ich frage mich nur, warum Sie damals nicht weiter nachgeforscht haben. Waren Sie von Carinas Suizid überzeugt, oder waren Sie einfach nicht bei der Sache? Haben Sie luschig ermittelt und somit riskiert, dass ein eventueller Mord unter den Teppich gekehrt wird?«

»Sie träumen! Das wäre in dem Fall gar nicht möglich gewesen – bei der Familie! Der Vater ist Staatsanwalt.«

»Hat er den Fall selbst geleitet?«, fragte Molly nach.

»Nein, das nicht. Er war zu der Zeit in einem Sonderdezernat tätig, und er war völlig fertig, als seine Tochter starb. Er wäre schon allein psychisch nicht dazu in der Lage gewesen, den Fall zu übernehmen.«

»In was für einem Sonderdezernat hat er damals ermittelt?«

Lüder wandte sich dem Garten zu und kratzte sich hinterm Ohr. Versonnen lächelnd beobachtete er eine Amsel, die in einer Vogeltränke badete.

Molly schwieg eisern und wartete auf die Antwort.

»Kann ich mich nicht mehr dran erinnern, in welchem Dezernat Bartelson war«, murmelte Lüder.

»Denken Sie noch mal nach«, sagte Molly. »Ich bin sicher, Sie kommen noch drauf.«

Sie sah auf die Armbanduhr, als wäre es eine Stoppuhr und als gäbe sie ihm eine Minute Zeit.

»Es war was mit Bandenkriminalität.« Lüder schnaufte. Unter Mollys eisernem Blick fuhr er fort. »Ja, jetzt erinnere ich mich wieder. Es ging um Ermittlungen in einem Drogenring, der von Hamburg aus den baltischen Raum besetzen wollte. Lübecker Bucht bis rauf nach Fehmarn. Richtung Osten haben sie sich bis Fischland-Darß-Zingst ausgebreitet, und auch Bornholm hatte der Ring im Visier. Es war nur ein kleiner Ring, der aber in der Region ein lukratives Geschäft witterte.«

»Klar«, sagte Malte. »Abseits von den großen Märkten finden kleinere Fische auch ihr Revier. Und auch wenn sie nicht zu den gefürchteten Mafiabossen gehören, bedeutet das nicht, dass sie harmlos sind.«

Molly ließ den Dialog mit versteinerter Miene an sich ablaufen. Ein Kreis schloss sich. Doch diesmal war es nicht der Kreis um Cindy. Der war, wie sie gesehen hatten, geplatzt. Ob sie es wahrhaben wollte oder nicht: Es war ein Kreis, der Berührungspunkte mit Ole hatte.

»Als Carina starb«, fuhr Lüder fort, »hat ihr Vater sich drei Monate lang beurlauben lassen. Als er danach wieder in den Dienst zurückkehrte, hatte ein Kollege seinen Posten übernommen, und Bartelson kam in eine andere Dienststelle.«

»Er war dann nicht mehr für Bandenkriminalität zuständig?«, fragte Malte.

»Nein.«

Molly stieg wieder in die Befragung ein. »Hatte das Fischerboot, in dem die Leiche von Carina Bartelson lag, einen Bezug zu diesem Drogenring?«

»Wie bitte?«, regte Lüder sich auf. »Das Fischerboot? Glauben Sie etwa, die Dealer haben ihre Ware mit dem alten Kahn über die Ostsee geschippert, und Carina ist da zufällig reingeraten?« Er zeigte Molly einen Vogel.

Ihr lagen ein paar passende Worte auf der Zunge, die sie jedoch hinunterschluckte. Sie würde Lüder auf andere Weise klarmachen, was sie von ihm hielt.

»Haben Sie bei Ihren Ermittlungen erfahren, dass es kurz vor dem Tod von Carina Bartelson zu einem Streit zwischen ihr und Nela Dodesen gekommen ist?«

Lüder runzelte die Stirn. »Ein Streit zwischen den beiden Frauen? Worum soll es denn da gegangen sein?«

»Sie wissen also nichts davon?«

Lüder spielte den Ratlosen. »Mir ist nichts davon zu Ohren gekommen.«

»Sie haben im Rahmen Ihrer Ermittlungen nicht danach gefragt«, stellte Molly fest. »Sie haben das private Umfeld von Carina Bartelson nicht ergründet.«

Lüder starrte sie wortlos an.

»Die Polizei ist sogar zu dem Disput gerufen worden. Ist Ihnen das verborgen geblieben?«

Lüder lachte überheblich. »Die Polizei wird zu so vielen Begebenheiten gerufen. Wenn wir jede davon mit einem Todesfall in Verbindung bringen wollten, noch dazu mit einem, dessen Ursache so zweifelsfrei zu klären war wie bei Carina Bartelson, wo kämen wir da hin?«

»Wir werden der Sache auf den Grund gehen«, sagte Molly bestimmt. »Auch wenn der Fall für Sie persönlich abgeschlossen ist, Sie können davon ausgehen, dass wir nachforschen werden, was für einen Grund Carina Bartelson hatte, Selbstmord zu begehen.«

Lüder lehnte sich zurück und betrachtete Molly mit gönnerhafter Miene. »Ich glaube, liebe Kollegin, Sie sind ein wenig übermotiviert.«

Molly lächelte souverän zurück. »Was der eine zu wenig hat, hat der andere zu viel. So ist das im Leben.«

Lüder lachte laut. »Wenn Sie Spaß daran haben und wenn Ihnen sonst nichts Besseres einfällt, bitteschön.«

Molly wandte sich Malte zu. »Wir sollten dann unseren nächsten Termin wahrnehmen.«

Die Haustür wurde aufgeschlossen, und Lüders Frau eilte zu ihnen ins Wohnzimmer. Sie wirkte gehetzt und atmete schwer.

»Da sind Sie ja schon«, rief sie aus, als sie die Ermittler sah. »Eugen, holst du mir die Taschen aus dem Kofferraum? Ich mach uns derweil einen gemütlichen Tee.«

Die Ermittler standen auf.

»Danke, Frau Lüder«, sagte Molly. »Wir sind schon wieder auf dem Abflug. Aber Ihr Mann kann sicher eine Stärkung gebrauchen.«

Listig lächelnd ging sie an Eugen Lüder vorbei.

Der hielt sie am Arm fest, ließ aber sofort wieder los, als ihr Blick auf seine Pranke fiel. »Sie sollten sich lieber mit Cindy Benthien beschäftigen. Das habe ich Ihnen schon am Montag gesagt. Der kleinen Dealerin wurden damals Kontakte zu diesem Drogenring nachgesagt. Wir konnten sie ihr nur nicht nachweisen. Aber Sie sind ja so viel fähiger und motivierter als ich, Frau Bleck. Sie schaffen das schon.«

»Ach«, erwiderte Molly. »Vor wenigen Minuten noch war Ihnen der Drogenring komplett entfallen. Und jetzt erinnern Sie sich, dass Cindy Benthien, von der Sie bereits am Montag sprachen, mit diesem Ring zu tun gehabt haben soll? Eigenartige Gedankengänge sind das, die sich in Ihrem Kopf vollziehen.«

Molly ging auf die Haustür zu.

In ihrem Rücken spürte sie die giftigen Blicke, mit denen Lüder sie durchbohrte.

20

Bisher hatte Molly noch nie mit Pinkas Bartelson zu tun bekommen. Und das war gut so. Ihm eilte der Ruf voraus, einer von den knallharten, konsequenten Strafverfolgern zu sein, die kein Pardon kannten und selten auf eine Bewährungsstrafe plädierten. Er öffnete den Ermittlern die Tür zu seinem Haus in Niendorf, und seine bittere Miene ließ Molly darauf hoffen, auch in Zukunft nie mit ihm zusammenarbeiten zu müssen.

»Kommen Sie rein«, sagte Bartelson nur. Kein ›Guten Tag‹, kein ›Schön, dass Sie da sind‹. Er überließ es Malte, die Haustür zu schließen.

Molly und Malte trotteten hinter ihm her, als er mit raumgreifenden Schritten durchs Haus lief. Er führte sie in einen Wintergarten, der wie für ein Magazin für repräsentatives Wohnen hergerichtet war.

»Meine Frau«, sagte er knapp und wies auf die Dame, die Friederike Bartelson heißen musste.

»Meine Schwägerin, ihr Lebensgefährte«, fuhr Pinkas Bartelson fort und deutete auf ein Paar, das neben Friederike saß.

Molly verzichtete darauf, sich vorzustellen. Ein Mann wie Pinkas Bartelson wusste ohnehin, mit wem er es zu tun hatte, und die anderen konnten es sich denken.

Die Ermittler setzten sich auf die Rattansessel, die er ihnen zuwies. Sofort fühlte Molly sich wie eine Schwerverbrecherin auf der Anklagebank.

»Guten Tag«, begann sie und nickte in die Runde. »Mein Kollege und ich sind gekommen, um mit Ihnen über den Tod von Carina zu sprechen. Wir wissen, wie schwer Ihnen das fallen muss, gerade angesichts der aktuellen Ereignisse, und wir sind Ihnen dankbar, dass Sie uns dieses Gespräch gewähren.«

Friederike Bartelson rang mit der Fassung. Sie knüllte ein Taschentuch in ihrer Hand, mit dem sie sich ab und zu über die Augen tupfte. »Meine Schwester und mein Schwager sind hier, um mit uns gemeinsam des zehnten Todestages von Carina zu gedenken. Wir stehen alle immer noch unter Schock. Und dass nun wieder eine Frau tot in einem Fischerboot gefunden wurde, ruft natürlich viele furchtbare Erinnerungen in uns wach.«

Ihre Stimme erstarb in einem Schluchzen, und ihre Schwester übernahm das Wort. »Sie machen sich kein Bild davon, wie schrecklich es ist, wenn man auf einmal erfährt, dass die eigene Tochter oder Nichte auf hoher See tot in einem Boot liegt, hilflos den mächtigen Naturgewalten ausgesetzt, die da draußen toben.«

Molly empfand die Worte als maßlos übertrieben. Die Lübecker Bucht war nicht der Atlantik. Sie war ein kuscheliges Eckchen. Welche Gefahr drohte einem Boot, das bei Windstärke drei auf sanften Wellen umhertrieb? Doch sie ersparte der Dame, die anscheinend gerne der Dramatik frönte, eine Bemerkung, die die beschriebene Szenerie auf Badewannenniveau abgeschwächt hätte.

»Sie sprechen das Thema selbst an«, sagte Molly. »Es wurde wieder eine Tote gefunden, und zwar in genau demselben Boot wie Carina. Wir suchen nach weiteren Gemeinsamkeiten zwischen den beiden Todesfällen. Außer dem Boot muss es noch etwas geben.«

»Was für Gemeinsamkeiten?«, fragte Pinkas Bartelson streng. »Was soll es sonst noch geben?«

»Darüber erhoffen wir uns Aufschluss von Ihnen. Ihre Tochter hat, wie wir wissen, in Hotels der Familie Dodesen gejobbt. Sie war auch Mitglied im selben Tennisclub.«

Der Staatsanwalt hob die Hände, wie um Einhalt zu gebieten. »Damit enden aber auch die Berührungspunkte. Unsere Tochter hatte mit Nela Dodesen herzlich wenig zu tun.«

Friederike nickte ihm zu. »Wir hätten es auch nicht begrüßt, wenn es anders gewesen wäre.«

»Wie dürfen wir das verstehen?«, fragte Malte nach.

Pinkas erhob wieder die Stimme. »Nela Dodesen hatte einen zweifelhaften Ruf. Sie war eine leichtlebige Person, die es liebte, im Zentrum der Aufmerksamkeit aller zu stehen. Unsere Carina dagegen war ein stilles Kind. Sie hat sich in Nelas Gegenwart nie wohl gefühlt.«

»Was sie aber nicht davon abgehalten hat«, wandte Molly ein, »mit ihr zusammen Tennis zu spielen.«

»Das waren seltene Momente«, erwiderte Pinkas. »Sie hat das nur gemacht, wenn sie niemand anderen fand, der Zeit hatte, mit ihr zu trainieren.«

»Es gab also sonst keine Verbindung zwischen Ihrer Tochter und Nela Dodesen? Keine gemeinsamen Freizeitaktivitäten?«

»Nein. Sicher nicht.«

»Wir haben da eine Information ...« Molly fixierte Pinkas Bartelson mit ihren Blicken. »So leid es mir tut, dieses Thema an Sie herantragen zu müssen: Es hat einmal einen Zwischenfall gegeben, bei dem Ihre Tochter sich gegen Nela Dodesen zur Wehr gesetzt haben soll.«

194

»Wann, wie und wo?«, fragte Pinkas Bartelson. »Und warum überhaupt?«

»Es kam zu einer kleinen Rivalität auf einer Party«, erklärte Molly ihm. »Carina fühlte sich wohl von Nela Dodesen provoziert und hat sie vor den Augen aller Gäste von besagtem Fischerboot gestoßen. Nela ist mitsamt ihrem Handy im Hafenbecken gelandet.«

Friederike fing leise an, zu weinen. Ihre Schwester griff nach ihrer Hand und drückte sie.

Der Lebensgefährte der Schwester sah Friederike und Pinkas unangenehm berührt an.

»Sie erinnern sich an den Vorfall?«, fragte Molly ihn.

»Nein«, erwiderte er schnell. »Damals war ich noch gar nicht Teil der Familie. Ursula und ich sind erst seit einigen Wochen ein Paar.«

»Donatus hat Carina nie kennengelernt«, schob Ursula überflüssigerweise hinterher.

Instinktiv ging Molly dazu über, die Abhängigkeiten der Mitglieder dieses Kreises zu ergründen. Dabei ruhte ihr Blick wohl ungebührlich lange auf Donatus.

»Krauter ist mein Name«, sagte er ungefragt. »Donatus Krauter.« Er schob seine Krawatte zurecht.

»Danke.« Molly räusperte sich. »Carina hat einen Abschiedsbrief hinterlassen.«

»Ja«, sagte Friederike, »das hat sie. Den haben wir bis zum heutigen Tag aufbewahrt.«

»Dürfen wir ihn wohl mal sehen?«

»Warum das?«, fragte Pinkas.

Molly lächelte milde. »Sie als Staatsanwalt dürften die Antwort kennen.« Den anderen zugewandt, sprach sie weiter. »Wir haben den Eindruck, dass im Fall von Carinas Tod nicht intensiv genug ermittelt wurde. Wir möchten uns ein Bild davon machen, ob wirklich alles getan wurde, um den Sachverhalt zu klären.«

Ursula sah sie skeptisch an. »Und das können Sie, wenn Sie den Abschiedsbrief sehen?«

»Es könnte uns helfen. Das liegt doch sicher in Ihrem Sinn?«

Pinkas stand auf. »Ich hol das Schreiben. Aber das ist wirklich das Äußerste, das Sie uns zumuten in dieser Situation, zehn Jahre nach dem Tod unserer Tochter.«

Er verließ den Raum und kehrte mit einem Blatt Papier zurück, das durch eine Klarsichthülle geschützt war. Offenbar hatte er es fein säuberlich in einem Ordner abgeheftet. Er reichte Molly die Hülle.

Malte beugte sich zu ihr hinüber.

Mit wenigen Sätzen erklärte die Urheberin des Schreibens, dass sie vor Liebeskummer verging und keine Zukunft mehr für sich sah. Sie dankte ihren Eltern für alles, was sie für sie getan hatten, und bat darum, ihr zu verzeihen. Der Text war mit dem Computer getippt. Carina hatte ihn handschriftlich unterzeichnet.

»Wurde untersucht, auf welchem Drucker das Schreiben ausgedruckt wurde?«, fragte Molly.

Pinkas reagierte verärgert. »Wollen Sie jetzt alles wieder hochkochen lassen? Was Sie da lesen, sind die Worte unserer Tochter. Sie hat den Brief eigenhändig unterschrieben. Lassen Sie sie in Frieden ruhen.«

Er nahm Molly das Schreiben wieder ab und legte es auf einen Tisch in dem Zimmer, das an den Wintergarten angrenzte.

Molly seufzte. »Ich muss leider noch einmal auf den Disput im Hafen zurückkommen, der sich zwischen Ihrer Tochter und Nela Dodesen ereignet hat.«

»Darüber wissen wir nichts«, fuhr Friederike sie an. »Das haben wir Ihnen doch gerade gesagt.«

»Es muss diesen Streit aber gegeben haben. Nela hat Anzeige erstattet. War Ihnen davon nichts bekannt?«

»Wenn es diesen Zusammenprall gegeben hätte«, sagte Friederike mit weinerlicher Stimme, »hätte Carina uns davon berichtet.«

Mollys Misstrauen wuchs. »Frau Bartelson, hat Ihre Tochter Ihnen immer alles erzählt?«

»Alles! Immer!«

»Aber über ihren Liebeskummer hat sie nicht mit Ihnen gesprochen? Sonst über alles, aber darüber nicht?«

Friederike wurde verlegen. »Sie wissen doch sicher aus eigener Erfahrung, wie das ist zwischen Mutter und Tochter. Man spricht über jedes Thema, man ist miteinander vertraut und führt so etwas wie eine Freundschaft. Aber wenn es um Liebe geht, da versiegen die Worte.«

Ursula redete für die Familie weiter. »Ich glaube, Carina wollte uns den großen Kummer, den sie durchlebte, ersparen. Sie wollte uns schonen. Dabei war sie selbst so tief verletzt und verzweifelt, dass sie das Leben nicht mehr ertrug. Das Ergebnis sehen Sie da.« Sie deutete mit dem Kopf zu dem Tisch hinüber, auf dem Carinas Abschiedsbrief lag.

»Wo haben Sie den Brief gefunden?«, fragte Molly die Eltern.

»Er lag unterm Kopfkissen«, sagte Friederike. »Da habe ich ihn entdeckt.«

»Wann haben Sie ihn da entdeckt?«

»In der Nacht, als Carina für immer von uns gegangen ist. Daher wussten wir sofort, was passiert war, als man uns sagte, dass man sie gefunden habe.«

197

»Sie haben den Brief unterm Kopfkissen Ihrer Tochter gefunden, noch ehe Ihnen bekannt war, dass Carina nicht mehr lebte?«

»Ja«, hauchte Friederike. »So war das. Es war furchtbar. Wir wussten ja, dass sie irgendwo sein musste.«

»Haben Sie die Polizei informiert, um sie zu suchen?«

»Nein«, sagte Pinkas mit versteinerter Miene. »Wo hätte die Polizei sie suchen sollen? Wir selbst haben alle Leute mobilisiert, die Carina kannten, und haben an verschiedenen Stellen gesucht, von denen wir wussten, dass sie sich gern dort aufhielt. Aber es war Nacht, und wir mussten irgendwann aufgeben.«

»Verstehe«, sagte Molly und nickte dazu, obwohl sie in Wahrheit nichts mehr verstand.

Malte stellte die Frage, die auch Molly bewegte. »Ich stelle mir die Situation gerade vor. Ihre Tochter war verschwunden. Sie wussten nicht, wohin. Sie wussten zunächst noch nicht einmal, dass sie tot war. Warum guckt man dann unter dem Kopfkissen nach?«

»Das ist eine gute Frage«, sagte Pinkas Bartelson. Er gab weiter an seine Frau.

Friederike zuckte mit den Schultern und guckte die anderen an. Anscheinend musste sie sich die Situation erst wieder ins Gedächtnis zurückrufen.

»Ich habe meine Tochter an dem Abend von einem bestimmten Zeitpunkt an vermisst«, sagte sie schließlich. »Es war so ruhig in ihrem Zimmer. Ich bin zu ihr hinein und habe nachgesehen. Carina hatte in der Nacht offenbar gar nicht im Bett gelegen. Aus Verzweiflung und weil ich nicht wusste, was ich tun sollte, habe ich die Bettdecke und das Kopfkissen hochgenommen und dabei durch Zufall den Brief gefunden.«

»Durch Zufall.«

»Ja.«

Molly wippte mit dem Fuß des Beins, das sie über das andere geschlagen hatte. »Und es war definitiv Liebeskummer, der Carina in den Selbstmord getrieben hat?«

»Definitiv. Sie haben es doch gerade selbst gelesen.«

»Wer war der Mann, der sie so unglücklich gemacht hat?«, wollte Malte wissen.

»Das hat sie uns nie verraten.«

»Er hat sich auch nicht auf der Beerdigung gezeigt?«

»Nein«, sagte Friederike entschieden.

»Wie können Sie so sicher sein«, fragte Molly, »wenn Sie nicht wissen, wer es war?«

»Na ja, er wäre doch wohl auf uns zugekommen. Ich denke, er hätte sich zu erkennen gegeben. Aber er hatte offenbar so ein schlechtes Gewissen, dass er es erst gar nicht fertiggebracht hat, zu erscheinen.«

Molly ließ das Gespräch im Zeitraffer noch einmal an sich vorüberziehen.

»So nachdenklich?«, fragte Pinkas Bartelson mit süffisantem Lächeln.

»Ja«, sagte Molly. »Sie sprachen vorhin von Nela Dodesen, die nach Ihren Worten nicht den besten Ruf genoss. Ist Ihnen etwas davon bekannt, dass auf ihren Partys Drogen konsumiert wurden?«

Pinkas riss die Augen auf. »Darüber darf ich in dieser Runde eigentlich nicht reden.«

»Sie haben gegen Nela ermittelt?«

Pinkas wich den Blicken der Ermittler aus und lächelte unangenehm berührt. »Ich war selbst lange Zeit in einem Sonderdezernat im Einsatz, das die Drogenkriminalität im Ostseeraum verfolgt hat. Ich habe vermutet, dass Nela Dodesen in dem Bereich aktiv war. Unsere Verdächtigungen haben sich nicht bestätigt.« Er fuhr sich mit der Hand durchs Haar. »Aber wenn ich ehrlich sein soll – zugetraut hätte ich es ihr.«

Molly nahm die Antwort kommentarlos zur Kenntnis. Nachdenklich schwieg sie eine Weile. Dann wandte sie sich an Friederikes Schwester und deren Partner.

»Wann sind Sie beide hierher gekommen?«

»Montagabend. Aus Hannover. Wir sind, wie gesagt, wegen des zehnten Todestages von Carina hier.«

»Von Freitagmorgen bis vorgestern Abend waren Sie ununterbrochen in Hannover?«, fragte Malte ungeniert.

Pinkas brauste auf. »Entschuldigen Sie mal, ja?«

Malte sah ihn mitleidig an. »Sorry, aber Sie kennen die Gepflogenheiten der Kriminalpolizei. Natürlich müssen Sie uns nicht antworten. Aber es ist reine Routine. Denken Sie sich bitte nichts dabei.«

»Donatus und ich waren in der fraglichen Zeit beide in Hannover«, antwortete Ursula in bestimmtem Ton.

»Seit Montagabend«, sagte Friederike, »waren wir alle zusammen hier. Entweder im Haus, oder wir haben einen Spaziergang gemacht. Wir waren auch gemeinsam an Carinas Grab. Dafür gibt es Zeugen.«

»Okay. Vielen Dank für Ihre Aussagen.« Molly erhob sich, und mit ihr stand auch Malte auf.

»Sie finden alleine hinaus?«, fragte Friederike.

»Na klar.«

»Nein, ich bringe Sie zur Tür.« Pinkas preschte vor.

In der Eingangshalle rannte er beinahe eine ältere Dame um. »Mutter«, schimpfte er, »ich hab doch gesagt, du sollst in deinem Zimmer bleiben. Wir haben Besuch. Geh zurück, ich komme gleich zu dir.«

Er drehte die Seniorin an den Schultern herum und schob sie an, damit sie in ihr Gemach zurückkehrte.

Mit regloser Miene öffnete er den Ermittlern die Tür. »Guten Tag und guten Weg.«

Sie verließen den Bungalow, und Molly hakte sich bei Malte unter. »Bevor wir zurückfahren, lass uns über die Seebrücke gehen. Ich will mir frischen Wind um die Nase wehen lassen. Nach den Bartelsons brauch ich den.«

Malte nickte. »Bei denen liegt eine Leiche im Keller.«

Molly lehnte sich über die Brüstung der Seebrücke und beobachtete einen Fisch, der im tiefgrünen Wasser nach Nahrung suchte. »Ich blicke nicht durch. Was ist damals mit Carina passiert? An einen Selbstmord glaube ich nicht, aber ein Mord war es auch nicht. Einen Mord an seiner Tochter hätte Staatsanwalt Pinkas Bartelson nicht ungesühnt gelassen.«

»Was war es dann?«, fragte Malte. »Und wie hängt das alles mit dem Mord an Nela Dodesen zusammen?«

Molly sah ihn von der Seite an. »Einen Zusammenhang siehst du inzwischen auch als erwiesen an?«

»Sagen wir so: Es ist nicht zu übersehen, dass es ihn gibt. Nur worin er besteht, das erkenne ich nicht.«

Molly lief weiter auf das Ende der Brücke zu. »Ist Eugen Lüder in den Fall Carina Bartelson involviert? Hat er damals was vertuscht?«

Malte starrte mit verkniffenen Augen geradeaus. »Ich traue mich kaum, es laut zu sagen, aber der Kollege Lüder, der wäre mein Tipp.«

Auf der Aussichtsplattform am Ende der Brücke, die die Form eines Fisches hatte, nahm Molly in einem der Strandkörbe Platz und blinzelte in die Sonne.

»Hat er auch mit dem Mord an Nela zu tun?«

»Wenn nicht er, wer dann?«, fragte Malte. »Ich denke, er steckt in beiden Fällen drin.«

»Aber verdammt, Lüder war Polizist. Der bringt doch keine Leute um.«

Malte setzte sich zu Molly.

»Wie naiv bist du, Frau Kommissarin? Wir sind uns doch schon lange einig, dass nahezu jeder Mensch, unabhängig von seinem Beruf, grundsätzlich dazu fähig ist, einen Menschen umzubringen, und sei es durch Totschlag im Affekt.«

Molly hielt sich die Hand über die Augen und blinzelte aufs Wasser, in dem die blendenden Sonnenstrahlen zerflossen. »Was für ein Motiv könnte Lüder im Fall Nela Dodesen haben?«

»Er hat ein Problem mit Frauen. Du hast erlebt, wie er sich dir gegenüber aufgeführt hat. Und vergiss nicht, wie er Cindy Benthien in Verdacht bringen wollte. Gut möglich, dass Lüder Nela mit ihrem Drogenhandel auf die Schliche gekommen ist und ihr etwas nachweisen wollte, aber schlau, wie sie war, hat sie ihm ein Schnippchen geschlagen.«

»Du denkst an Rache aus Wut?«, fragte Molly. »Er hat sie nicht zu fassen gekriegt, hat sich von ihr gedemütigt gefühlt, und aus lauter Wut darüber hat er ihr eine Falle gestellt und sie ermordet?«

»Ja, ich denke, dass es eine späte Rache war.«

»Aber Carina Bartelson? Wie steht ihr Tod damit in Verbindung? Wie ist Lüder darin verstrickt?«

Malte stand auf.

»Da haben wir noch eine Nuss zu knacken.«

21

»Weißt du was?«, fragte Molly, als sie die Seebrücke verließen.

»Nein«, erwiderte Malte, »aber ich vermute, du wirst das gleich ändern.«

»Es ist Mittagszeit, und ich habe einen Mordshunger. Lass uns zum Imbiss gehen und ein Fischbrötchen essen, bevor wir uns wieder in die Arbeit stürzen.«

»Gute Idee. Mit leerem Magen kann ich sowieso keinen klaren Gedanken fassen.«

Malte steuerte auf den Imbiss zu, der am Seebrückenvorplatz lag. »Ich lade dich ein.« Gut gelaunt griff er in die Innentasche seiner Jacke.

Doch statt des Portemonnaies zog er sein Handy hervor, das so schrill klingelte, dass die Möwen ringsherum verschreckt aufflogen.

»Es ist Ben«, sagte er.

Er nahm das Gespräch an, hörte dem Kollegen zu und machte dabei ein ernstes Gesicht.

»Wir kommen sofort«, sagte er. »Wir stehen gerade vorm Imbiss. Ich hol ein paar Brötchen. Für dich auch? – Gut, okay. Bis gleich.«

Seufzend sah er Molly an. »Wieder nichts mit einer ruhigen Mittagspause.« Er wandte sich dem Verkäufer zu und bat um zwei Baguettes mit Räucherlachs und zwei mit Krabbensalat.

»Wieso vier?«, fragte Molly. »Wir sind zu dritt.«

»Erzähl ich dir gleich.«

Malte bezahlte, nahm die Tüte im Empfang und lief auf das Haus der Bartelsons zu, vor dem der Dienstwagen stand. Er legte die Tüte mit den Brötchen auf die Rückbank und rutschte auf den Fahrersitz.

Molly legte ihre Hand auf seine, als er den Schlüssel ins Zündschloss stecken wollte. »Was ist passiert? Ich hab ein schlechtes Bauchgefühl, und wenn du mir nicht sofort sagst, was los ist, quittiere ich den Dienst.« Sie quälte sich ein Lächeln ab.

»Ben hat gesagt«, begann Malte. Dann schwieg er. Er schob ihre Hand beiseite und startete den Wagen. Hoch konzentriert überzeugte er sich, dass die Straße frei war, und fuhr los. Er verrenkte den Hals, um in den Rückspiegel blicken zu können, und ordnete sein Haar.

»Du siehst spitze aus, Malte, aber jetzt rede endlich. Was hat Ben gesagt?«

»Während wir weg waren, ist Post gekommen.«

»Das ist nichts Ungewöhnliches«, sagte Molly ungeduldig, als Malte wieder nicht weitersprach.

»Dass Post kommt, nicht. Aber die Art der Post. Es geht um ein … Jemand hat ein Foto geschickt, und Willem Wichmann tobt.«

»Warum das? Bitte, Malte, was soll der Quatsch?«

»Ich will jetzt nicht zu viel sagen. Jemand hat Wichmann gesteckt, wer auf dem Bild zu sehen ist. Wichmann will das mit – mit uns klären.«

»Wichmann?«, fragte Molly.

Malte nickte und blieb stumm.

»Er will mit uns klären, wen das Foto zeigt?«

»Wichmann ist auf dem Weg zu uns«, erwiderte Malte. »Für ihn ist das vierte Baguette gedacht.«

Molly verschlug die Antwort die Sprache. Seit wann guckten sie sich zu viert Fotos an, um darüber zu reden, wer darauf zu sehen war? Und warum mit Wichmann?

Eisern schweigend setzten sie das letzte kurze Stück der Fahrt fort. Molly hatte den Eindruck, dass Malte gar nicht schnell genug den Motor abstellen und den Wagen verlassen konnte.

Wichmann war noch nicht eingetroffen.

Malte hechtete ins Haus, Molly hinterher.

Ben empfing sie mit verlegener Miene. »Ich hab den Besprechungsraum für uns hergerichtet. Was wollt ihr trinken?«

»Nichts«, maulte Molly. »Erst will ich das mysteriöse Foto sehen, um das es nachher gehen soll.«

Ben führte sie in den Raum. Auf dem Tisch lag eine Mappe, die er aufschlug. Er zeigte mit dem Finger auf ein großformatiges Bild.

Wie versteinert blieb Molly stehen. Sekunden vergingen, die ihr wie Stunden erschienen. Der Boden brach unter ihren Füßen weg.

Mit weichen Knien ließ sie sich auf den Stuhl fallen, der neben ihr stand. Sie stütze die Ellenbogen auf und vergrub ihr Gesicht in den Händen.

Malte rückte einen Stuhl neben ihren und setzte sich ebenfalls hin. Er legte den Arm um Molly. »Du weißt«, sagte er leise, »wer der Mann ist.«

Molly nickte. »Das ist Ole. Du kennst ihn doch auch.«

Ben stützte sich auf den Tisch und sah Malte ins Gesicht. »Du kennst Mollys Mann?«, fragte er aufgeregt.

»Von Kennen kann kaum die Rede sein. Ich habe ihn kürzlich auf der Strandpromenade gesehen, zusammen mit Molly.«

»Ich wusste gar nicht, dass du verheiratet bist«, sagte Ben. »Ich hab das eben erst von Wichmann erfahren.«

Molly sah auf. »Woher will Wichmann wissen, wie mein Mann aussieht? Wer hat ihm das gesteckt?«

Mit einem Mal wurde es sehr still im Raum.

Ben guckte ratlos aus dem Fenster. Eine Hand lag auf der Tischplatte und schnipste imaginäre Krümel weg.

Malte stand auf und lief im Raum hin und her. Die Hände in den Hosentaschen, blieb er mit einem Mal neben Molly stehen.

»Du weißt, was das bedeutet«, fragte er, »wenn du privat in den Fall involviert bist?«

Molly klatschte mit der Hand auf den Tisch. »Ich bin nicht privat in den Fall involviert. Ich lebe mit Ole nicht mehr zusammen. Was kann ich dazu, mit wem er sich trifft. Und überhaupt — wer sagt, dass dieses Treffen wirklich stattgefunden hat? Ich halte das für einen Fake. Ole und Nela im Fischerboot beim Ankerplatz Nordost. Ist das Foto schon untersucht worden? Ist es echt oder eine Fotomontage?«

Malte schwieg.

Ben wies mit dem Kopf auf das Bild. »Was da liegt, ist eine Kopie von mehreren. Das Foto wurde zur gleichen Zeit hierhin und nach Travemünde geschickt.«

Auch Molly stand auf. Sie erhob sich mit solchem Schwung, dass ihr Stuhl nach hinten kippte.

Malte hob ihn mit einem Seufzen auf und stellte ihn wieder an den Tisch.

»Dann ist doch klar, was der Absender will«, schimpfte Molly. Sie ging ans Fenster und sah hinaus. Doch vor ihren Augen liefen nur schwarze, wellige Muster ab. In ihren Ohren dröhnte es.

»Da kommt Wichmann«, sagte Ben.

Der Kriminalrat betrat die Villa und marschierte auf das Team der Soko Mysterious zu.

»Tag zusammen«, brachte er mürrisch hervor.

Malte fuchtelte verlegen mit den Händen vor dem Bauch herum. »Tja, ich hätte Baguettes im Wagen. Ich hab vergessen, sie mit raus zu nehmen. Ich hol sie mal eben.«

»Mir ist der Appetit vergangen«, sagte Molly, doch Malte hatte den Raum schon verlassen.

Wichmann kam sofort zur Sache. Er stellte sich neben Molly und deutete mit der Hand auf die Mappe mit dem Foto. »Sie kennen die Personen auf dem Bild?«

»Die eine ist Nela Dodesen«, zählte Molly auf, »die andere ist Ole, mein Mann. Womit noch nicht erwiesen ist, dass beide sich getroffen haben. Ich bestreite vehement, dass mein Mann jemals mit Nela Dodesen zusammengetroffen ist.« Auch sie zeigte auf das Foto. »Das da«, sie wedelte drohend mit dem Finger, »ich halte es für eine billige Fotomontage.«

Wichmann räusperte sich. »Auf den ersten Blick muss man sagen, wenn es eine ist, wäre sie zumindest sehr gut gemacht.«

Ben stellte sich demonstrativ neben Molly. »So was kann heute jedes Schulkind mit einem Bildbearbeitungsprogramm zaubern, Herr Wichmann. Das wissen Sie doch selbst.«

»Herrgott, ja. Das weiß ich.«

Auch Wichmann schien sich angesichts des kompromittierenden Bildes nicht wohl zu fühlen. »Dieses Foto ist, wie wir wissen, auch an die Presse gegangen. Unser Pressesprecher wurde darüber informiert. Er steht im

Kontakt mit den Medien und hat um äußerste Diskretion gebeten. Zum Glück hat er beste Beziehungen und arbeitet vertrauensvoll mit den Redaktionen zusammen. Sie werden eine Weile stillhalten. Aber wir müssen so bald wie möglich klären, wie das Foto zustande kam.«

Malte kehrte mit der Tüte zurück. Er ging in die Küche und klapperte mit Tellern.

Wichmann wartete, bis er in den Besprechungsraum zurückgekehrt war. »Bis die Dinge geklärt sind«, sagte er und guckte der Reihe nach Ben, Malte und Molly an, »bis dahin, Frau Bleck, muss ich Sie leider vom Fall Nela Dodesen abziehen. Aber das kommt für Sie nicht überraschend. Das wussten Sie schon, als Sie das Foto gesehen haben.«

Molly presste die Lippen zusammen, um nicht laut loszuschreien. Sie sagte nichts. Ihr fehlten die passenden Worte, um die Angelegenheit zu kommentieren.

Malte trat auf Wichmann zu. »Muss das denn sein?«

Wichmann blickte ihm tief in die Augen. »Sie kennen die Vorschriften.« Er wandte sich auch Ben zu. »Sie haben verstanden?«

Molly holte tief Luft. »Ich bin also nicht vom Dienst suspendiert. Ich bin lediglich vom Fall Nela Dodesen abgezogen.«

»Für eine Suspendierung sehe ich derzeit keine Veranlassung«, beruhigte Wichmann sie.

Malte knisterte leise mit der Tüte. »Möchten Sie denn noch mit uns essen?«

»Danke, nein. Ich muss zurück nach Travemünde.«

An der Tür blieb Wichmann stehen. Er guckte Molly eindringlich an. »Und lassen Sie mir den Lüder in Ruhe. Der tut nur seine Pflicht.«

Der Kriminalrat wandte sich um und ging.

Molly stand starr da und beobachtete, wie er die Villa verließ. Der Motor seines Wagens brauste auf.

Da brach es aus Molly hervor.

»Lüder!« Sie nahm den Teebecher vom Tisch und pfefferte ihn an die Wand. »Das ist doch ein abgekartetes Spiel. Und der Wichmann fällt drauf rein.«

»Was soll er denn tun?«, fragte Malte resigniert.

22

In Mollys Ohren hallten Maltes Worte nach. ›Wir müssen der Sache nachgehen. Darum kommen wir nicht herum‹, hatte er gesagt und ratlos auf das Bild geguckt.

Wenn die KTU das digitale Original hätte, wäre alles einfacher. Doch Molly vertraute darauf, dass sich auch anhand des Ausdrucks nachweisen lassen würde, dass die beiden Personen lediglich am Bildschirm in ein gemeinsames Szenario hineinkopiert worden waren.

Für den Rest des Tages hatte sie sich krankgemeldet und war nach Hause gegangen. Von dort hatte sie Ole angerufen, der sie an diesem Abend bei sich zu Hause erwartete.

Es war das erste Mal, dass sie seine Wohnung betrat. Wie er wohl eingerichtet war? Früher war sie es gewesen, die die Möbel und Dekoration für ihre gemeinsame Wohnung ausgesucht hatte. Er hatte ihr das bereitwillig überlassen. ›Wer bezahlt, bestimmt‹, hatte er scherzend gesagt. Jetzt hatte er die Einrichtung selbst bezahlt.

Auf der Fahrt zu ihm achtete sie ständig darauf, ob sie verfolgt wurde. Auch darauf, ob ein Verfolger möglicherweise von einem anderen abgelöst wurde. Doch der Verkehr war mäßig bis schwach, und sie konnte nichts Auffälliges entdecken. Trotzdem stellte sie den Wagen einige Straßen von Oles Wohnung entfernt ab und ging in ein Geschäft. Sie verließ es nach einer Weile und suchte weitere Geschäfte auf.

Als sie sicher war, dass niemand sie beobachtete, rief sie Ole an und teilte ihm mit, dass sie in wenigen Minuten bei ihm eintreffen würde.

Er betätigte den Türdrücker, bevor sie geklingelt hatte. Demnach hatte er ihr Kommen beobachtet.

Worum es ging, hatte sie ihm am Telefon nicht gesagt. Sie wollte sein Gesicht sehen in dem Augenblick, in dem sie ihm den Grund ihres Besuchs offenbarte.

Die Begrüßung fiel verhaltener aus, als sie erwartet hatte. Ole strahlte die gleiche Unsicherheit aus wie sie selbst.

Er führte sie durch die Wohnung. Die Einrichtung war erschreckend kühl. Sie hatte nicht geahnt, dass Ole sich für Stahl und Glas erwärmen konnte. Sie selbst hatte immer helles Holz favorisiert, schnörkellosen skandinavischen Stil.

Sie musste sich eingestehen, dass die Kunstwerke aus Naturmaterialien vor der ansonsten kühlen, schmucklosen Kulisse hervorragend zur Geltung kamen.

»Geschmackvoll«, sagte sie bewundernd.

»Gefällt es dir? Ist aber doch gar nicht dein Stil.«

»Trotzdem.« Sie drehte sich um die eigene Achse, bestaunte die Kunstwerke und nickte. »Sehr gelungen.«

Er deutete auf einen Ledersessel. »Bitte, nimm Platz.« Er neigte den Kopf zur Seite und betrachtete sie lange.

In Mollys Kopf breitete sich eine unermessliche Leere aus. Sie hätte das Universum damit füllen können.

Ole setzte sich ihr gegenüber hin. »Ich nehme an, du bist nicht gekommen, um zu kontrollieren, ob dein langjähriges Sorgenkind regelmäßig Staub wischt.«

Molly schaltete um auf Kriminalkommissarin. »Nein, das nicht.« Sie holte eine Farbkopie des ominösen Fotos heraus und legte es vor ihn auf den gläsernen Couchtisch. »Das wurde uns heute zugespielt.« Sie lehnte sich zurück und beobachtete Oles Mienenspiel.

Noch unbefangen und neugierig, warf er einen Blick darauf. Über seiner Nasenwurzel bildeten sich zwei steile Falten. Er beugte sich vor, tippte mit dem Finger auf das Bild und zog es näher zu sich heran. Schließlich hob er den Kopf. »Was soll das?«

Seine Stimme klang spröde und fremd.

»Du erkennst dich auf dem Bild? Dich und die Frau, die dich so nett anlächelt?«

»Natürlich. Ich bin ja nicht blind. Aber ich habe mich nie mit Nela Dodesen am Strand getroffen, nicht in diesem alten Fischerboot.«

»Du weißt aber, dass es Nela ist, und du kennst wohl auch das Fischerboot vorm Ankerplatz Nordost.«

Noch immer saß Ole nach vorn gebeugt, die Hände auf die Knie gestützt.

»Den Niendorfer Hafen kenne ich natürlich. Im Hintergrund sieht man die Strandterrasse vom Ankerplatz Nordost. Da bin ich aber so gut wie nie gewesen. Nur ein einziges Mal, das ist ungefähr ein Jahr her.«

Also doch! »Und Nela? Du hast sie getroffen?«

Er warf sich gegen die Rückenlehne und rieb sich das Gesicht. »Mein Gott, Nela.« Er ließ die Hände sinken. »Das ist doch eine Ewigkeit her. Lässt die Vergangenheit mich denn niemals los?«

»Wo hast du sie kennengelernt, und wann hattet ihr das letzte Mal Kontakt?«

Fassungslos schüttelte Ole den Kopf. »Das willst du wirklich wissen? Du willst, dass ich Dinge hervorkrame, die längst vergessen sind?«

»Ich muss es wissen, Ole. Ich bin vom Mordfall Nela Dodesen abgezogen worden. Nur wegen dir, wegen dieses Fotos.«

Panisch riss Ole die Augen auf. »Bin ich verdächtig? Glaubt ihr, dass ich Nela umgebracht habe?«

»Im Moment glauben wir gar nichts. Wir ermitteln. Wir haben einen Verdacht, der sich langsam konkretisiert, und der hat nichts mit dir zu tun. Aber dann kam das, und wir müssen dem nachgehen.«

»Du aber doch nicht, wenn du davon beurlaubt bist.«

»Es ist doch schietegal, ob ich beurlaubt bin oder nicht«, rief Molly ungehalten aus. »Das Foto zeigt dich. Dich mit dem Mordopfer. Und ich muss wissen, was es damit auf sich hat.«

Ole richtete sich in seinem Sessel auf und hob die Hände. »Jetzt mal langsam, ja? Bleib gelassen. Den Rat hast du mir früher immer gegeben, wenn ich kurz davor war, durchzudrehen.« Er schnaufte laut und deutete erneut auf das Foto. »Nela Dodesen habe ich auf Bornholm kennengelernt. Sie spielte mit dem Gedanken, auf der Insel ein Hotel zu kaufen.«

»Es waren aber wohl kaum die Gespräche über den Hotelkauf, die dich mit ihr zusammengebracht haben«, kommentierte Molly säuerlich.

Ole wischte unruhig über ein Hosenbein. »Nein, das Hotel war es nicht. Ich geb zu, ich hab mit ihr geflirtet.«

»Geflirtet?«

»Sie war eine aparte junge Frau, und sie war ein fröhlicher, unbefangener Mensch. Noch dazu geschäftstüchtig, patent, pfiffig. Mit allen Wassern gewaschen. Sie hat mir einfach imponiert. Sie hatte das, was ich selbst nicht hatte. Und ich gefiel ihr, das hat sie mir gezeigt.«

Molly lag auf der Zunge, ihn danach zu fragen, ob er mit Nela Dodesen ein Verhältnis hatte. Sie hielt die Frage zurück. Sie wollte die Antwort nicht wissen.

»Ich habe dich damals mit ihr betrogen.«

Ole sprach den Satz aus, als ginge es um die sachlichste Feststellung der Welt. Im selben Ton hätte er sagen können: ›Ich habe eine Pizza bestellt.‹

»So, hast du.«

Molly meinte, dieser Tag hätte ihr schon genug zugemutet. Es reichte, das Maß war voll.

Sie öffnete die Handtasche, um nach einem Taschentuch zu suchen. Doch sie entschied sich um. Sie hielt die Tränen zurück und nahm lieber das Smartphone hervor.

Sie entsperrte es, öffnete ihre Mails und scrollte darin herum. »Okay«, sagte sie mehr zu sich selbst als zu Ole. Sie steckte das Handy wieder weg.

»Hast du weiterhin Kontakt zu Nela gepflegt, nachdem du von Bornholm zurückgekommen bist?«

»Du erinnerst dich, dass ich ein zweites Mal auf der Insel war, wenn auch nur für ein paar Tage.«

Molly nickte.

»Da haben wir uns noch mal getroffen. Danach nicht mehr. Ich bin dann ja ganz schnell untergetaucht.«

»Seitdem hattet ihr keinen Kontakt mehr?«

Ole hob entrüstet die Hände. »Ich muss dir nicht erzählen, was es bedeutet, in ein Zeugenschutzprogramm zu gehen.«

»Nein, das ist nicht nötig.« Molly schob alle Emotionen beiseite. »Darf ich erfahren, wo du den letzten Freitag verbracht hast, genauer gesagt: die Zeit vom Nachmittag bis nach Mitternacht?«

Ole breitete die Arme aus. »Hier.«

»Gibt es Zeugen dafür?«, fragte Molly mechanisch.

»Also bin ich doch verdächtig.«

»Nein, Ole. Aber wenn du Zeugen hast, gerätst du nicht so leicht in die Situation, dass meine Kollegen dich besuchen wollen. Verstehst du das denn nicht? Du hast Nela gekannt. Du hast sie sogar sehr gut gekannt. Allein daraus lässt sich ein Motiv konstruieren.«

»So? Welches denn? Bin ich etwa in der Zeit, die ich untertauchen musste, zum frauenmordenden Monster mutiert?«

»Nein, Ole, aber zwischen Mann und Frau gibt es immer ein Mordmotiv. Nela weist dich ab, als ihr euch nach langer Zeit wieder über den Weg lauft. Gekränkte Eitelkeit verleitet dich dazu, Rache an ihr zu nehmen. Nur mal so als theoretischer Ansatz.«

»Ah ja, als theoretischer Ansatz. Willst du abchecken, ob ich in der Theorie als Täter infrage käme? Bist du deshalb zu mir gekommen?«

Molly verdrehte die Augen. »Ich bin gekommen, um dich entlasten zu können.« Sie zeigte auf das Foto. »Wir lassen das gerade von unseren Kriminaltechnikern analysieren. Ich hoffe für dich und für mich, dass es sich als Fotomontage erweist.«

»Und ich hoffe für uns beide, dass das Ergebnis sehr bald vorliegt.«

»Ich informiere dich, sobald ich was erfahre.«

Molly stand auf. Es war Zeit, zu gehen.

Ole begleitete sie zur Tür. »Wirst du deinen Kollegen sagen, dass ich kein Alibi habe?«

Molly kehrte ihm den Rücken zu und ging.

23

Mit betretenen Gesichtern schlichen Malte und Ben in Mollys Büro.

»Können wir mal reden?«, fragte Ben.

»Wenn ihr euch traut? Berichtet mir nur nichts über Nela Dodesen. Wenn von dem Fall die Rede ist, müsste ich mich gezwungenermaßen taub stellen.«

»Quatsch«, sagte Malte. »Was schwebt dir denn nun vor?« Umständlich schob er einen der beiden Stühle, die in einer Ecke standen, an ihren Schreibtisch heran und ließ sich darauf fallen. »Wie soll es weitergehen?«

Ben nahm den anderen Stuhl. »Das würde mich auch interessieren. Ich meine, du bist unsere Chefin, und jetzt müssen wir ohne dich weitermachen, nur weil es so ein doofes Foto gibt. Das geht doch nicht.«

Am liebsten hätte Molly seine Hand getätschelt. »Das doofe Foto muss erst aus der Welt geschafft werden, Ben. Dann dürft ihr wieder mit mir reden.«

»Tu nicht so, als wärst du komplett außen vor«, sagte Malte. »Du darfst nach außen hin nicht als Ermittlerin im Fall Nela Dodesen auftreten, aber was wir intern besprechen, ist unsere Sache. Und niemand kann erwarten, dass Ben und ich ab sofort in einen schalldichten Keller gehen, um über neue Erkenntnisse zu reden.«

»Also, passt mal auf«, sagte Molly. »Letzte Nacht hab ich lange wachgelegen und viel nachgedacht. Ich kann nicht einfach zugucken, wie andere ermitteln. Ich will mehr über Carina Bartelson erfahren. Da ich lediglich vom Fall Nela Dodesen abgezogen wurde und nicht beurlaubt bin, kann ich in anderen Fällen ermitteln, ohne gegen die Vorschriften zu verstoßen.«

»Nicht ganz«, ermahnte Malte sie. »Die Staatsanwaltschaft hat keinerlei weitere Ermittlungen zum Tod von Carina Bartelson angestoßen.«

»Dann recherchiere ich eben eigenverantwortlich«, erwiderte Molly pampig. »Ich gehe einer Spur nach, die ich für heiß halte. Wenn sie sich als verfolgungswürdig erweist, wird es mir nicht zu meinem Nachteil ausgelegt werden, dass ich die Initiative ergriffen habe.«

»Hat dein Mann eigentlich ein Alibi für die fragliche Zeit?«, fragte Ben aus dem Nichts heraus.

Molly setzte ihr Pokerface auf. »Wenn ein konkreter Verdacht gegen Ole bestehen würde, könnten wir seine DNA mit den Spuren abgleichen, die die KTU im Wald beim Ankerplatz Nordost gefunden hat. Aber ein konkreter Verdacht besteht nicht, solange nicht erwiesen ist, ob das Foto echt ist. Also braucht ihr in dieser Richtung vorerst nicht weiter zu ermitteln. Wartet das Ergebnis der Bildanalyse ab.«

»Bis wir das erhalten, wird noch eine Zeit vergehen«, meinte Ben. »Ich hab heute Morgen mit der KTU telefoniert. Zum jetzigen Zeitpunkt kann nicht ausgeschlossen werden, dass es eine Fotomontage ist. Es wäre dann allerdings eine sehr gute. Die Kollegen werden neuartige Methoden anwenden, um das herauszufinden.«

Malte nickte weise. »Man kann heute sehr gute Fälschungen erstellen, ohne dass das erkennbar ist.«

»Du machst mir richtig Mut«, sagte Molly. »Vielleicht sollte ich mich doch bei Janna als Kellnerin bewerben.«

»Halte ich für eine schlechte Idee.« Ben druckste herum. »Ich will dir nicht zu nahetreten, Molly, aber wenn du magst, hätte ich ein paar Tipps für dich.«

»Da bin ich gespannt. Schieß los.«

»Eugen Lüder hat im Fall Carina Bartelson nicht nur auf recht eigenwillige Weise recherchiert. Auch die Dokumentation der Ermittlungen lässt zu wünschen übrig.«

Als Molly begriff, was Ben ihr gerade mitgeteilt hatte, fing ihr Herz an, zu galoppieren. »Das klingt gut.«

»Ich habe mit einem Kollegen gesprochen, der früher mit Lüder zusammen ermittelt hat. Er hat mir von der Anzeige erzählt, die Nela erstattet hat, nachdem Carina sie vom Boot ins Hafenbecken geschubst hat. Nach Carinas Tod hat er Lüder eine Kopie davon gegeben, weil er den Verdacht hatte, dass zwischen den beiden Frauen ein Streit entbrannt war, der sich hochgeschaukelt hat, bis er in einem mutmaßlichen Mord an Carina gipfelte. Und was meinst du, was hat Lüder damit gemacht?«

Ben wartete darauf, dass Molly rätselte.

»Sag es mir, Ben. Ich mag im Moment nicht raten.«

»Lüder hat die Anzeige nicht berücksichtigt. Als sein Kollege meinte, dieser Streit sei für weibliche Rivalinnen aus der besseren Gesellschaft durchaus ein Mordmotiv, hat Lüder nur gelacht und das Papier in kleine Stücke zerrissen.«

Molly stellte sich die Szene bildlich vor. »Das ist echt merkwürdig«, sagte sie. Was konnte der Grund dafür gewesen sein, dass Lüder die Anzeige zerriss?

»Das ist noch nicht alles. Der Kollege hat mir ein ganz heißes Eisen verraten.« Ben sah Molly und Malte an. »Behaltet ihr es für euch?«

»Versprochen«, sagten beide gleichzeitig.

»Ihr wisst, dass Nela Dodesen Kokain genommen hat. Worüber niemand redet, was aber in Polizeikreisen bekannt war: Carina Bartelson war eine Kundin von ihr. Sie hat regelmäßig Koks von ihr bezogen.«

»Nein«, rief Molly aus.

»Doch. Einmal ist sie sogar von der Polizei auf einer Koksfete erwischt worden. Da sie aber die Tochter des Staatsanwalts war, der das Sonderdezernat für Drogenkriminalität leitete, haben die betreffenden Kollegen die Augen verschlossen, vor allem auf den Druck Eugen Lüders hin. Der war nämlich eng mit Pinkas Bartelson befreundet.«

Mit einem Mal sah Molly klar. »Das war der Grund, warum die Staatsanwaltschaft davon abgesehen hat, eine Obduktion der Leiche von Carina Bartelson zu veranlassen. Die hätte nämlich ergeben, dass die Tochter des angesehenen Kollegen aus dem Sonderdezernat für Drogenkriminalität Kokainkonsumentin war.«

»Ich würde sogar noch einen Schritt weitergehen«, sagte Malte. Er betrachtete Molly, als wollte er sich vergewissern, ob sie denselben Gedanken hegte.

Molly nickte langsam. »Als Staatsanwalt hat Bartelson selbst in Kooperation mit Lüder die Obduktion seiner Tochter verhindert.«

Malte nickte.

»Was haltet ihr von dieser These«, sagte Molly. »Carina Bartelson hat nicht Selbstmord begangen. Sie ist an einer Überdosis Kokain gestorben. Das sollte vertuscht werden. Daher der Abschiedsbrief, der mit Ausnahme der Unterschrift fein säuberlich mit dem Computer geschrieben wurde. Diesen Brief hat nicht Carina getippt, und auch die Unterschrift ist gefälscht.«

Sie stand auf. Unruhig lief sie im Büro auf und ab.

Ben und Malte rückten mit ihren Stühlen zur Seite, denn sie standen ihr im Weg.

»Wahrscheinlich hat Lüder selbst mit Carinas Eltern die Legende vom Selbstmord erfunden«, meinte Molly.

Sie blieb am Fenster stehen, sah hinaus und trommelte mit den Fingern auf dem Fenstersims herum.

»Aber das Boot«, sagte Malte in die unruhige Stille hinein. »Die Schlaftabletten und die Flasche Wasser.«

Molly beobachtete zwei junge Frauen, die ein Beachvolleyballnetz aufspannten. Im Geiste sah sie Nela und Carina vor sich auf dem Tennisplatz.

»Der Tod von Nela Dodesen hat mit dem von Carina Bartelson zu tun. Definitiv. Wenn wir den alten Fall aufgerollt haben, blicken wir auch bei dem neuen durch.«

»Was schlägst du vor, was ist der nächste Schritt?«, fragte Malte.

Noch immer hielt Molly ihren Kollegen den Rücken zugekehrt. »Ich muss noch mal mit den Bartelsons reden. Die werden mich kennenlernen.« Heftig drehte sie sich um. »Und der Lüder auch.«

Ben hob einen Finger. »Darf ich dir noch einen Tipp geben?«

»Immer. So viel du willst.«

Bens Augen glitzerten wie die See bei Sonnenschein. »Frau Bartelson senior, die Oma von Carina, macht jeden Tag nach dem Mittagessen, so gegen ein Uhr, einen kleinen Spaziergang. Sie geht dann auf die Seebrücke, setzt sich auf die Aussichtsplattform und stiert auf die See. Manche Leute behaupten, sie hofft darauf, dass ihre Enkelin eines Tages mit dem Boot wieder angeschippert kommt. Lebendig natürlich.«

Molly sah auf die Uhr. »Gegen eins, sagst du. Da habe ich noch ein bisschen Zeit.«

Malte grinste. »Aber du hast keine Ruhe. Du hast Hummeln im Hintern. Also mach dich auf den Weg. Den Dienstwagen brauchen wir allerdings hier. Aber das Stück schaffst du zu Fuß. Oder du musst dir einen Mietwagen nehmen«, scherzte er.

»Apropos Mietwagen«, erwiderte Molly. »Wie sieht es mit dem Fahrer des Mietwagens aus, der in der Nacht zum Sonnabend bei der Verkehrskontrolle aufgefallen ist? Haben wir den Namen schon?«

»Nein«, sagte Ben. »Gut, dass du uns daran erinnerst. Die richterliche Erlaubnis zur Nachfrage beim Vermieter liegt uns noch nicht vor.«

»Warum das denn nicht?«, echauffierte Molly sich. »Wir ermitteln in einem Mordfall.«

Ben nickte langsam. »Ja-ha, und der Staatsanwalt, bei dem die Sache gelandet ist, ist ein guter Bekannter von Pinkas Bartelson. Er hält die Sache offenbar nicht für eilig und lässt sie auf seinem Schreibtisch verschimmeln.«

»Dem mach ich Beine!«

Molly nahm ihre Tasche, steckte ihr Smartphone ein und verabschiedete sich mit neuem Elan von ihren Kollegen.

24

Leicht überhitzt erreichte Molly die Seebrücke. Die rund anderthalb Kilometer von der Dienstvilla zum anderen Ende von Niendorf hatte sie flotten Schrittes zurückgelegt. Bevor sie die Bohlen betrat, guckte sie sich unauffällig um wie eine Touristin, die verträumt die Gegend erkundet.

Es war wenig Betrieb, obwohl das Wetter schön war. Ein leichter Wind wehte von der See über den Strand, schwach und mild genug, dass man es auf einer Sonnenbank gut aushalten konnte.

Molly schlenderte zum Ende der Brücke und suchte sich eine Bank, von der aus sie einen weiten Blick auf die See hatte, aber auch beobachten konnte, wer sich in ihre Richtung bewegte.

Noch war es deutlich vor dreizehn Uhr.

Molly verfiel ins Träumen. Sie dachte über die letzten Monate nach. Über ihren Job in der Soko. Über die Zusammenarbeit mit Malte und Ben. Über das Wiedersehen mit Ole und über ihre Zeit in Jannas Haus, die ein Leben mit Janna und ohne Ole geworden war.

Wie sollte es weitergehen?

Sie schob die Frage von sich weg. Erst musste der Fall Nela Dodesen gelöst werden. Danach würde sie eine private Entscheidung treffen.

Sie steckte noch tief in Gedanken, als die Dame, auf deren Erscheinen sie wartete, an ihr vorbeispazierte.

Mechthild Bartelson setzte sich auf eine Bank auf der anderen Seite der Seebrücke. Sie trug eine Brille mit stark verdunkelten Gläsern und schaute auf die See. Ihre Gesichtszüge wirkten angespannt.

Auch Molly hatte ihre Augen hinter einer Sonnenbrille verborgen. Sie tauschte die Brille gegen ein Lächeln und versuchte, Blickkontakt mit der Dame gegenüber aufzunehmen.

Mechthild Bartelson schien tiefer in Gedanken versunken, als Molly es bis gerade noch gewesen war. Sie hatte die Füße nebeneinandergestellt und ihre Handtasche auf die Oberschenkel gelegt. Die runzligen Hände ruhten darauf.

Molly begriff, dass ihre Versuche der Kontaktaufnahme nichts fruchten würden. Sie stand auf, ging zu der Dame hinüber und blieb vor ihr stehen.

»Entschuldigen Sie bitte, dass ich Sie anspreche. Sind Sie nicht die Frau Bartelson?«

Mechthild Bartelson senkte den Kopf ganz leicht und schaute Molly über den Rand ihrer dunklen Brille hinweg an.

»Wenn ich nicht irre, sind Sie die Großmutter von Carina«, schob Molly hinterher.

Ein Lächeln erhellte das Gesicht der Dame. »Ja, die bin ich. Und wer sind Sie?«

»Molly Bleck, die Kriminalkommissarin aus Timmendorfer Strand. Wir haben uns gestern im Haus Ihres Sohnes gesehen. Erinnern Sie sich? Als mein Kollege und ich gegangen sind, sind wir uns kurz begegnet.«

»Ach, stimmt. Jetzt erkenne ich Ihr Gesicht wieder.« Mechthild Bartelson rückte ein Stück zur Seite. »Wollen Sie sich nicht zu mir setzen?«

Molly kam der Einladung schneller nach, als sie ausgesprochen war. »Gerne. Bleiben Sie ruhig sitzen, wo Sie sind. Es ist Platz genug.« Sie setzte die Sonnenbrille wieder auf, wohl wissend, dass man ihre Augen durch die Gläser gut erkennen konnte.

Mechthild wandte ihr das Gesicht zu. »Kriminalkommissarin sind sie also. Das hat mein Sohn mir natürlich verschwiegen. Warum waren Sie denn bei uns? Hatte es mit Carina zu tun?«

»Eigentlich mit dem neuen Todesfall. Nela Dodesen. Sie haben sicher davon gehört, die Tote in dem Fischerboot, die letzten Samstagmorgen vor Travemünde gefunden wurde. Wir suchen nach möglichen Parallelen zwischen beiden Fällen. Womöglich handelt es sich um ein und denselben Täter«, versuchte sie, die Dame zu ködern.

»Das ist gut möglich.« Mechthild umklammerte ihre Handtasche und wandte sich Molly jetzt mit dem ganzen Körper zu. »Sehen Sie, ich hab schon immer gesagt, Carina ist ermordet worden. Meine Enkelin hat sich bestimmt nicht selbst das Leben genommen. Glauben Sie mir, wenn sie so verzweifelt gewesen wäre, hätte sie mit mir geredet.« Mechthild beugte sich zu Molly vor und legte die Hand auf deren Schulter. »Carina und ich, wir waren nämlich ein Herz und eine Seele.«

»Sie konnte mit Ihnen über all ihre Sorgen und ihren Kummer reden?«, sagte Molly. »So eine Großmutter habe ich mir immer gewünscht. Gerade dann, wenn ich Liebeskummer hatte. Bei meinen Eltern fand ich damit kein Gehör. Die hatten mit sich selbst genug zu tun.«

»Carina hatte keinen Liebeskummer«, sagte Mechthild resolut. »Aber mit der Berufswahl hakte es manchmal.«

»Sie hatte keinen Liebeskummer?«, fragte Molly. »Es heißt aber doch, aus dem Grund hätte sie sich umgebracht.«

Mechthild machte eine wegwerfende Handbewegung. »Ach, Unsinn. Es wird so viel geredet.«

»Aber es gibt doch diesen Abschiedsbrief«, erinnerte Molly sie.

Mechthild nahm die Brille ab. Ihre Blicke aus klugen braunen Augen drangen tief in Molly ein. »Ich hab keine Ahnung, woher der sogenannte Abschiedsbrief kommt. Von Carina jedenfalls nicht.«

Und wenn Carina ihrer Großmutter nun doch nicht alles erzählt hatte?

»Was macht Sie da so sicher? Die Tatsache, dass Carina keinen Liebeskummer hatte?«

»Als Carina von uns ging, hatte sie schon einige Wochen lang keinen Freund mehr. Sie wollte auch keinen, denn sie war so voller Pläne. Sie hatte endlich die Richtung gefunden, in die sie beruflich gehen wollte, und ein Mann an ihrer Seite wäre da nur hinderlich gewesen.« Sie hob die Hand mit der Sonnenbrille und deutete damit auf Molly. »Glauben Sie mir, Frau Kommissarin, ich weiß genau, wovon ich rede.«

»Was hatte sie denn vor? Soweit ich weiß, hat sie Medizin studiert.«

Mechthild setzte die Sonnenbrille wieder auf, drehte den Kopf und blickte über die See. »Sie hatte einen Plan. Nach der Ausbildung wollte sie Schönheitschirurgin werden. Sie wollte eine kleine, feine Privatklinik in bester Lage an der Ostsee eröffnen. Und sie wäre eine gute Chirurgin geworden. Sie hatte einen Blick für Ästhetik, und sie wusste, was Schönheit bedeutet.«

Molly hatte ihre eigene Einstellung zu dem Thema, wollte sich aber mit Mechthild Bartelson nicht anlegen. »War das von Beginn an die Motivation für sie, Medizin zu studieren?«, fragte sie, um Interesse vorzugeben.

»Nein, das war es nicht. Carina hatte ein ganz persönliches Interesse an diesem Fach. Sie hatte nämlich von Kind an ein bisschen mit dem Herzen zu tun. Eine Herzschwäche, nichts Ernstes, aber immerhin, sie musste immer unter Beobachtung sein. Dadurch wurde ihr Interesse an der Medizin geweckt.« Mechthild lächelte mit einer Mischung aus Verlegenheit und Stolz und legte ihre Hand an Mollys Arm. »Die Herzschwäche war eine unserer Gemeinsamkeiten. Die hat sie von mir geerbt. Deshalb hab ich sie auch zu meiner Hausärztin geschickt. Die Frau Doktor Dorn wusste am besten, wann sie Carina selbst behandeln konnte und wann sie sie zu einem Kardiologen schicken musste.«

»Frau Doktor Dorn?«, fragte Molly. »Marina Dorn in Timmendorfer Strand?«

»Kennen Sie sie?«

»Ich habe von ihr gehört. Sie sitzt nicht weit von dem Haus, in dem ich wohne. Daher komme ich öfter an ihrer Praxis vorbei. Sie soll eine gute Ärztin sein, hab ich gehört.«

»Die beste, die Sie finden können. Wenn Sie mal eine brauchen, gehen Sie zu ihr und bestellen Sie ihr schöne Grüße von Mechthild Bartelson.«

»Das mach ich gerne.«

Mechthild wurde nachdenklich. Sie sank ein wenig in sich zusammen. »Frau Doktor Dorn ist eine gute, ehrliche Seele. Und ich glaube, sie weiß was über Carina. Als das passiert ist mit meiner Enkelin, bin ich oft bei ihr gewesen. Mir ist das vorübergehend stark aufs Herz geschlagen, und die Frau Doktor hat mich immer getröstet und hat mir gute Medikamente verschrieben. Einmal hat sie mir hinter vorgehaltener Hand gesagt, Carina sei nicht in dem Boot gestorben. Sie könne mir jetzt nicht mehr dazu sagen, aber irgendwann würde sie mir erzählen, was sich damals zugetragen hat.«

»Und?«, fragte Molly. »Hat sie Wort gehalten?«

Mechthild schüttelte resigniert den Kopf. »Sie hat es wohl vergessen, oder sie traut sich nicht. Und ich will sie nicht in Verlegenheit bringen. Wenn es etwas ist, was sie mir gar nicht sagen darf … Und ich weiß ja nicht mal, ob ich das, was sie mir sagen könnte, überhaupt hören will. Wenn es mal raus ist, ist es raus. Und wenn ich nicht damit zurechtkommen würde, könnte ich es nicht wieder zurückschieben, wenn Sie verstehen, was ich meine.«

»Das verstehe ich sehr gut, Frau Bartelson. Manchmal ist es besser, nicht alles zu wissen. Die Hauptsache ist, Sie können Ihre Enkelin in bester Erinnerung behalten.«

Mechthild nickte. »Ja, das ist das Wichtigste.« Sie verfiel in Schweigen und starrte auf die See hinaus.

Molly wusste nun, was sie als Nächstes zu tun hatte. Und vielleicht würde sie sich bald auf eine ungewöhnliche Weise bei der alten Dame für die hilfreichen Auskünfte bedanken können.

Sie überreichte Mechthild eine Visitenkarte. »Sollten Sie einmal Hilfe brauchen, über die Handynummer bin ich immer erreichbar. Ich lasse Sie dann mal wieder allein.« Sie stand auf. »Auf Wiedersehen, Frau Bartelson.«

Mechthild sah auf die Karte, drehte und wendete sie in der Hand und steckte sie in die Handtasche.

»War nett, Sie kennenzulernen, Frau Kommissarin.«

»Ganz meinerseits.« Molly winkte der Dame zu und machte sich auf den Rückweg.

»Vielleicht«, rief Mechthild Bartelson ihr hinterher, »erfahre ich ja doch eines Tages, was mit Carina wirklich geschehen ist. Dann werde ich es Ihnen erzählen.«

Molly drehte sich zu ihr um. »Würde mich wahnsinnig freuen«, sagte sie, während sie ein paar Schritte rückwärts lief.

25

Vor der Praxis von Marina Dorn

Molly blieb vor dem Vorgarten stehen, der zu einer alten Rotklinker-Villa gehörte. Eine halbhohe Mauer umgab das Grundstück. Am Eingang war ein blütenweißes Schild befestigt. ›Marina Dorn Allgemeinmedizinerin‹ stand darauf.

Die offizielle Sprechstunde war an diesem Donnerstag gerade zu Ende gegangen. Ein Herr kam Molly entgegen. Er hielt ihr die Gartenpforte auf.

»Sie sind wohl die letzte Patientin für heute«, sagte er und nickte ihr freundlich zu.

»Ja, das mag sein.«

Molly ging auf die Haustür zu und klingelte.

Kurz darauf summte es.

Sie drückte die Tür auf und fand sich in einem cremefarben eingerichteten Vorraum wieder. An den Wänden hingen großformatige Bilder von Blumen in kräftigen Farben. Mohnblumen, Rittersporn, Azaleen.

An der Rezeption saß eine junge Frau, die Karteikarten zusammenschob und in eine Hängeregistratur einsortierte.

»Frau Bleck?«, fragte sie, als sie Molly erblickte.

»Ja, das bin ich.«

Die Praxismitarbeiterin deutete auf einen Raum neben der Rezeption. »Nehmen Sie doch bitte noch einen Augenblick Platz. Frau Dorn ist gleich soweit. Sie bittet Sie dann zu sich ins Sprechzimmer.«

»Dankeschön.«

Molly begab sich ins Wartezimmer.

»Ich sag schon mal Tschüs«, rief die Rezeptionistin ihr hinterher. »Und ein schönes Wochenende.«

»Danke, das wünsche ich Ihnen auch«, warf Molly ihr über die Schulter zu.

Sie suchte sich eine Zeitschrift aus dem Halter, der an der Wand befestigt war, setzte sich hin und las.

Eine Tür fiel ins Schloss. Das musste die Mitarbeiterin gewesen sein, denn im Flur blieb es still.

Aus einem Lautsprecher ertönte eine weibliche Stimme. »Frau Bleck bitte in Sprechzimmer eins.«

Erschrocken sah Molly auf. Sie erhob sich, legte die Zeitschrift zurück und verließ den Warteraum.

Gegenüber wurde eine Tür geöffnet, und eine Frau, die in Mollys Alter sein mochte, vielleicht ein paar Jahre drüber, stand vor ihr. »Bitte kommen Sie herein.«

Marina Dorn war eine hagere, mittelgroße Frau mit einem akkuraten Kurzhaarschnitt. Das dunkle Haar war von grauen Fäden durchzogen, was der Frisur eine aparte Note verlieh. Statt der üblichen weißen Berufskleidung mit Kittel trug sie eine Hose und ein Sweatshirt in einem hellen Tabakbraun. Das einzige Schmuckstück, das sie zierte, war eine Armbanduhr mit goldenem Gehäuse und braunem Lederband.

Die Ärztin bat Molly, in einer Sitzecke Platz zu nehmen, die gegenüber ihrem Schreibtisch eingerichtet war. »Ich führe meine Patientengespräche nicht so gerne am Computer«, erklärte Marina Dorn auf Mollys erstaunten Blick hin. »Die Menschen sollen sich bei mir gut aufgehoben fühlen. Das geht am besten, wenn man gemütlich beisammensitzt.«

Molly setzte sich in einen der drei komfortablen Stühle mit gepolsterten Armlehnen. Sie war zu perplex, um gleich mit der Sprache herauszurücken.

Marina Dorn setzte sich ihr gegenüber hin, schlug die Beine übereinander und stützte sich auf eine Armlehne. »Sie kommen nicht als Patientin zu mir, wenn ich Sie recht verstanden habe.«

»Das ist richtig«, erwiderte Molly. »Ich will aber nicht ausschließen, dass sich das mal ändert. Ich wohne noch nicht lange in Timmendorfer Strand und hatte sowieso vor, mir über kurz oder lang eine Hausärztin zu suchen. Mechthild Bartelson hat mir von Ihnen vorgeschwärmt, und da dachte ich, ich fühle heute schon mal in anderer Angelegenheit vor.«

»Sie sind eine Bekannte von Mechthild Bartelson? Sie ist schon lange bei mir in Behandlung, so wie die ganze Familie. Grüßen Sie die alte Dame bitte von mir.«

»Das mach ich gerne.« Molly gab sich einen Ruck. Ihr Anliegen ließ sich nicht weiter hinausschieben, auch wenn es ziemlich heikel war.

»Ich bin heute beruflich hier. Das hatte ich Ihrer Mitarbeiterin am Telefon schon gesagt.«

»Ich hoffe, ich habe nichts verbrochen, was mir die Kriminalpolizei ins Haus schickt.«

Marina lächelte auf eine Weise, wie man es nur dann tun konnte, wenn man ein lupenreines Gewissen hatte.

»Es geht um einen Fall, in dem wir ermitteln und von dem wir vermuten, dass er mit einem älteren Fall zusammenhängt.« Molly machte eine kurze Pause, um sich zu sammeln. Dann redete sie weiter. »Sie haben von dem Mord an Nela Dodesen gehört?«

Marina Dorn zögerte. »Ja, das habe ich.«

»Ihrem Zögern entnehme ich, dass der Fall für Sie eine gewisse Bedeutung hat.«

Die Ärztin überlegte, dann schüttelte sie den Kopf. »Nela Dodesen war nie meine Patientin. Ich verfolge den Fall nur in der Zeitung.«

Marina machte nicht den Eindruck, innerlich zu blockieren. Sie wirkte lediglich in hohem Maße vorsichtig, was angesichts ihrer Schweigepflicht, die über den Tod eines Patienten hinaus galt, verständlich war.

Molly wagte sich weiter vor. »Der Fall Nela Dodesen erinnert Sie wahrscheinlich an einen ähnlich gelagerten Fall einer früheren Patientin von Ihnen.«

Marina nickte stumm. Womöglich ahnte sie bereits, worauf dieses Gespräch hinauslief.

»Sehen Sie, Frau Dorn, wir vermuten einen Zusammenhang zwischen den beiden Fällen. Der Mord an Nela Dodesen scheint uns aus den Ereignissen um Carina Bartelson zu resultieren, wenn auch mit einiger Verzögerung. Daher versuchen wir mit aller Kraft, Licht in die damaligen Geschehnisse zu bringen. Und wir erhoffen uns, dass Sie uns ein Stückchen weiterhelfen können.«

Marina Dorn blieb erstaunlich gelassen.

»Was genau erhoffen Sie sich von mir?«

Molly berichtete ihr, was sie und ihr Team über Carinas angeblich freiwilliges Ausscheiden aus dem Leben wussten, über den Fund der Leiche und über den Abschiedsbrief.

»Wir haben aber auch Erkenntnisse«, sagte sie, »dass es einen Streit zwischen den beiden Frauen gegeben hat, und wir denken, dass Carina Bartelson ebenfalls ermordet wurde. Erst wenn wir darüber Klarheit haben, kommen wir im Fall Nela Dodesen weiter.«

»Das heißt, der Mörder von Nela Dodesen bleibt frei, solange Sie die Umstände des Todes von Carina Bartelson nicht geklärt haben?«, fragte die Ärztin.

Molly merkte, dass sie die richtige Tür zu der Frau aufgestoßen hatte. »So wird es wohl kommen«, sagte sie. »Wir haben einen dringend der Tat Verdächtigen. Doch nur, wenn wir wissen, was mit Carina geschehen ist, haben wir die Chance, ihm etwas nachzuweisen. Und solange der Täter frei herumläuft, kann er weitere Morde begehen. Er könnte zum Serientäter werden.«

Marina Dorn vergrub das Kinn in einer Hand. Sie dachte so intensiv nach, dass Molly Mitleid mit ihr bekam. Lange blieb es still im Sprechzimmer. Dann endlich lehnte die Ärztin sich wieder zurück.

»Carina Bartelson hat keine Schlaftabletten genommen. Sie hat Kokain genommen, nicht nur einmal. Sie war süchtig. Dabei wusste sie, dass sie sich das gesundheitlich überhaupt nicht leisten konnte. Ich habe ihr oft genug ins Gewissen geredet.«

»Sie wussten von ihrer Sucht?«

»Die Eltern hatten es mir erzählt. Ich selbst hätte es wohl kaum bemerkt. Zwar hätte ich bestimmte Symptome festgestellt, aber ich hätte sie nicht zwangsläufig mit dem Kokainkonsum in Verbindung gebracht. Wer dächte bei dieser Familie an so was?«

»Die Großmutter wusste auch davon?«

»Nein«, sagte Marina Dorn, »sie nicht. Carina hatte einen Herzfehler, der zwar nicht besorgniserregend war, aber ernst genug, um im Falle einer Kokaineinnahme das Schlimmste befürchten zu müssen. Deshalb hatten die Eltern sich an mich gewandt. Ich habe vergeblich versucht, Carina von der Sucht abzubringen.«

Molly fasste gedanklich zusammen, was Marina Dorn ihr berichtet hatte. »Dann ist Carina nicht an den Schlaftabletten, sondern an ihrer Sucht gestorben?«

Marina sprach nicht weiter.

»Mechthild Bartelson«, sagte Molly wohlüberlegt, »hat mir gesagt, dass Sie ihr angekündigt haben, irgendwann würden Sie ihr verraten, was mit Carina wirklich geschehen ist. Frau Bartelson wartet seit zehn Jahren darauf. Ob sie noch einmal zehn Jahre hat, vermag ich nicht vorauszusehen. Aber so, wie ich Ihre Person nach diesem kurzen Gespräch einschätze, würden Sie nicht gut damit zurechtkommen, wenn Sie die alte Dame eines Tages in Ungewissheit über das Schicksal ihrer geliebten Enkelin sterben ließen.«

»Nein, da haben Sie recht«, sagte Marina Dorn leise. »Ich sage Ihnen, was passiert ist. Ich muss Sie aber bitten, meine Informationen vertraulich zu behandeln.«

Molly erwiderte Marinas Blick. »Alles, was wir in unserem Beruf erfahren, ist vertraulich.«

»Frau Bartelson, die Mutter, rief mich vor zehn Jahren spätabends an. Sie hat meine Notfallnummer, ich bin rund um die Uhr für die Familie erreichbar. Frau Bartelson war völlig aufgelöst. Ihre Tochter hatte an dem Abend in ihrem Zimmer Musik gehört, volle Lautstärke. Irgendwann war es still. Es blieb still. Als die Eltern ins Bett gehen wollten, sahen sie, dass im Zimmer der Tochter noch immer Licht eingeschaltet war. Sie haben an die Tür geklopft. Keine Reaktion. Sie haben die Tür geöffnet, sind ins Zimmer gegangen, und da lag Carina auf dem Boden. Sie war mit Herzversagen zusammengebrochen.«

»Sie war tot?«

Marina redete mechanisch weiter und stierte dabei auf einen Punkt im Nirgendwo. »Ich bin sofort zu den Bartelsons gefahren. Carina lebte nicht mehr. Sie hatte an dem Abend in ihrem Zimmer Kokain genommen. Die Spuren waren nicht zu übersehen. Der Vater tobte, er begriff nicht, dass er die Tochter damit nicht mehr zum Leben erweckte. Die Mutter schrie vor Verzweiflung.«

»Sie haben aber nicht den Totenschein ausgestellt?«

Die Ärztin sah Molly an und schüttelte den Kopf. »Nein. Die Eltern haben mich bedrängt, ihnen eine andere Lösung zu überlassen.«

»Eine andere Lösung?«

»Sie wissen vermutlich, dass Pinkas Bartelson zu der Zeit als Staatsanwalt ein Sonderdezernat leitete, das gegen Drogenkriminalität vorging. Für ihn war es in dem Moment das Wichtigste, dass die Öffentlichkeit nichts von der Drogensucht seiner Tochter erfuhr.«

»Das darf nicht wahr sein! Pinkas Bartelson hat seiner Tochter aus eigenem Interesse posthum verboten, an ihrem Kokainkonsum gestorben zu sein.« Molly schnaubte verächtlich. »Eine feine Gesellschaft ist das.«

»Ich habe da leider mitgespielt«, gab Marina kleinlaut zu. »Ich konnte nicht anders. Es wäre der Tod der gesamten Familie gewesen.«

»Was hat Bartelson dann organisiert?«, fragte Molly.

»Er hat mich inständig gebeten, diesen Abend zu vergessen. Gleichzeitig hat er mir zugesagt, er werde dafür sorgen, dass Carina an einer besonderen Stelle gefunden wird. Er wollte einen würdigen Abgang für sie organisieren in einer Umgebung, in der sie sich immer besonders wohlgefühlt habe.«

»Das alte Fischerboot.«

»Ich habe nicht danach gefragt, was er meinte. Pinkas Bartelson hat in meinem Beisein einen Freund angerufen, einen Polizisten. Der wollte sofort zu ihm kommen. Ich habe die Familie verlassen, bevor er eintraf, und nie ein Wort über die Begebenheit verloren.«

»Haben Sie mitbekommen, wie der Polizist hieß?«

»Egon. Egon? Nein, Eugen. Ich glaube, Eugen. Den Nachnamen weiß ich leider nicht.«

»Ich denke, ich weiß, wer das war. Den weiteren Verlauf der Dinge haben Sie über die Medien verfolgt?«

»Ja. Da niemand anderes zu Schaden kam und niemand unter Verdacht geriet, Carinas Tod verschuldet zu haben, habe ich all die Jahre über stillgehalten.«

»Nur der Großmutter gegenüber konnten Sie nicht vollkommen schweigen.«

»Mechthild Bartelson hat sehr darunter gelitten, dass es hieß, Carina habe sich das Leben genommen. Was wirklich passiert ist, davon machte sie sich kein Bild, und ich habe es auch nicht übers Herz gebracht, ihr von der Sucht der Enkelin zu erzählen. Ich habe immer gehofft, sie könnte sich damit zufriedengeben, dass ich ihr versicherte, es sei kein Selbstmord gewesen. Aber solange ich nicht mehr sagen konnte als dies, gab es für sie als Alternative nur die Option Mord.«

»Wie kam sie darauf?«, fragte Molly. »Hatte sie einen konkreten Verdacht?«

Erneut zögerte Marina, bis sie antwortete. »Sie muss das aus den Worten ihres Sohnes geschlossen haben.«

»Wie das?«

Marina wandte den Blick ab. »Pinkas Bartelson hat oft, auch in Gegenwart seiner Mutter, gesagt: Nela Dodesen ist schuld an Carinas Tod.«

»Weil sie ihr die Drogen beschafft hat?«

Die Ärztin nickte. »So war es wohl.« Sie betrachtete Molly lange. »Wie geht es nun weiter? Was werden Sie tun?«

Mollys Handy klingelte. Sie schaltete es stumm.

Marina stand auf und öffnete einen Schrank. »Ich habe die Patientenakten von Carina bis heute aufbewahrt. Die Geschehnisse von vor zehn Jahren habe ich damals zu Papier gebracht. Als Gedächtnisprotokoll. Ich hätte nie gedacht, dass ich diese Aufzeichnungen eines Tages brauchen würde. Ich würde sie nur ungern herausgeben. Aber wenn es sein muss, mache ich das.«

»Das wäre gut. Ich nehme sie gerne mit.«

Die Ärztin nahm eine Akte aus dem Schrank, schloss ihn wieder und überreichte Molly die Unterlagen.

»Und nun?« Sie setzte sich wieder zu Molly.

»Ich werde das mit meinen Kollegen besprechen. Wir werden Ihre Informationen nicht an die Öffentlichkeit geben. Aber hiermit«, sie hob die Akte hoch, »haben wir eine ganz neue Sicht auf die Dinge. Wir werden den Fall Nela Dodesen ab sofort unter dem Aspekt betrachten, dass der Tod von Carina Bartelson weder Mord noch Selbstmord war.«

Sie stand auf. »Wir sehen uns wieder«, sagte sie zu der Ärztin, »sofern ich wieder zu Ihnen kommen darf. Dann aber als Patientin.«

Marina Dorn gab ihr die Hand. »Gerne.«

»Und Sie informieren Mechthild Bartelson, wenn sie das nächste Mal bei Ihnen ist?«

»Das mache ich. Versprochen.«

26

Malte und Ben hatten sich die Zeit bis zu Mollys Rückkehr von der Ärztin damit vertrieben, abenteuerlichste
Ermittlungsstränge zu entwickeln. Dabei gingen sie vor
wie Werber in einer Agentur bei der Konzeption einer
neuen Kampagne: Jeder Gedanke, und wenn er noch so
abstrus und wild war, wurde in den Raum geschmissen.

Als Molly die Villa betrat, drangen aus dem Besprechungsraum Gesprächsfetzen zu ihr vor.

Sie stieß die Tür auf und blieb stehen.

Erschrocken wandten Ben und Malte ihr die Gesichter zu und schwiegen mit einem Schlag.

Molly ließ sich erschöpft auf einem der Stühle nieder.
»So viel Fantasie könnt ihr beide zusammen gar nicht
entwickeln, wie das Leben manchmal an Erstaunlichem
hervorbringt. Traurige, erschütternde Begebenheiten.«

Sie berichtete ihren Kollegen, was sie von der Ärztin
erfahren hatte.

»Lass uns mal zusammentragen, was wir bisher an Indizien haben«, sagte Malte.

Molly begann, aufzuzählen.

»Von Mechthild Bartelson haben wir erfahren, dass
Carina keinen Liebeskummer hatte, dafür aber vor beruflichen Plänen nur so übersprühte. Aus den Aussagen
von Marina Dorn wissen wir mit Sicherheit, dass Carina
Bartelson kokainsüchtig war, auch wenn die Bartelsons
das rigoros abstreiten werden.«

»Das muss Pinkas Bartelson schon von Berufs wegen tun«, sagte Malte. »Der blamiert sich sonst bis auf die Knochen.«

Molly zeigte mit dem Finger auf ihn. »Genau das ist der Punkt, du sprichst es aus. Pinkas Bartelson, der gnadenlose Staatsanwalt und Drogenkriminalitätsbekämpfer, steht der Drogensucht seiner eigenen Tochter völlig hilflos gegenüber. Er muss mit ansehen, wie sein einziges Kind an dem Stoff stirbt, den Nela Dodesen ihr verkauft, offenbar, ohne dass er es ihr nachweisen kann.«

»Zwischen Nela und Carina besteht darüber hinaus auch noch eine gesellschaftliche Rivalität«, sagte Ben.

»Das kommt dazu«, bestätigte Molly. »Aus der einstigen Freundschaft aus dem Tennisclub und aus der Zusammenarbeit im Hotel wurde eine Gegnerschaft. Vor diesem Hintergrund stellt sich mir die Frage, ob Nela den Stoff, den sie Carina verkauft hat, mit einem tödlichen Zusatz versehen hat.«

»Was eine plausible Erklärung dafür sein kann«, führte Malte die Überlegung fort, »dass Carina wenige Tage nach der Party am Hafen starb, bei der sie Nela so vorgeführt hat.«

»Kann man einen Zusatz im Kokain zehn Jahre nach dem Tod in den sterblichen Überresten noch messen?«, fragte Ben. »Sollen wir eine Exhumierung beantragen?«

»Ob man das heute noch nachweisen kann, weiß ich nicht«, erwiderte Molly. »Aber wozu eine Exhumierung? Nela ist tot. Gegen Tote wird nicht ermittelt.«

»Okay«, sagte Ben. »Nächster Punkt: Womöglich war Carinas Sucht darauf zurückzuführen, dass sie auf einer von Nelas Partys mit der Droge in Berührung gekommen und seitdem immer drangeblieben ist.«

»Das ist gut möglich«, erwiderte Molly, »wenn auch nicht erwiesen. Und nun jährt sich Carinas Todestag zum zehnten Mal. Die Familie kommt zusammen, um das traurige Ereignis gemeinsam zu begehen. Die Eltern und die anderen Verwandten haben Carinas Tod bis zum heutigen Tag nicht verwunden. Aber wer noch immer frei herumläuft und weiterhin fröhlich Partys feiert, das ist Nela Dodesen.«

»Aus Sicht der Eltern«, sagte Malte, »ist Nela schuld an Carinas Tod. Aus Anlass des zehnten Todestages hat die Familie daher kurzerhand an der Frau, die sie für das Unglück verantwortlich macht, Rache genommen.«

»Aber wer zum Teufel hat Nela denn nun umgebracht?«, fragte Ben.

»Groß ist die Auswahl nicht«, sagte Molly. »Denkt an die Spuren in dem Wäldchen. Die Schuhsohlen lassen auf einen Mann schließen. Und es gibt DNA-Spuren, die mit großer Wahrscheinlichkeit dem Täter zugesprochen werden können. Wir brauchen nur noch Personen zu präsentieren, die ein Motiv haben. Dann können wir einen DNA-Abgleich veranlassen.«

»Deine Vorschläge«, sagte Malte, »wären also Pinkas Bartelson und der Lebensgefährte seiner Schwägerin.«

»Donatus Krauter«, sagte Molly.

Ben schlug sich vor die Stirn. »Der Name prädestiniert ihn irgendwie dafür, der Täter zu sein.«

»Keine Vorverurteilung bitte«, frotzelte Molly. »Hat man dir das auf der Polizeischule nicht beigebracht? Eugen Lüder dürfen wir bei all dem auch nicht vergessen.«

Sie stand auf und ging an das Telefon, das auf der Fensterbank stand. Sie nahm ein Gespräch an, das an der zentralen Nummer der Dienstvilla aufgelaufen war.

»Soko Mysterious. Molly Bleck am Apparat.«

»Moin, Frau Bleck. Willem Wichmann hier. Mit Ihnen hab ich jetzt nicht gerechnet. Ich hoffe, Sie halten sich an unsere Abmachung und lassen die Finger von den Ermittlungen im Fall Nela Dodesen?«

»Absolut, Herr Wichmann. Ich bin da raus. Der Fall liegt allein in den Händen von Malte Graf und Benjamin Fink. Ich beschäftige mich mit anderen Dingen.«

Die Kollegen hielten sich die Hand vor den Mund, um nicht laut loszuprusten. Ben krümmte sich vor Lachen und wandte sich von Molly ab.

»Kann ich denn bitte mal einen Ihrer Kollegen sprechen?«

»Selbstverständlich. Egal, wen?«

»Egal. Es eilt.«

Molly reichte den Hörer an Malte weiter und setzte sich wieder hin.

Malte begrüßte Wichmann überfreundlich, dann verstummte er. Er lauschte keine Minute, verabschiedete sich, legte auf und jubilierte.

»Wir haben den Namen des Mannes, der Freitagnacht mit dem Mietwagen aus Grömitz in der Verkehrskontrolle aufgefallen ist.«

»Und?«, fragte Ben.

»Donatus Krauter.«

Molly riss die Arme hoch, sprang vom Stuhl auf und tanzte durch den Raum. »Wir haben ihn, wir haben ihn.«

Malte grinste. »Molly, Wichmann sagt, du bist ab sofort nicht mehr vom Fall Dodesen abgezogen. Ich beantrage gleich den Haftbefehl, und morgen früh haben wir unseren Auftritt im Bungalow der Bartelsons.«

27

Friederike Bartelson und ihre Schwester saßen noch am Frühstückstisch, als die Ermittler eintrafen. Fassungslos beobachteten sie, wie Donatus abgeführt wurde.

Pinkas stand dabei und zeterte. »Sie werden schon sehen, wohin das führt.«

»Ganz sicher werden wir das«, erwiderte Malte siegesgewiss. »Sie allerdings auch, Herr Staatsanwalt.«

Pinkas reckte den Arm mit der zur Faust geballten Hand. »Wenn ich nicht gerade im Urlaub wäre, ich hätte diese Aktion zu verhindern gewusst.«

Malte achtete sorgsam darauf, dass Donatus in den Wagen stieg, ohne sich den Kopf am Türrahmen zu stoßen. »Dann haben Sie ja nach Ihrer Rückkehr in die Behörde ein hübsches Hühnchen mit Ihrem zuständigen Kollegen zu rupfen«, rief er zur Haustür hinüber.

Pinkas lief auf die Straße. »Sag nichts«, brüllte er dem Lebensgefährten seiner Schwägerin zu. »Ich besorg dir sofort einen Anwalt und schick ihn dir aufs Polizeirevier. Sag kein Wort, hörst du? Kein Wort!«

Molly und Malte waren inzwischen eingestiegen. Der Wagen rollte an. Molly guckte in den Außenspiegel.

Pinkas lief ihnen noch ein Stück hinterher.

»Wohin bringen Sie mich?«, fragte Donatus mit zittriger Stimme.

»Nach Timmendorfer Strand.« Molly drehte sich zu ihm um. »Auf das schönste Kommissariat der Welt.«

Donatus Krauter sah mitgenommen aus. So hatte er schon am Mittwoch bei ihrem ersten Besuch im Hause Bartelson gewirkt. Wenn es kein Dauerzustand bei ihm war, dürfte er wissen, warum er dieses Bild abgab.

Molly drehte sich wieder nach vorn und blickte auf die Straße. Sie hoffte darauf, dass der Anwalt, den Bartelson anrufen wollte, die Kanzlei bereits verlassen und sich ins Wochenende verabschiedet hatte.

Während sie zur Dienstvilla zurückfuhren, informierte sie Ben telefonisch über ihre bevorstehende Ankunft mit dem Festgenommenen. Sie bat ihn darum, den Besprechungsraum zum Verhörraum umzufunktionieren und das Aufnahmegerät in Stellung zu bringen.

Der junge Kollege öffnete den dreien die Tür.

Malte führte Donatus Krauter in den Raum.

Ben zog Molly beiseite und bat sie für einen Augenblick in sein Büro. »Das Foto, das deinen Mann zusammen mit Nela Dodesen zeigt, ist mit hoher Wahrscheinlichkeit ein Fake. Ganz eindeutig lässt es sich nicht feststellen. Es ist sehr gut gemacht. Aber es gibt Erkenntnisse, dass es mit ziemlicher Sicherheit fingiert ist.«

»Das beruhigt mich. Danke, Ben.«

Malte guckte aus dem Verhörraum. Molly winkte ihn zu sich und flüsterte ihm zu, was Ben ihr gerade mitgeteilt hatte.

»Also alle Aufregung umsonst«, meinte Malte. »Dann lass uns mal loslegen.«

Donatus Krauter saß zerknirscht auf einem Stuhl und guckte hinaus. Er zerbiss einen Daumennagel mit solcher Heftigkeit, dass Molly glaubte, er würde nicht davor zurückschrecken, auch den Knochen zu zermalmen.

Was ging in dem Mann vor?

»Herr Krauter, was haben Sie am Freitag letzter Woche getan?«, fragte Molly, nachdem sie ihn über seine Rechte aufgeklärt und Datum und Uhrzeit sowie die Namen der Anwesenden auf Band gesprochen hatte.

Donatus nahm den Daumen vom Mund und sah sie unverwandt an. »Was soll ich schon getan haben? Das Übliche.«

»Das heißt, Sie sind Ihrer Arbeit nachgegangen.«

»J-ja«, erwiderte Donatus zögerlich.

»Sie wissen, dass wir das nachprüfen werden«, sagte sie in einem Ton, der noch als mütterlich gelten konnte.

»Ich bin im Außendienst tätig«, erwiderte Donatus.

»Ach, und Sie glauben, da können wir nichts nachprüfen?«

»Vielleicht hab ich ja einen Tag blau gemacht, ohne meinen Arbeitgeber zu informieren?«, antwortete der Befragte mit aggressiver werdender Stimme.

»Das ist eine hilfreiche Aussage«, meinte Malte. »Sie erklärt uns, wie es kam, dass Sie, obwohl Sie in Hannover leben und arbeiten, an besagtem Freitag in Grömitz waren. Wollen Sie selbst erzählen, was Sie dort getan haben, oder sollen wir das tun?«

Donatus wurde kreidebleich. Er antwortete nicht.

Molly schenkte ihm ein Glas Wasser ein. »Trinken Sie was. Das wird Ihnen guttun.«

Er nahm das Glas, trank aber nicht. Mit eingezogenem Kopf wartete er darauf, was als Nächstes auf ihn einprasseln würde.

»Sie waren bei einem Autovermieter und haben einen schwarzen Tiguan gemietet. Am Freitagabend haben Sie den Wagen abgeholt, am Samstag haben Sie ihn wieder zurückgebracht. Mittags um zwölf.« Malte legte ihm die

Kopie des Mietvertrags vor. »Und Sie haben reichlich Kilometer abgerissen. So viele, wie man ungefähr fährt, wenn man von Grömitz nach Niendorf, von dort nach Hannover und wieder zurück nach Grömitz fährt.«

Donatus sackte in sich zusammen. Er nahm wieder den Daumennagel zu Hilfe.

Molly rückte näher an den Tisch heran. »Herr Krauter«, sagte sie mit weicher Stimme, »wollen Sie uns nicht erzählen, was für einen Ausflug Sie unternommen haben? Dann haben Sie es endlich hinter sich. Es belastet Sie doch, das sehe ich Ihnen an. Es belastet Sie die ganzen Tage schon. Sie sind nicht der Typ, der mit so einer Geschichte leben kann.«

»Was wissen Sie denn schon?«, maulte er kraftlos.

»Wir können auch anders«, herrschte Malte ihn an. »Wir nehmen gleich eine DNA-Probe von Ihnen. Dann machen wir einen Abgleich mit den Spuren, die die Kriminaltechniker im Wald zwischen dem Parkplatz und dem Boot gefunden haben.«

»An einem Baumstamm haben Sie sich übergeben, Herr Krauter«, sagte Molly ihm auf den Kopf zu.

»Das haben Sie entdeckt?«

Kaum hatte er den Satz ausgesprochen, biss Donatus sich auf die Zunge. Offenbar war ihm gleich aufgefallen, dass er sich verraten hatte.

»Ja«, sagte Molly. »So was ist für unsere Spezialisten nicht zu übersehen. Die grasen jeden Quadratmillimeter in der Umgebung eines Tatorts ab. Die Erde war aufgelockert. Es war logisch, dass das, was darunter lag, vom Täter stammen musste.«

Donatus wurde laut. »Moment mal, ja? Ich bin nicht der Täter, und der Wald war nicht der Tatort.«

Malte verzog den Mund zu einem hämischen Grinsen. »Das ist uns klar. Jeder, der hier sitzt, erzählt uns etwas in der Art. Dann reden wir ein bisschen miteinander, und am Ende kommt ganz was anderes heraus. Wir haben viel Geduld, Herr Krauter. Auch mit Ihnen.«

»Wo bleibt mein Anwalt? Der soll Ihnen sagen, was gewesen ist.«

Molly sah auf die Uhr. »Gut, das können wir so machen.« Sie stand auf. »Dann lassen wir Sie jetzt ins Untersuchungsgefängnis nach Lübeck bringen und machen am Montag in Anwesenheit Ihres Anwalts weiter.«

Krauter donnerte mit der Faust auf den Tisch. »Das können Sie nicht machen.«

Molly beugte sich zu ihm herab. »Herr Krauter, Ihr Anwalt kann uns nicht verraten, was Sie in der Zeit von Freitagabend bis Samstagmittag gemacht haben. Damit müssen Sie selbst rauskommen.«

Sie setzte sich wieder hin. Dem Mienenspiel des Verdächtigen sah sie an, dass gleich einiges aus ihm heraussprudeln würde.

Donatus rieb nervös mit dem Handballen über den Tisch. »Ich war es nicht. Ich hab die Frau nicht umgebracht. Ich hab sie nur ins Boot gebracht.«

Molly guckte den Mann skeptisch an. »Nur ins Boot gebracht. Das sollen wir Ihnen glauben?«

»Ist Ihnen die Leiche unversehens vor den Wagen gerollt«, brauste Malte auf, »und Sie haben gedacht, die passt gut auf so ein Boot, oder was ist geschehen?«

»Die Frau war tot. Wir haben sie in den Wagen geladen, und ich habe dafür gesorgt, dass sie verschwindet.«

»Wer ist wir?«, fragte Molly. »Von wo haben Sie die Leiche weggebracht, und wann genau war das?«

Gesicht und Hals des Mannes zeigten rote Flecken. Mit weinerlicher Stimme redete Donatus weiter. »Ursula hat mich bekniet, die Sache zu übernehmen. Wir kennen uns noch nicht lange, erst ein paar Monate. Wir sind uns beim Einkaufen in einem Möbelhaus über den Weg gelaufen, und es hat sofort gefunkt. Sie ist meine große Liebe, und ich würde alles für sie tun. Aber sie ist ein bisschen anspruchsvoll. Fordernd. Sie verstehen?«

Malte wirbelte einen Kugelschreiber zwischen den Fingern herum. Ein Kunststück, das er beherrschte wie ein Zirkusakrobat. »Was hat Ihre Liebesgeschichte mit dem Mord an Nela Dodesen zu tun?«

»Auf den ersten Blick wenig«, gab Donatus zu. »Aber auf den zweiten – ich bin ein Opfer von Ursulas Familie geworden.«

»Ach Gott, Sie Ärmster. Mein Beileid.« Malte stieß seinen Stuhl heftig zurück und stand auf. Die Hände in den Hosentaschen, lief er zum Fenster. Mit einem Ellenbogen stützte er sich auf der Fensterbank auf. »Das glaub ich jetzt nicht. Herr Krauter, versuchen Sie nicht, bei uns auf die Tränendrüse zu drücken. Was ist geschehen? Raus mit der Sprache.«

»Ich weiß nicht, was passiert ist«, rief Donatus aus. Er griff sich mit zwei Fingern an die Nasenwurzel, schloss die Augen und massierte die Stirnpartie.

Molly beobachtete ihn. »Aber Sie wissen, wie es weitergegangen ist, nachdem der Mord passiert ist.«

»Ja, natürlich.« Er nahm die Hand von der Stirn und seufzte verzweifelt. »Ursula hat mich angerufen, als ich auf dem Weg von einem Kunden nach Hause war. Ich bin Versicherungskaufmann, ich hatte einen Termin in Garbsen. Sie sagte, ich müsse ihr einen Gefallen tun. Einen Liebesbeweis. Es gehe für ihre Familie gerade um Kopf und Kragen.« Er verstummte.

»Und weiter?«

Donatus schien die Erinnerungen zu sortieren. »Ich hab sie gefragt, worum es gehe. Sie sagte, ich hätte eine lange Nacht vor mir. Da hab ich gesagt, der Tag war schon lang genug und die Woche ziemlich anstrengend. Was denn nun noch anstehen würde.«

Er rückte mit dem Stuhl vom Tisch und drehte sich zum Fenster.

Molly deutete mit einem Kugelschreiber auf das Mikrofon. »Hier hinein, bitte. Was hat Ihre Flamme geantwortet?«

Donatus nahm seinen Platz nah am Tisch wieder ein. »Dass eine Leiche im Gartenhäuschen ihrer Schwester und ihres Schwagers liegt und dass die weg muss. Dass sie nicht irgendwie weg muss, sondern auf eine ganz bestimmte Weise an einer ganz bestimmten Stelle.«

Malte warf die Arme in die Luft. »Klar, und Sie haben, ohne auch nur eine einzige Frage zu stellen, sofort gesagt: ›Selbstverständlich, Ursula, das erledige ich sofort. Darf es sonst noch etwas sein?‹ Herr Krauter, das wollen Sie uns nicht ernsthaft weismachen?«

»Aber wenn es doch so war? Ich hab Ursula natürlich gefragt, was für eine Frau das denn ist und wie sie zu Tode gekommen ist. ›Erstickt‹, hat sie geantwortet. ›Die Frau ist erstickt.‹ Da hab ich gesagt, dann müsst ihr einen Arzt rufen und ein Bestattungsinstitut. Sie hat gemeint, das ginge aus verschiedenen Gründen nicht. Niemand würde ihnen das abnehmen, und es müsse unbedingt jemand kommen und Pinkas und Friederike helfen. Und zwar sofort und ohne Aufschub.«

»Da haben Sie sich dann erbarmt«, sagte Molly.

»Nicht sofort. Die Sache war mir unheimlich. Ich bin erst mal nach Hause gefahren, zu Ursula. Sie hat gesagt, das sei jetzt der Punkt, an dem sich entscheide: top oder hopp? Bleiben wir ein Paar, oder setzt sie mich wieder vor die Tür? Das Doofe war: Ich hatte gerade erst meine Wohnung aufgegeben und war zu ihr gezogen.«

Malte schlug laut klatschend die Hände zusammen. »Um nicht auf der Straße zu landen, haben Sie sich ins Auto gesetzt, sind nach Grömitz gefahren und haben sich einen Mietwagen genommen. Mit dem haben Sie brav die Leiche entsorgt. Und sind dabei prompt in eine Verkehrskontrolle geraten. Dumm gelaufen aber auch.«

Donatus sah ihn treuherzig an. »Was hätten Sie denn gemacht an meiner Stelle?«

»Das wollen Sie jetzt nicht wissen, oder?«

»Ich bin nicht selbst nach Grömitz gefahren«, erzählte Donatus weiter. »Ursula hat den Mietwagen telefonisch organisiert. Sie meinte, in der Gegend würde ich nicht so auffallen, weil mich da keiner kennt. Sie hat mich hingefahren, und ich habe einen Geschäftsmann gespielt, der sich einen Nagel in den Reifen seines eigenen Wagens gefahren hat und daher für einen Tag einen Mietwagen braucht.«

»Sie waren sich aber bewusst, Herr Krauter, dass Sie mit der Aktion Beihilfe zur Vertuschung einer Straftat geleistet haben?«, fragte Molly.

»So weit hab ich nicht gedacht«, behauptete Donatus. »Ich hatte wirklich eine anstrengende Woche. Ich wollte ein entspanntes Wochenende, ich brauchte Schlaf. Dann kam das. Ich hab im Auto geschlafen, als Ursula mich nach Grömitz fuhr. Danach war ich nur noch hellwach.«

»Den Eindruck haben Sie bei unseren Kollegen von der Verkehrspolizei aber nicht gemacht.«

Donatus zuckte mit den Schultern. »Kann ich nichts für. Es war eine Scheißsituation, die ganze Geschichte.«

»Verraten Sie uns bitte noch, wer Nela Dodesen umgebracht hat: War das Pinkas Bartelson, oder war es seine Frau?«

Donatus hob erschrocken die Hände. »Danach hab ich nicht gefragt.«

»Okay«, sagte Malte, »dann werden wir das übernehmen.« Er stand auf und wollte das Aufnahmegerät ausschalten.

»Augenblick, Malte.« Molly schob seine Hand weg, bevor er den Schalter betätigen konnte. »Herr Krauter, in welchem Verhältnis steht Ihre Lebensgefährtin zu Pinkas Bartelson?«

»Ursula?« Er hob die Augenbrauen. »Ursula und Pinkas stehen so.« Er kreuzte die Finger. »Die beiden darf man nicht alleine in einem Raum lassen. Dann gäbe es noch einen Mord.«

»Im Ernst?«, fragte Molly.

»Versuchen Sie es doch. Schließen Sie die beiden mal gemeinsam in eine Gefängniszelle ein. Sie werden sehen, was passiert. Aber ich hab Sie gewarnt.«

»Die Schwestern sind aber ein Herz und eine Seele?«

Krauter nickte und öffnete den Mund. Dann fiel bei ihm der letzte Pfennig des Groschens, und er verweigerte die Antwort.

Molly konnte darauf verzichten. Sie wusste nun, wer Nela Dodesen auf dem Gewissen hatte.

28

Wo vorhin noch Donatus Krauter gesessen hatte, nahm nun Friederike Bartelson Platz. Ihr Mann hatte es sich nicht nehmen lassen, den Kommissaren und seiner Frau hinterherzufahren. In der Dienstvilla wurde er jedoch von Ben gebremst, der es sichtlich genoss, einem Staatsanwalt Anweisungen geben zu dürfen.

Molly und Malte verschanzten sich mit Friederike in dem Zimmer, das Molly scherzhaft als Multifunktionsraum bezeichnete, weil es ganz nach Bedarf mal Besprechungszimmer, mal Verhörraum war.

»Ohne Anwalt rede ich nicht«, sagte Friederike stur.

Ihr Mann hatte auch sie intensiv geimpft, bevor sie das Haus der Familie verließen.

»Wir haben Zeit, Frau Bartelson«, sagte Malte in aller Freundlichkeit. Er nahm eine Zeitung zur Hand.

Molly lehnte sich zurück und beschäftigte sich mit ihrem Smartphone. Janna erinnerte sie daran, dass Ole am nächsten Tag zum Mittagessen zu ihnen kommen wollte. Zum Schluss fragte sie, ob Molly am Abend rechtzeitig zu Hause sein würde. Molly antwortete mit drei Fragezeichen, versprach aber, sich zu melden, sobald sie wusste, wie das anstehende Verhör weitergehen würde.

Plötzlich verlor sie die Geduld.

»Frau Bartelson, Anwalt hin oder her, Sie kommen nicht umhin, mit uns zu reden. Wollen Sie nicht auch das Wochenende mit Ihrer Familie verbringen?«

Die Frau war dumm genug, sich auf ihre Worte einzulassen. »Ja, geht das denn?«

»Es kommt ein bisschen darauf an, was Sie uns zu erzählen haben.« Molly lehnte sich zurück und machte es sich bequem, als wollte sie einen kleinen Plausch beginnen. »Wie war das eigentlich mit Nela Dodesen und Ihrer Tochter? Die mochten sich doch mal. Sonst hätten sie nicht zusammen Tennis gespielt.«

Friederike seufzte schwer. »Damit fing das Elend ja an. Erst war es nur eine Tennisbekanntschaft. Dann hat Carina sich dazu herabgelassen, bei den Dodesens zu jobben. Sie hätte das nicht nötig gehabt. Mein Mann hat ihr ein großzügiges Taschengeld genehmigt. Aber Sie wollte unbedingt in einem schicken Kostüm an der Rezeption stehen und Gäste empfangen. Dafür hat sie sich von den Dodesens bezahlen lassen.«

»Es ist aber doch ein schöner Zug, wenn eine Tochter, die von Haus aus begütert ist, auch ihr eigenes Geld verdienen will«, meinte Molly. »Wenn ich eine Tochter hätte, würde ich es begrüßen, wenn sie versuchen würde, früh vom Elternhaus unabhängig zu sein.«

»Aber darum ging es ihr doch gar nicht«, rief Friederike aus. »Es ging ihr darum, Geld zu haben. Viel Geld, das sie für Dinge ausgeben konnte, die wir ihr nie-nie-niemals nicht finanziert hätten.«

»Und das wäre?«, fragte Malte geradeheraus, obwohl er sich, genau wie Molly, denken konnte, worauf Friederike anspielte.

»Das geht Sie überhaupt nichts an«, erwiderte Friederike unwirsch. »Meine Tochter ist tot.«

»Ihre Tochter hat Drogen genommen«, sagte Molly. »Kokain.«

»Unsinn. Woher wollen Sie das wissen?«

»Das ist kein Geheimnis. Carina hat die Drogen von Nela Dodesen bezogen«, behauptete Molly prompt, obwohl sie keinen Beweis dafür vorlegen konnte.

Friederikes Gesicht lief rot an vor Wut. »Nela hat unsere Tochter süchtig gemacht. Sie hat Carina auf ihren ominösen Partys von dem Zeug probieren lassen. Carina konnte dann nicht mehr davon ablassen.«

»Deshalb haben Sie Nela umgebracht«, warf Molly ihr an den Kopf. »Sie haben sich an ihr gerächt, weil Sie bis heute nicht damit zurechtkommen, dass ausgerechnet Ihre Tochter an Drogen gestorben ist.«

Friederikes Augen funkelten. »Sie wollen mich aufs Glatteis führen. Ich habe Nela nicht umgebracht, und Carina ist nicht an den Drogen gestorben. Sie hat Selbstmord begangen. Aus Liebeskummer. Sie haben den Abschiedsbrief selbst gelesen, den sie uns geschrieben hat.«

»Den hat sie nicht selbst geschrieben«, sagte Malte.

Molly verschränkte die Arme. »Was ist, wenn wir eine Zeugenaussage haben, die besagt, dass Ihre Tochter in den letzten Wochen ihres Lebens keinen Freund hatte? Carina war nicht unglücklich verliebt. Sie war überhaupt nicht verliebt. Stattdessen hat sie mit viel Elan ihre beruflichen Pläne geschmiedet.«

»Das ist doch lächerlich, was Sie da sagen.«

»Ihre Tochter ist nach der Einnahme von Kokain an Herzversagen gestorben«, sagte Molly der Frau auf den Kopf zu.

»Woher wollen Sie das denn so genau wissen?«, fragte Friederike spitz.

»Uns liegen ärztliche Dokumente vor. Beweismittel. Damit haben Sie vor Gericht schlechte Karten.«

Friederike Bartelson kniff die Augen zusammen und fixierte Molly mit giftigen Blicken. »Doch nicht etwa von Frau Doktor Dorn?«

»Woher auch immer, es sind Dokumente, die der Staatsanwalt bei der Klage gegen Sie anführen wird.«

Malte schaltete sich ein. »Frau Bartelson, ich denke, es wird Zeit, ein Geständnis abzulegen. Sie haben ein Motiv, und aus dem Gespräch mit einem Augenzeugen, den Namen muss ich Ihnen wohl nicht nennen, wissen wir, dass die Leiche von Nela Dodesen in Ihrem Gartenhäuschen lag. Die KTU ist auf dem Weg dahin. Die Kollegen werden intensiv nach Spuren suchen. Und sie werden welche finden, verlassen Sie sich darauf.«

Friederike verstummte. Sie drehte einen Ring an ihrem Finger. Sie drehte ihn so stark, als wollte sie sich dabei selbst verstümmeln. »Dann sag ich jetzt nichts mehr. Wenn da eine Leiche lag, kann ich nicht sagen, wie sie dahin gekommen ist.« Sie sah die Ermittler grimmig an, dann guckte sie sich im Zimmer um, als wollte sie sich vergewissern, ob außer Molly und Malte noch jemand anwesend war. »Womöglich werden Sie Spuren von Donatus finden. Ja, so wird das sein. Er war nämlich da.«

Die Eingangstür zur Dienstvilla wurde heftig zugeschlagen. Schwere Schritte hallten durch den Flur, und mit einem Mal standen Pinkas Bartelson und ein fremder Mann im Anzug in der Tür zum Besprechungsraum.

»Ich bin der Anwalt der Familie«, sagte der Anzugträger, ohne sich namentlich vorzustellen. »Ich protestiere dagegen, wie mit meiner Mandantin umgegangen wird.«

Molly wahrte die Form. Sie stand auf, stellte Malte und sich selbst als ermittelnde Kommissare vor und informierte den Anwalt über den Stand der Dinge.

»Meine Mandantin wird kein weiteres Wort verlieren. Sie hat Nela Dodesen nicht ermordet. Die Behauptung von Herrn Krauter, er habe die Leiche aus dem Gartenhaus abgeholt, entbehrt jeder Grundlage. Der Mann will sich vermutlich nur wichtigtun. Wenn Sie keine Beweise gegen meine Mandantin vorlegen können, befreie ich Frau Bartelson jetzt aus dieser unangenehmen Lage, die überdies eine Zumutung ist, und fahre sie nach Hause.«

Molly blieb nichts anderes übrig, als die Dame gehen zu lassen. Frustriert guckte sie zu, wie Pinkas Bartelson mit triumphierender Miene den Arm um seine Frau legte. Flankiert von ihrem Mann und ihrem Anwalt verließ Friederike mit hoch erhobenem Haupt die Villa.

»Verdammter Mist«, schimpfte Molly. »Dieses hochnäsige Pack. Wir haben die Aussage der Ärztin, wir haben das Geständnis von Donatus Krauter. Wir brauchen nur noch die Spurensicherung, um die Beweise zu erbringen.«

»Solange wir die nicht haben«, sagte Malte resigniert, »können wir Frau Bartelson nichts anhaben. Uns fehlt das Tüpfelchen auf dem i.«

»Die Indizienlage ist aber doch klar«, sagte Molly flehentlich. »Ich kann es einfach nicht akzeptieren, dass sie weiter frei rumlaufen darf. Wir müssen verhindern, dass sie jetzt noch Spuren beseitigt.«

Ben erschien im Besprechungsraum. Er hatte das Gespräch der Kollegen mit angehört.

»Die KTU ist schon bei den Bartelsons zugange. Ich hab gerade mit Maren Eggertsen telefoniert. Denk dran, was für eine tolle Arbeit ihr Team in dem Wald beim Ankerplatz Nordost geleistet hat. Du musst einfach darauf vertrauen, dass sie auch jetzt Spuren finden.«

Molly lachte bitter. »Wenn sie ein Haar von Nela Dodesen finden, erzählt die Bartelson uns garantiert, sie hat Nela auf einen Tee eingeladen, um mit ihr den zehnten Jahrestag des Todes ihrer Tochter zu begehen. Wenn wir nur Indizien haben, wird es schwierig, ihr den Mord nachzuweisen. Genauso gut könnte ihr Mann der Täter sein oder die Schwester. Oder Donatus Krauter. Einer der vier. Wir können ja mal würfeln.«

Ben stand bedrückt dabei. »Das stimmt wohl: Kein Richter fällt einen Urteilsspruch nur auf Verdacht hin.«

»Wir reden noch mal mit Donatus Krauter«, tröstete Malte sie. »Wir machen ihm klar, dass es strafmildernd wirkt, wenn er mehr erzählt, als er schon zugegeben hat. Ich bin sicher, er weiß, wer den Mord begangen hat.«

Molly lief in kleinen Schritten aufgebracht im Zimmer auf und ab. »Ich glaube nicht, dass er uns was sagen kann. Er hat den Mord nicht beobachtet. Am Ende ist noch Pinkas Bartelson der Täter. Der feine Herr Staatsanwalt als Mörder. Und der lässt uns eiskalt erst den geltungssüchtigen, liebeskranken Donatus abholen in der Hoffnung, dass er dichthält und für ihn die Kartoffeln aus dem Feuer holt, und dann lässt er seine Frau ins offene Messer laufen.«

»Jetzt übertreibst du aber, Molly.« Malte hielt sie auf, als sie zum x-ten Mal an ihm vorbeilaufen wollte, und drückte sie auf einen Stuhl. »Beruhige dich.«

»Wir brauchen einen Augenzeugen. Aber woher nehmen?«

Maltes Gesicht erhellte sich. »Der Krauter hat doch gesagt, die Leiche hat im Gartenhäuschen gelegen. Ich erinnere mich, dass ich einen Blick in den Pavillon geworfen habe, als wir im Wintergarten saßen.«

Molly versuchte, sich die Bilder, die sie während des Besuchs bei den Bartelsons unbewusst wahrgenommen hatte, ins Bewusstsein zu rufen. »Ja, ich erinnere mich. Es war ein Häuschen aus Holzlamellen und viel Glas. Man konnte nur schwer hineinsehen, denn vor den Fenstern standen hohe Pflanzen.«

»Nicht überall. Es gab eine Lücke. Durch die habe ich einen Tisch und Gartensessel erkannt.«

»Das Grundstück ist aber von außen nicht einsehbar«, gab Molly zu bedenken.

»Bist du sicher?«, fragte Malte.

Ben stieß ihm eine Faust in die Rippen. »Ich werde die Namen und Telefonnummern der Nachbarn raussuchen. Vielleicht hat einer was gesehen.«

Molly lächelte müde. »Ich wünsche dir viel Glück dabei, Ben. Weißt du, wie groß das Grundstück der Bartelsons ist, und hast du eine Ahnung, wie zugewachsen es ist? Ich glaube kaum, dass ein Nachbar da hineingucken konnte. Er müsste dann ja auch noch den richtigen Moment abgepasst haben. Wenn es einen Augenzeugen gäbe, hätte er sich längst bei uns gemeldet.«

»Ich sag ja nicht, dass jemand den Mord beobachtet hat«, meinte Ben. »Ich werde nach jemandem suchen, der gesehen hat, wie Nela Dodesen mit einem der Bartelsons durch den Garten auf das Häuschen zuging.«

»Lass ihn recherchieren«, sagte Malte zu Molly. »Es ist einen Versuch wert.«

»Okay. Danke, Ben, dass du dir die Mühe machst.« Molly zupfte den jungen Kollegen am Ohr. »Ihr habt recht. Das ist auf jeden Fall besser, als auf ein Wunder zu warten.«

29

Janna räumte den letzten Teller vom Mittagessen in den Geschirrspüler. Sie füllte Reinigungsmittel ein, drückte auf einen Taster und schloss die Klappe. Als die Maschine zu arbeiten begann, kehrte sie ins Wohnzimmer zurück.

Molly suchte ihren tröstenden Blick.

Die Stimmung war gedrückt. Molly fielen die passenden Worte nicht ein, um mit Ole, der still am Tisch saß, das Gespräch zu beginnen, das sie heute mit ihm führen wollte. Es war an der Zeit, über ihre Zukunft zu reden.

Janna wischte sich die Hände an einem Tuch ab. »Ich lass euch dann mal alleine«, sagte sie. »Wenn ihr mich sucht, ich bin die nächsten zwei, drei Stunden draußen.«

»Wir sind schon groß«, sagte Ole mit einem Augenzwinkern. »Wir kommen allein zurecht.«

Janna drohte ihm spaßeshalber mit dem Finger. »Benehmt euch. Nicht, dass ich Klagen von den Nachbarn höre.« Sie zog ihre Jacke über und verließ das Haus.

»Das Foto von dir und Nela«, fing Molly übergangslos an, »das war ein Fake.«

»Hab ich dir doch gesagt.«

Ole wirkte verschnupft. Molly konnte verstehen, warum. Aber sie wünschte sich, dass auch er sie verstand. Dass er es wenigstens versuchte.

»Als Kriminalkommissarin muss ich die Dinge skeptisch betrachten«, verteidigte sie sich. »Selbst wenn es meinen privaten Bereich betrifft, darf ich nicht die Augen verschließen. Gerade dann nicht. Du weißt, wegen dieser Aufnahme bin ich bei den Ermittlungen in eine heikle Situation geraten.«

Ole hob die Achseln. »Dafür kann ich nichts. Ich hab das Bild nicht verbreitet, und ich hab nicht die geringste Ahnung, wer dahintersteckt.«

»Wir vermuten, ein pensionierter Kollege hat es verbreitet. Aber das ist jetzt auch nicht wichtig.« Molly griff nach Oles Hand, die auf dem Tisch ruhte. »Sag, was ist los mit uns beiden? Die ganze Zeit, während du weg warst, haben wir gehofft, uns eines Tages wiederzusehen. Und jetzt?« Sie zog die Hand wieder zurück. »Jetzt ist alles so fremd zwischen uns.«

Ole rückte vom Tisch weg, drehte sich ein wenig zur Seite und sah zur Terrassentür hinaus. »Ich habe ständig an dich gedacht. All die Jahre. Ich hatte andere Frauen. Immer nur für kurze Zeit, dann hab ich gemerkt, dass ich nur eine wollte: dich.«

»Warum kommen wir dann nicht mehr zusammen? Was läuft schief zwischen uns beiden?«

Ole sah zum Himmel. Er beobachtete die Wolken, die von der See über das Grundstück zogen und vorwitzige Möwen auf Jannas Terrasse zu treiben schienen.

»Ich glaube, ich bin einfach nicht für eine Partnerschaft gemacht.«

Molly rauschte das Blut in die Füße. »Du hast aber viele Jahre mit mir in einer Partnerschaft gelebt«, sagte sie wie durch eine Nebelwand. »Warst du denn insgeheim unglücklich in der Zeit?«

Er wandte das Gesicht wieder Molly zu. »Meine Liebe gilt der Kunst. Das ist meine Leidenschaft. Das war sie immer. Und das war dein großes Plus: Du hast nie erwartet und nie von mir gefordert, dass ich dir meine Seele schenke. Du hast mich so akzeptiert, wie ich war. Hast mich Künstler sein lassen und bist deinen eigenen Weg gegangen. Du warst immer für mich da, hast mir jeden Stein aus dem Weg geräumt, über den ich sonst gestolpert wäre. Du hast Tag für Tag dafür gesorgt, dass ich mir keine blutige Nase holte. Dafür habe ich dich geliebt. Aber meine eigentliche Liebe galt der Kunst. Und daran hat sich bis heute nichts geändert.«

»Das ist dir klar geworden in der Zeit, als du ohne mich gelebt hast?«

Ole legte die Hände auf seine Brust. »Ich war auf einmal auf mich selbst gestellt. Ich musste mich durchbeißen. Zuerst hatte ich Hilfe durch meine Personenschützer. Aber das sind keine Kindermädchen. Die haben ihre Grenzen. Sie haben mir klargemacht, dass ich ab einem gewissen Punkt selbst mit dem Alltag zurechtkommen muss. Irgendwann hat das auch funktioniert. Aber so sehr ich dich zurückgesehnt habe – und du weißt, du warst sogar der ausschlaggebende Faktor, warum ich das Zeugenschutzprogramm verlassen habe –, so sehr wünsche ich mir jetzt, mein ganz eigenes Leben weiterleben zu können. Ein Leben ohne Versteckspiel. Ein Leben, in dem du auch noch eine Rolle spielst ...«

»Aber nicht mehr als deine Partnerin, deine Ehefrau.«
Ole nickte.

Molly wusste nicht, ob sie traurig oder erleichtert sein sollte. Immerhin war es jetzt ausgesprochen. Jeder würde seinen Weg ohne den anderen weitergehen.

»Ich wünsche dir so sehr«, sagte Molly, »dass du dich wieder frei und ohne Angst bewegen kannst.«

Ole stand auf und stellte sich hinter Molly. Er beugte sich hinab und umarmte sie. »Es wird aufhören. Irgendwann. Ganz bestimmt.«

Damit ließ er sie allein.

Wie betäubt blieb Molly sitzen. Im Zeitraffer liefen die Jahre an ihr vorbei, die sie mit Ole verbracht hatte, und die, in denen sie ihn schmerzlich vermisst hatte. Sie erinnerte sich daran, wie er auf einmal abends in Jannas Vorgarten gestanden hatte. Ihre Gedanken machten erst halt, als sie beim heutigen Tag angekommen war.

Molly suchte nach ihrem Handy. Sie rief ihre Freundin an. »Janna, wo bist du gerade?«

»Auf der Seebrücke am Ortszentrum. Was ist passiert? Du hörst dich unendlich traurig und aufgelöst an.«

»Magst du auf mich warten? Ich komme nach.«

»Aber klar, meine Liebe. Ich setze mich auf eine Bank am Seebrückenvorplatz und warte auf dich.«

Tief in Gedanken versunken, machte Molly sich auf den Weg.

Die Glückssträhne, von der sie meinte, dass sie mit ihrem Umzug nach Timmendorfer Strand zu Janna und zur Soko begonnen hatte, schien abgerissen.

Alles lief schief, alles war grau und düster.

Wie sollte es weitergehen?

Als sie noch immer nach der Antwort auf diese Frage suchte, sah sie Janna an der Promenade vor der Seebrücke sitzen. Mit einem Mal durchfuhr sie ein Wohlgefühl. Wenn auch alles verloren ging, Janna war da.

Immer.

Janna stand auf, umarmte Molly und drückte sie fest an sich. »Ich ahne, wie es zwischen euch gelaufen ist.«

»Lass uns nach Niendorf weitergehen, ja?«

»Ich gehe mit dir, wohin du willst«, erwiderte Janna. »Hauptsache, es hilft dir. Ich kann es einfach nicht ertragen, wenn du leidest. Und dass du leidest, sehe ich, seit Ole in dein Leben zurückgekehrt ist.«

»Ach, Ole.« Molly seufzte. »Ein anderes Mal erzähle ich es dir gern. Aber lass uns heute nicht darüber reden. Heute fängt für mich ein neues Leben an.«

Sie spazierten auf den Niendorfer Hafen zu.

»Wollen wir uns nicht in den Ankerplatz Nordost setzen?«, schlug Janna vor. »Ich lade dich auf einen Cappuccino und ein großes Eis mit Sahne ein.«

»Gute Idee«, erwiderte Molly. »Wir setzen uns auf die Terrasse und lassen unsere Seelen baumeln.«

Janna deutete auf Mollys Handtasche, aus der es bimmelte. »Wenn dein Handy es zulässt«, sagte sie spöttisch lächelnd.

»Ich gehe nicht dran«, sagte Molly. »Wer mich privat sprechen will, kann warten. Und wenn es dienstlich ist – ich befinde mich im Wochenende.«

Das Klingeln hörte auf, um nach kurzer Pause erneut zu ertönen. Nach fünfmaligem Klingeln hörte es wieder auf. Erst nach einer Unterbrechung von einer guten Minute fing es nochmals an.

»Jemand hat dir aufs Band gesprochen«, sagte Janna.

Molly nahm das Smartphone hervor, als die Nummer des Anrufers gerade wieder vom Display verschwand. Sie wählte die Nummer des Anrufbeantworters.

Mechthild Bartelson hatte ihr eine Nachricht hinterlassen. »Bitte rufen Sie mich zurück, so schnell es geht«, sagte die Seniorin in aufgewühltem Ton. »Ich warte auf Sie. Es ist wirklich dringend.«

Hastig drückte Molly auf die Rückruftaste.

»Da sind Sie ja, Frau Kommissarin«, meldete Mechthild Bartelson sich. »Ich sitze auf der Bank auf der Seebrücke, wo wir uns vorgestern begegnet sind. Können Sie bitte kommen? Ich habe Ihnen was Wichtiges mitzuteilen. Oder soll ich mir ein Taxi nehmen? Wo sind Sie denn gerade? Ich komme zu Ihnen. Sofort.«

Molly gelang es nicht, den Redeschwall der Dame zu unterbrechen. »Ich bin am Niendorfer Hafen«, antwortete sie, als Mechthild endlich schwieg. »Bleiben Sie bitte, wo Sie sind. In ein paar Minuten bin ich bei Ihnen.«

Mit beruhigenden Worten verabschiedete sie sich von Mechthild Bartelson. »Es ist sehr wichtig«, entschuldigte sie sich bei Janna. »Können wir das Eis um eine Stunde verschieben?«

Janna mit ihrer unkomplizierten Art schob ihre Hand unter Mollys Arm. »Solange es nicht in der Sonne steht, schmilzt es uns nicht weg.«

Sie verloren nicht mehr viele Worte in den zwanzig Minuten, bis sie die Seebrücke von Niendorf erreichten.

Nur einmal sahen sie sich fragend an, denn plötzlich heulten in der Ferne die Sirenen von Polizeiwagen auf.

»Die haben nichts mit deinem Fall zu tun«, sagte Janna. »Die dürften sich weiter östlich befinden, vermutlich auf der Bundesstraße.«

Sie zeigte auf eine Bank an der Promenade. »Ich bleibe hier und warte auf dich.«

Molly lief mit schnellen Schritten auf Mechthild Bartelson zu, die auf derselben Bank saß wie am Donnerstag. »Moin, Frau Bartelson. Was ist geschehen?« Molly setzte sich zu ihr und nahm ihre Hand.

»Versprechen Sie mir, dass ich nicht ins Gefängnis komme?«, begann die alte Dame.

Mollys Herz setzte einen Moment aus. »Was ist geschehen?«, fragte sie noch einmal.

»Ich hätte es Ihnen eher sagen sollen«, meinte Mechthild. »Werde ich für eine verspätete Aussage auch wirklich nicht bestraft?«

Molly verkniff sich ein Schmunzeln. »Nein«, sagte sie. »Nicht, solange Sie keinen Mord begangen haben. Was möchten Sie mir berichten?«

Mechthild öffnete ihre Handtasche und kramte darin herum. Sie holte einen verknitterten Zeitungsausschnitt hervor und strich ihn glatt. Ein Foto von Nela Dodesen war darauf zu sehen. Die zukünftige Hotelerbin vor einem der Häuser der Familie.

Molly kannte das Bild. Es war mit einem der ersten Berichte über Nelas Tod in einem lokalen Blatt veröffentlicht worden.

»Das ist Nela Dodesen«, sagte sie zu Mechthild, die ihr das Foto wortlos auf die Knie gelegt hatte.

»Nela Dodesen war am Freitag letzter Woche einige Zeit bei uns im Gartenhaus. Sie hat mit meiner Schwiegertochter bunte Cocktails getrunken und geredet.«

»Sie haben die beiden beobachtet?«, fragte Molly.

»Nicht die ganze Zeit, und ich habe nicht alles gesehen. Es sind so viele Pflanzen vor den Fenstern. Aber ich habe die Frau kommen sehen. Ich habe gesehen, wie Friederike und Nela ins Gartenhaus gingen. Und noch etwas sage ich Ihnen.« Sie beugte sich zu Molly vor, als wollte sie ihr ein Geheimnis verraten. »Ich habe nicht – ich betone: nicht gesehen, wie Frau Dodesen wieder nach Hause ging. Sie blieb in dem Pavillon sitzen, auch als Friederike wieder ins Haus zurückging.«

»Wie lange ist Nela Dodesen geblieben?«

»Das konnte ich nicht sehen. Als es dämmerte, saß sie jedenfalls immer noch da. Das heißt, sie hing in einem Korbsessel. Ich glaube, sie ist da eingeschlafen.«

»Eingeschlafen.« Molly nickte verständig. Es war keine Frage, um welche Art von Schlaf es ging.

»Als ich gestern auf einmal all die Leute in den weißen Overalls im Haus, im Garten und in dem Pavillon herumlaufen sah, ist mir sofort klar geworden, was bei uns auf dem Grundstück passiert sein muss.«

»Sie haben wohl die richtigen Schlüsse gezogen«, sagte Molly und überlegte, was als Nächstes zu tun war.

Mechthild lehnte sich vertraulich gegen Mollys Schulter. »Das Foto von Nela Dodesen«, sagte sie leise, »habe ich schon am Dienstag in der Zeitung gesehen. Aber ich habe überhaupt nicht geschaltet. Mir ist erst heute Morgen klar geworden, dass es diese Frau war, die am Freitag bei uns im Pavillon gesessen hat. Ich hab mir das Bild seitdem immer wieder angesehen, und ich bin ganz sicher, dass sie es war.«

»Wie gut, dass Ihnen das noch eingefallen ist.«

»Das finde ich auch.« Mechthild kicherte. »Sie müssen nämlich wissen, Friederike nennt mich ab und an ›alte Hexe‹. Mit der Bezeichnung hat sie nicht ganz unrecht. Ja, ich bin alt, und ja, manchmal bin ich eine Hexe. Beides bin ich gerne, denn beides hat erwiesenermaßen seine Vorteile im Leben. Aber heute, heute Morgen, wissen Sie, was Friederike da zu mir gesagt hat?«

»Na, was hat sie denn gesagt?«, fragte Molly halb empört, halb amüsiert.

»›Dumme Nuss‹ hat sie zu mir gesagt. Dumme Nuss. Stellen Sie sich das mal vor! Also, da war es bei mir mit der Geduld vorbei. Da hab ich gedacht: Du wirst schon sehen, du freches Stück, wer von uns beiden am Ende dumm aus der Wäsche guckt.«

Molly legte ihre Hand auf die von Mechthild Bartelson. »Das ist richtig, dass Sie sich dagegen verwahren. Und es ist gut, dass Sie sich mir anvertraut haben. Passen Sie auf, wie wir jetzt vorgehen. Da vorn an der Promenade sitzt meine liebe Freundin Janna. Ich bringe Sie zu ihr und rufe einen Kollegen an, der uns drei in unsere Dienstvilla fährt. Dann rufe ich einen anderen Kollegen an, der Ihre Schwiegertochter holen wird. Wir alle sorgen dafür, dass Sie beide sich bei uns auf dem Kommissariat nicht über den Weg laufen. Okay?«

Mechthild stand entschlossen auf. »Wenn Sie meinen, dass es das Richtige ist – ich bin zu allem bereit.«

30

Der Anwalt der Familie war dieses Mal sofort zur Stelle. Molly fragte sich, ob er nicht sogar die Nacht im Gästezimmer der Bartelsons verbracht hatte.

Friederike saß im Besprechungszimmer, das noch immer als Verhörraum eingerichtet war. Ihr Anwalt und Pinkas Bartelson saßen bei ihr und redeten leise auf sie ein. Pinkas' Gesicht war bleich wie die Wand.

Alle drei warteten darauf, dass Malte und Molly sich zu ihnen setzen und mit dem Verhör beginnen würden.

Mechthild saß im ersten Stock und diktierte Molly noch einmal in den Computer, was sie ihr vorhin auf der Seebrücke berichtet hatte. Malte hörte staunend zu.

Molly druckte das Protokoll aus und legte es Mechthild Bartelson zur Unterschrift vor. »Lesen Sie es sich bitte noch einmal durch.«

»Das brauche ich nicht«, sagte die rüstige Seniorin selig lächelnd. »Das ist alles in Ordnung so.«

Janna wirbelte in der Küche der Dienstvilla herum und bereitete für Mechthild Kaffee und einen Imbiss vor. Sie würde sich gleich zu der Dame setzen und sich mit ihr über Gott und die Welt unterhalten, bis das Gespräch mit Friederike beendet war.

›Ich lasse es mir nicht nehmen‹, hatte Mechthild vorhin beim Eintreffen ihrer Schwiegertochter gesagt, ›aus dem Fenster zu gucken und hinunterzuwinken, wenn dieses Miststück ins Gefängnis gebracht wird.‹

Als Molly sich von Mechthild verabschiedete, um zu Friederike nach unten zu gehen, zog Malte sie beiseite. »Weißt du eigentlich, was vor einer Stunde auf der B76 passiert ist?«

Molly stand nicht der Sinn nach Unfall-Tratsch. Sie wollte endlich das Geständnis von Friederike Bartelson haben. »Bitte nicht jetzt«, sagte sie zu Malte. »Ich will mich ganz auf das Verhör konzentrieren.«

Unten angekommen, wurde sie noch einmal aufgehalten, diesmal von Ben, der sie und Malte in sein Büro hereinwinkte.

Er hielt ihnen ausgedruckte Blätter hin. »Der erste Bericht der KTU von der Untersuchung des Pavillons der Bartelsons.«

»Steht was Interessantes drin?« An Bens Blick erkannte sie, wie dumm diese Frage war.

»Die Fusseln, die bei der Obduktion in den Atemwegen von Nela Dodesens Leiche gefunden wurden, stammen eindeutig von einem Kissen, das im Gartenhäuschen lag.«

»Unumstößliche Tatsache?«, fragte Molly.

»Unumstößlich. Es sind auch Blütenpollen der Pflanzen dabei, die um die Gartenstühle herum stehen. In genau dieser Kombination dürfte das in unserer gesamten Region einmalig sein.«

Malte, der neben Molly stand, nickte zufrieden. »Das sollte für eine Verurteilung reichen.«

»Ich hab noch eine gute Nachricht für euch«, sagte Ben zu seinen Kollegen. »Bei der Hausdurchsuchung wurde in Carina Bartelsons Zimmer Lidocain gefunden, das Betäubungsmittel, das bei der Obduktion in Nela Dodesens Urin nachgewiesen wurde.«

»Das Mittel dürfte aus Carinas Drogenkarriere übrig geblieben sein«, überlegte Malte. »Als Medizinstudentin hat sie es womöglich zum Eigengebrauch aus den Labors der Uni entwendet.«

»Auch Dealer haben so was im Angebot«, erinnerte Molly ihn. »Vielleicht ist Nela Dodesen Opfer der Produkte geworden, die sie selbst an Carina verkauft hat.«

»Die Beweise sind jedenfalls erdrückend«, stellte Malte fest. »Wir sollten nicht länger warten.«

Er ging voran in den Verhörraum und begrüßte die Anwesenden gut gelaunt. Dann bat er Pinkas Bartelson, hinauszugehen.

Der Staatsanwalt wollte protestieren.

Malte blieb hart. »Hier geht es jetzt richtig zur Sache. Für einen Urlauber ist das nicht der passende Aufenthaltsort.« Mit überlegener Miene verwies er Friederikes Mann des Raumes.

Molly und er setzten sich Friederike und dem Anwalt gegenüber hin, und Molly sprach die notwendigen Daten ins Aufnahmegerät.

Dann sortierte sie demonstrativ ihre Unterlagen. »Ich zähle mal auf, damit Sie wissen, wo wir stehen.« Sie unterbrach sich und sah Friederike und den Anwalt an. »Zunächst die Erkenntnis, dass Carina Bartelson keinen Selbstmord begangen hat. Sie war ein lebensbejahender Mensch mit Zukunftsplänen. Sie litt definitiv nicht an Liebeskummer. Aber sie war drogensüchtig, und sie bezog die Drogen in erster Linie von Nela Dodesen.«

»Das sind unbewiesene Behauptungen«, warf der Anwalt ein.

»Warten Sie ab, bis wir Ihnen alle Unterlagen ausgehändigt haben«, beschied Malte ihn.

»Ihre Tochter Carina«, sagte Molly, »ist in der Nacht vom sechsundzwanzigsten auf den siebenundzwanzigsten April an einer Überdosis Kokain gestorben. Sie und Ihr Mann wollten einen Selbstmord Ihres einzigen Kindes vortäuschen, weil Sie beide den Drogentod als Skandal empfunden haben und befürchteten, sich in der Öffentlichkeit nicht mehr sehen lassen zu können.«

Der Anwalt hob ruckartig den Kopf. »Aber das ist doch ...«

Molly signalisierte ihm, dass er schweigen möge. »Um die Dramatik des angeblichen Liebeskummers zu veranschaulichen, haben Sie, wohl mit Hilfe des Kollegen Eugen Lüder, die Leiche Ihrer Tochter aus dem Haus gebracht und sie in dem alten Fischerboot, das im Niendorfer Hafen lag, also ganz in der Nähe Ihres Hauses, auf die See geschickt, wo sie am nächsten Morgen gefunden wurde. Ihr Mann hat seine berufliche Stellung missbraucht, um kriminalpolizeiliche Ermittlungen zu beeinflussen und eine Obduktion zu verhindern.«

Friederike gab keinen Kommentar zu den Aussagen ab, und auch der Anwalt verharrte in Schweigen.

Molly ordnete die Blätter neu. »Seit zehn Jahren trauern Sie um Ihre Tochter. Sie kommen über ihren Tod nicht hinweg. Das liegt in erster Linie daran, dass Sie ihr nie verziehen haben, in die Drogenszene abgerutscht zu sein.«

Friederike schluchzte laut und drückte sich mit beiden Händen ein Taschentuch vor den Mund.

Molly ließ sich dadurch nicht ablenken. »Für den Tod Ihrer Tochter haben Sie Nela Dodesen verantwortlich gemacht. Sie haben sich in diese Sichtweise hineingesteigert, und zum zehnten Jahrestag wollten Sie Rache. Sie haben Nela zu sich eingeladen. Sie wollten eine Aussprache mit ihr. Sie wollten, dass sie sich schuldig fühlt. Dieses Treffen haben Sie für alle Eventualitäten gründlich vorbereitet. Allzu gründlich, würde ich sagen.«

»Was soll das denn nun wieder heißen?«, fragte der Anwalt.

Molly ignorierte seinen Einwurf. »Es ist so gekommen, Frau Bartelson, wie Sie es erwartet hatten. Oder soll ich sagen: Wie Sie es erhofft hatten?«

Der Anwalt schlug auf den Tisch. »Das verbitten wir uns.«

»Das Gespräch ist aus dem Ruder gelaufen«, dozierte Molly. »Sie haben Nela einen Cocktail serviert, der Lidocain enthielt. Nela verlor das Bewusstsein, und Sie haben mit einem Kissen aus Ihrem Gartenhäuschen nachgeholfen. Sie haben es ihr aufs Gesicht gedrückt, bis sie erstickt war. Fusseln des Stoffes wurden bei der Obduktion in Nela Dodesens Atemwegen gefunden.«

»Unsere Kissen fusseln nicht«, rief Friederike aus.

»Da irren Sie. Die Kissen fusseln, und sie sind – fürs Auge unsichtbar – mit Blütenpollen übersät. Sie möchten wohl nicht, dass ich Ihnen auch noch vorlese, von welchen Pflanzen die Pollen in Nelas Lunge stammen?« Fragend sah Molly die Festgenommene an.

Erwartungsgemäß erhielt sie keine Antwort.

»Das Betäubungsmittel wurde bei der Obduktion in der Leiche entdeckt und, wie Sie sich denken können, auch in Ihrem Haus. Es stand in Carinas Schrank.«

Der Anwalt wandte sich Friederike zu, die kein Wort hervorbrachte. »Angesichts dieser Beweislage«, sagte er dann zu Molly und Malte, »möchte ich mich mit meiner Mandantin unter vier Augen beraten.«

Die Ermittler verließen den Raum. Sie stärkten sich in der Teeküche mit Tee und Keksen.

Malte beobachtete Molly intensiv.

»Ist was?«, fragte Molly.

»Nö, nichts. Später.«

Molly war in Gedanken bei Friederike und ihrem Anwalt. Was er seiner Mandantin wohl raten würde? Sie wollte nicht noch einmal erleben, die mutmaßliche Täterin als freien Menschen gehen lassen zu müssen.

Endlich öffnete der Anwalt die Tür und winkte die Ermittler wieder herein.

»Meine Mandantin möchte ein Geständnis ablegen.«

Molly atmete auf.

»Sie haben recht«, sagte Friederike. »Carina ist an den Drogen gestorben. Ich habe sie tot auf dem Boden liegend vorgefunden. Pinkas und ich waren schockiert, wir waren völlig außer uns und konnten nicht glauben, was geschehen war. Wir haben Eugen Lüder angerufen, mit dem mein Mann schon lange befreundet war. Er kam sofort, und er behielt einen klaren Kopf. Er hat die Geschichte mit dem Liebeskummer erfunden. Er hat sich an Carinas Computer gesetzt, den Abschiedsbrief geschrieben, ausgedruckt, und dann hat er ihre Kreditkarte genommen und die Unterschrift nachgezeichnet.«

»›Gefälscht‹ nennt man so was im Amtsdeutsch«, sagte Malte. »Dafür und für einige weitere Taten wird Herr Lüder sich verantworten müssen.«

Friederike zuckte mit den Schultern, als ginge sie das nichts an. »Wir haben Carina hübsch zurechtgemacht. In der Nacht haben Pinkas und Eugen sie zu dem Boot im Niendorfer Hafen gebracht. Es war nicht ganz ohne. Sie hätten gesehen werden können.«

»Mit den Schlaftabletten aus der Packung, die bei der Leiche lag, haben sie die Fische gefüttert?«, fragte Molly.

»Ja, und den Inhalt der Mineralwasserflasche haben Pinkas und Eugen auch in den Hafen gekippt.«

»Na, großartig«, erwiderte Malte. »Da werden die Fische aber dankbar gewesen sein, dass sie mit frischem Mineralwasser versorgt worden sind.«

Er fing sich einen düsteren Blick des Anwalts ein und erwiderte ihn mit einem Achselzucken.

»Wer hatte denn die Idee mit dem Boot?«, fragte er.

»Pinkas und ich«, hauchte Friederike. »Es war doch das Boot, von dem unsere Carina Nela Dodesen auf einer Party ins Wasser geschubst hat. Da war sie einmal stärker gewesen als Nela. Und weil Nela sie auf dem Gewissen hatte, wollten wir, dass Carina auf dieser Barke gefunden wird. Es sollte ein Zeichen an Nela sein.«

»Sie wussten also doch von dem Disput auf der Party am Hafen«, stellte Molly fest.

Friederike redete schnell weiter, als wollte sie es endlich hinter sich bringen. »Mein Mann hatte Nela schon lange im Visier. Sie war eine Dealerin, aber er konnte ihr nichts nachweisen. Die Frau war zu gewieft. Wenn sie Partys gab, kam er immer zu spät. Zweimal hat er eine Razzia in ihrer Wohnung durchführen lassen. Aber nie wurde etwas bei ihr gefunden. Sie hat die Drogen wohl irgendwo in den Hotels ihrer Eltern versteckt. Aber man kann nicht jedes Hotel und jedes Zimmer durchsuchen oder die Wohnungen aller Mitarbeiter filzen.«

»Nein«, sagte Molly. »Das kann man nicht. Diese Situation hat Sie wütend gemacht?«

»Nicht nur die. Jedes Jahr zu Carinas Todestag habe ich Nela eine Trauerkarte geschickt. Ich wollte, dass sie jedes Jahr von Neuem daran erinnert wird, dass sie Carina süchtig gemacht hat.«

Malte runzelte die Stirn. »Dass Ihre Tochter für ihre Sucht auch selbst Verantwortung trug und dass sie sich nicht für einen Entzug entschied, haben Sie weit von sich geschoben?«

Friederike nahm die Frage mit unbewegter Miene zur Kenntnis, antwortete aber nicht darauf. »Dieses Jahr ist alles anders gekommen. Bevor ich Nela die Karte schicken konnte, rief sie mich an. Sie drohte mir, wenn ich nicht endlich damit aufhören würde, ihr diese versteckten Vorwürfe zu machen, würde sie an die Öffentlichkeit gehen und kundtun, dass Carina süchtig war. Sie hatte sogar Fotos von einer ihrer Partys, auf denen sie festgehalten hat, wie Carina ›eine Linie zog‹. So nennt man das in diesen Kreisen ja wohl.«

»Frau Dodesen hat meine Mandantin erpresst«, sagte der Anwalt mit entschiedener Stimme. »Sie hat sich damit selbst in eine brandgefährliche Situation begeben. Wer wüsste besser als Sie, dass die alte Weisheit zutrifft: Wer sich in Gefahr begibt, kommt darin um.«

»Wie ging das Telefonat mit Nela weiter, Frau Bartelson«, fragte Molly.

Friederike stockte. Sie warf dem Anwalt einen Blick zu. Der nickte, und die Geständige fuhr fort. »Ich habe sie zu einem Gespräch eingeladen. Und dann – dann ist es so gekommen, wie Sie es bereits ausgeführt haben.«

»Frau Bartelson, wir brauchen das Geständnis von Ihnen selbst. Bitte erzählen Sie uns, was vorgefallen ist.«

Der Anwalt legte ihr beruhigend eine Hand auf den Arm und bat sie ebenfalls, die Ereignisse des fatalen Freitags noch einmal mit eigenen Worten zu schildern.

Emotionslos wie ein Roboter wiederholte Friederike das, was Molly bereits dargelegt hatte.

»Sie hat mir noch mal gedroht, alles öffentlich zu machen«, erzählte sie in bitterem Ton. »Ich habe ihr Geld angeboten, damit sie schweigt. Aber sie hat mich ausgelacht. Sie wollte kein Geld. Sie wollte den Ruf unserer Familie und den von Carina zerstören. Daraufhin habe ich ihr einen Drink angeboten. Ich habe gesagt, bei einem Cocktail redet es sich besser. Ich bin in den Wintergarten und habe an der Bar einen Drink gemixt.«

»Die Zutaten hatten Sie wohlweislich vorher bereitgestellt«, warf Molly ein.

»Sagen wir so: Ich war auf alles vorbereitet. Und als Nela schlief und so in ihrem Korbsessel hing, da hab ich ein Kissen genommen, habe mich hinter sie gestellt und es ihr aufs Gesicht gedrückt.«

Der Anwalt hob beide Hände. »Es war eine spontane Tat. Meine Mandantin hatte das nicht geplant.«

»Das müssen Sie bitte dem Richter erklären«, erwiderte Molly. »Wie ging es weiter, Frau Bartelson?«

»Wir haben Ursula angerufen. Donatus sollte kommen. Er ist in unserer Gegend noch völlig unbekannt. Pinkas und er haben Nela spätabends, als es dunkel war, in den Mietwagen getragen. Dann hat Donatus eine Runde gedreht. Bis kurz vor Kücknitz ist er gefahren.«

»Warum das?«

»Wir wollten sicher gehen, dass niemand den relativ kurzen Weg des Mietwagens von unserem Haus längs durch Niendorf bis zum Hafen verfolgt.«

»Und Nelas Leiche musste unbedingt auf demselben Boot gefunden werden, auf dem Sie die Leiche Ihrer Tochter abgelegt hatten?«, fragte Molly.

»Ja, das musste sein. Wir dachten, dass nie herauskäme, wie Nela gestorben ist. Für uns war es ein Triumph, dass die Leiche in dem Boot lag, von dem Carina Nela ins Wasser gestoßen hatte.«

»Aber wie konnte ausgerechnet Ihr Mann als Staatsanwalt davon ausgehen, dass die Todesursache von Nela Dodesen nicht ans Licht kommen würde?«

»Er hat Ihnen Eugen Lüder geschickt. Der sollte dafür sorgen, dass alles seinen Gang geht. Aber Eugen hat versagt.«

Malte rief die Kollegen der uniformierten Polizei herbei, die Friederike nach Lübeck ins Untersuchungsgefängnis bringen sollten.

Friederike verabschiedete sich von ihrem Mann.

Als sie auf den Polizeiwagen zulief, erklang eine Stimme aus dem ersten Stock.

»Du dumme Nuss.«

Friederike blieb stehen, wandte sich um und sah hinauf. Nach einer Sekunde drehte sie sich ruckartig wieder weg und stapfte zum Wagen.

Malte schloss die Tür der Villa und wandte sich Ben und Molly zu. Zufrieden rieb er sich die Hände. »Auch Pinkas Bartelson und Eugen Lüder sind jetzt ein Fall für den Staatsanwalt.«

31

Ben erklärte sich bereit, Mechthild Bartelson nach Hause zu fahren.

»Ich werde mir jetzt ein schönes Seniorenwohnheim suchen«, sagte die alte Dame, als sie sich von Molly und Malte verabschiedete. »Ich wüsste da schon eins, in Travemünde, auf dem Priwall. Die ersten Gäste, die ich in mein Apartment einladen werde, sind Sie drei.«

Energischen Schrittes folgte sie Ben und ließ sich von dem jungen Beamten, der den Gentleman gab, die Beifahrertür aufhalten. Wie die Queen winkte sie den Ermittlern zu, als der Wagen in Richtung Niendorf fuhr.

Malte führte Molly in den Besprechungsraum zurück und bat sie, sich zu setzen.

»Bist du endlich bereit«, fragte er, »dir anzuhören, was am Nachmittag auf der B76 in Richtung Lübeck-Travemünde passiert ist?«

Im ersten Moment verstand Molly nicht, wovon er sprach. Dann erinnerte sie sich wieder. »Die Sache, die du mir vor Beginn des Verhörs schon erzählen wolltest? Was ist denn damit?«

Malte setzte sich zu ihr. »Dein Mann ist verunglückt.«

Molly durchfuhr es heiß.

»Keine Angst, er ist nicht schlimm verletzt. Aber er liegt im Krankenhaus.«

»In welchem? Was fehlt ihm, und was ist überhaupt passiert?«

»Eins nach dem anderen. Er saß in einem Taxi, das ihn nach Hause bringen sollte.«

»Ja, er war zum Essen bei Janna und mir.«

»Der Taxifahrer hat nach einer Weile bemerkt, dass er von einem Wagen verfolgt wurde. Der Fahrer versuchte, ihn von der Straße abzudrängen.«

»Warum hat er nicht über Funk die Polizei verständigt?«, fragte Molly aufgebracht.

»Das hat er getan. Dann hat er Gas gegeben und versucht, die Verfolger, zwei Männer und eine Frau, abzuschütteln. Das ist leider nicht gelungen. Aus dem Wagen wurde geschossen. Ein Reifen des Taxis wurde getroffen. Der Taxifahrer ist von der Straße abgekommen und auf einem Feld gelandet.«

»Meine Güte«, brachte Molly flüsternd hervor. »Aber Ole und der Fahrer leben noch?«

»Ich sag doch, sie sind nicht schwer verletzt.« Malte rückte näher an sie heran. »Die Polizei war mit mehreren Wagen zur Stelle, als der Unfall passierte. Die Kollegen haben die Rettung alarmiert und die Banditen weiter verfolgt. In einer langgezogenen Kurve haben die Leute, die Ole ans Leder wollten, nach Schüssen auf die Reifen ebenfalls die Gewalt über ihren Wagen verloren.«

»Was ist mit ihnen?«

»Sie hatten das Pech, dass ihnen ein Baum im Weg stand. Einer der Männer war sofort tot, der andere ist auf dem Weg in die Klinik gestorben. Eine Frau, die mit im Wagen saß, ist rausgekrochen und wollte fliehen. Sie hat auf die Beamten geschossen. Die haben das Feuer erwidert. Die Frau ist dabei ums Leben gekommen.«

Molly tastete nach ihrem Handy. »In welcher Klinik liegt Ole, weißt du das? Ist er ansprechbar?«

Malte zog einen Notizzettel mit der Adresse der Klinik und der Telefonnummer hervor.

Molly wählte die Nummer.

»Meine treusorgende Lebensbegleiterin«, sagte Ole, dem der Humor offenbar trotz der aufregenden Ereignisse nicht abhandengekommen war.

»Wie fühlst du dich?«, fragte Molly. »Was fehlt dir? Bist du schlimm verletzt?«

»Würde ich dann so munter reden? Zuerst hatten die Ärzte den Verdacht, dass mein Knie gebrochen ist. Es ist aber nur eine Prellung, wie die Röntgenbilder ergeben haben. Mein Gesicht sieht leider aus, als wäre ich in eine Schlägerei geraten. Das ist aber nur vorübergehend. In ein paar Wochen kann ich wieder unter die Leute gehen, ohne gefragt zu werden, mit wem ich mich geprügelt habe.«

»Ein Glück. Die Zeit wirst du überstehen. Wie geht es dem Taxifahrer?«

»Der teilt das Zimmer mit mir. Er hat sich leider das Becken gebrochen. Ein glatter Bruch. Er meint, es ist halb so schlimm. Hauptsache, wir haben überlebt. Und er sagt, er wollte schon immer mal eine Verfolgungsjagd erleben, wie man sie sonst nur aus Filmen kennt.«

»Ihr habt Humor«, sagte Molly, die noch immer weiche Knie hatte. »Die Leute, die in dem Wagen saßen ...« Weiter konnte sie nicht reden. Ihr versagte die Stimme.

»Es waren die, die mich seit Jahren verfolgen.«

Auch Ole konnte auf einmal nicht mehr sprechen.

Molly fing an, laut zu weinen. Die ganze Spannung der letzten Monate löste sich mit einem Schlag.

Janna kam aus der Teeküche. Sie schob Malte weg, setzte sich neben Molly und drückte sie fest an sich.

»Ich komm dich besuchen, Ole«, sagte Molly, als sie wieder reden konnte. »Passt es morgen?«

»Ich lauf nicht weg. Aber klingle vorher kurz durch, damit ich mich ein bisschen zurechtmachen kann.«

»Eitler Fratz«, schimpfte Molly. »Typisch Künstler.«

Janna nahm ihr das Handy ab, als das Gespräch beendet war, und drückte auf die rote Taste. »Wir beide holen jetzt im Ankerplatz Nordost nach, was uns heute Nachmittag verwehrt geblieben ist. Statt Eis gibt's aber Krabbenbrötchen.«

Widerstandslos ließ Molly sich von Janna und Malte aus der Dienstvilla führen.

»Ich setze euch am Hafen ab«, sagte Malte. »Ich muss sowieso in die Richtung.«

Er hielt in der Straße, in der auch Donatus Krauter gehalten hatte, um die Leiche von Nela Dodesen auf dem Boot zu entsorgen.

Molly und Janna spazierten durch den Wald, der wieder für die Öffentlichkeit freigegeben war, und liefen auf die Terrasse der Kneipe zu.

Chris kam ihnen mit einem Tablett voller Getränke entgegen. Er winkte Molly fröhlich zu und zeigte auf einen Tisch am Rand der Terrasse. »Da vorne haben Sie einen unverstellten Blick auf die See. Ich bin gleich bei Ihnen.«

Janna setzte sich an den Tisch. Molly rückte einen Stuhl neben ihren, nahm darauf Platz und lehnte sich gegen die Schulter ihrer Freundin.

Chris kam zu ihnen. Er reichte ihnen die Karte mit den Speisen und Getränken. »Es gibt eine Verhaftung im Mordfall Nela Dodesen, hab ich gehört. Stimmt es dass die Frau eines Staatsanwalts die Täterin ist?«

Molly zuckte mit den Schultern. »Eine Verhaftung gibt es. Aber zur Person kann ich zurzeit nichts sagen.«

»Klar, die Schweigepflicht.« Lächelnd legte Chris einen Finger an die Lippen. »Was darf es denn zu trinken sein?«

Janna bestellte zwei Glas Weißwein und zwei Krabbenbaguettes mit buntem Salat.

Eine Weile schauten die Freundinnen stumm auf die See. Das Abendlicht spiegelte sich in den Wellen, die in ruhigen Rhythmen an den Strand plätscherten. Vereinzelt riefen die Möwen sich etwas zu.

»Ich wüsste zu gern«, sagte Janna, »worüber die Vögel sich unterhalten. Ob sie über die Gäste tratschen?«

Molly nickte. »Bestimmt. Was sonst?«

Sie verfiel wieder in ein tiefes Grübeln, dann hob sie den Kopf. »Janna?«

»Ja?«

»Eine Frage. Jetzt, wo die Sache zwischen Ole und mir endgültig geklärt ist – darf ich weiter bei dir wohnen bleiben?«

»Immer«, erwiderte Janna spontan.

»Schön.«

Molly legte eine Hand auf die von Janna. Wie von selbst verhakten ihre Finger sich ineinander.

Mit einem Schlag wurde Molly klar: Ihre Glückssträhne war nicht abgerissen. Sie hatte nur eine kurze Pause eingelegt.

Bücher der Autorin

Reihe ›Ein Fall für Molly Bleck‹

1. Der Herzmuschelmörder
2. Der Strandhexenmord
3. Das Todesboot

Reihe ›Kripo Wattenmeer ermittelt‹

1. Flaschenpost vom Mörder
2. Mord auf der Hallig
3. Countdown in Westerland
4. Die Tote im Dünenhaus
5. Der Stalker von List
6. Der Seenebelmord

Reihe ›Ein Fall für die Kripo Wattenmeer‹

1. Der Pfauenfedernmord
2. Jaspers letzter Flirt

Reihe ›Anders und Stern ermitteln‹

1. Mordsrevanche
2. Mordsverrat
3. Mordsherz
4. Mordsblues
5. Mordssand
6. Mordsabend

Reihe ›Kripo Greetsiel ermittelt‹

1. Tod am Deich

2. Mordskuss

3. Mordsleben

4. Mordsschwestern

5. Mordsfinale

Weitere Bücher

- Himmelhochjauchzendhellblau

- Leichte Mädchen haben's schwer

- Der Blaue Stern

- Tod auf Juist

Nachwort der Autorin

Liebe Leserin, lieber Leser,

herzlichen Dank, dass Sie meinen Krimi gelesen haben!

Wenn Sie über meine Neuerscheinungen informiert werden möchten, bestellen Sie doch den Newsletter auf meiner Website: https://ulrike-busch.de/

Oder senden Sie eine Mail mit dem Betreff „Bitte in den Mailverteiler aufnehmen" an: post@ulrike-busch.de

Auf Facebook und auf Instagram finden Sie mich unter:

https://www.facebook.com/Autorin.Busch

https://www.instagram.com/ulrikebuschautorin/

Ich freue mich, wenn Sie mir dort folgen. Und vielleicht begegnen wir uns auch einmal an der See?

Bis dahin, Ihre
Ulrike Busch